大周互娱
DA ZHOU HU YU

拥抱未来的你 2

潼舞 著

百花洲文艺出版社
BAIHUAZHOU LITERATURE AND ART PRESS

前情提要

SUMMARY OF PREVIOUS BOOK

来自二十六世纪的菜鸟言茉，为取得十名目标人物的基因来到五百年前的地球。为完成任务，言茉想尽办法，并赖进第一个目标人物顾琰之的家中，试图近水楼台先得月，取走他的基因。结果言茉在顾琰之面前屡战屡败，还被顾琰之误会是他的疯狂追求者。当高傲面瘫男遇上了呆萌吃货女，在同一屋檐下，来自不同时空、性格迥异的两人展开了一场又一场啼笑皆非的拉锯战。

就在言茉费尽心思，终于取得了顾琰之的基因后，却发现基因并不合格。他基因里关于爱的基因开关闭合，简而言之就是爱无能。为了获得合格的基因，言茉只好主动追求顾琰之，试图让他明白什么叫"爱"。

与此同时，新目标人物隋予扬的出现让这段关系更加微妙。言茉为取基因而接近隋予扬，彻底点燃了顾琰之的醋意……

就在顾琰之终于决定接受言茉的感情时，却发现了言茉身上一些不同寻常的端倪。当得知自己的秘密可能被顾琰之发现后，言茉十分害怕，选择逃离。

言茉失踪之后，顾琰之用尽一切方法寻找，却一无所获。却不知此时的言茉为了接近下一个目标人物——犯罪心理学专家周寒彰，而女扮男装，摇身一变，成了一名菜鸟男警官宋廉。

假扮成宋廉的言茉负责一起连环失踪杀人案，不料顾琰之竟是报案人之一。言茉一边要在顾琰之面前不露出马脚，一边又要想尽办法获取周寒彰的基因，同时还要追击穷凶极恶的连环杀人案凶手。

面对重重危机，言茉几番遇险，机智躲过，但最终还是被顾琰之揭穿了身份。言茉答应顾琰之，只要取得周寒彰的基因，就回到他身边。可是，言茉却在追查一起杀人案中，被凶手推下了滚滚江流，生死未卜……

目录

CONTENTS

目录

CONTENTS

CHAPTER 1 第一章

回 归

苍凉的夜色笼罩在山林之间，江水声奔腾低吼，将几声刺耳的鸦鸣淹没其中。

当包公扑到栏杆边上时，茫茫的江面上到处是一片沉黯的颜色，哪里还能看到宋廉的踪迹。

一旁，兀自挣扎的凶手已经被刑警拿下，他紧紧地盯着江面，带着诡异而满足的笑容，似乎为自己又杀了一人而感到无比开心。

包公暴怒，狠狠地踹了凶手一脚，紧张地大喊道：“快，组织搜救！”

几名刑警将凶手押到车上，剩下的几名刑警开始沿江寻找宋廉的痕迹。不久之后，园区的专业搜救队也赶到了现场，准备潜入水中大力搜寻。

但即便如此，他们心里也十分清楚，这样漆黑的天色、这样冰冷的水流，加上这样复杂的地形，想要快速找到宋廉几乎是不可能的事情。他们现在只能祈祷黑夜快点过去，祈祷宋廉能够撑到他们找到他的那一刻。

一个小时过去了……

两个小时过去了……

大家渐渐分散开来，搜寻的范围越来越广。

夜色越来越深，但他们要找的那个人却依旧不见踪迹。

绝望渐渐笼罩在众人心头，大家心里不禁涌上了凶多吉少的恐慌感。

就在所有人都心急如焚地寻人之时，包公却发现不远处的河滩上有一个高大的人影在晃动，看起来根本不像他们队里的警员。

“谁？”

那人听到喝声，缓缓停下脚步。当一张冷峻的、带着些许不羁的面容出现在手电筒的灯光下时，包公顿时被吓了一跳。

“顾……顾总？”

这三更半夜，荒郊野外的，顾琰之怎么会出现在这里？

“您怎么会……”

但不等包公发问，顾琰之便已经开口：“宋廉是不是出事了？”

顾总竟然真的是为小宋来的！

可是——

“您怎么知道……”

顾琰之眉峰一蹙：“这你不用管，宋廉呢？”

即便包公干了多年的刑警，见过达官贵人无数，但还是在顾琰之这种浑然天成的气势下弱了一截。不过他转念一想，顿时就明白了，以顾琰之的身份，想要及时知道一些情况也并非不可能，只是没想到顾琰之竟然这么关心小宋。事发到现在不过两三个小时，顾琰之便第一时间赶到了现场。

“小宋为了抓捕凶手，掉到江里了。”

“从哪个地方掉下去的？”

“那里。”包公不明就里地替顾琰之指路。

包公话音刚落，就见顾琰之二话不说，直接往江畔走去。

“顾总，你要干什么？”

顾琰之没有回答，而是在包公震惊的目光中，脱下身上的外套，扔到一旁。

天哪，他不会是想救人吧？！

“顾总，水这么急，小宋可能早就漂远了，顾总你……”

不等包公说完，就见顾琰之姿势利落地纵身一跃，如同一尾优美的银鱼，跳入了漆黑一片的江水中，留下站在岸边目瞪口呆的包公。

这么冷的天气、这样阴暗的水流，顾琰之竟然就这么毫无保护措施地跳入了寒冷的江水之中？果然是关心则乱啊！

十二月的江水十分刺骨。江水深浅不一，暗涌无数，一旦不小心，都有可能酿成大祸，即便水性极佳的人也绝不敢在这样的时候下水。而此时的顾琰之却恍若未觉，他好似水中一条矫健的雄性人鱼，逆流而上，一路未做任何停留。直到游到江对岸的某一处，他才缓缓停下。

四周都是浪花奔腾的声响，寂静的山岭被黑暗无声地笼罩着，只有九天的一弯新月留下一层淡淡的苍白的微光。

顾琰之抓住岸边的岩石，在水波之中勉强稳住身子，抬起头，突然沉声道：“你在哪里？”

半晌之后，一个细微的声音从不远处的上方传来。

“顾……顾琰之，我在这里……”

借着清冷的月色，顾琰之循声望去，只见高处崖边，密密的枝丫深处，一个黑黢黢的人影颤颤巍巍地挂在树干之上。

凛冽的山风拂过，她的衣摆飞扬，摇摇欲坠，仿佛下一秒就要坠入江中。

赫然就是下落不明的言茉。

这一刻，顾琰之一路高悬的心突然像被点燃引线的炮弹一般，在胸腔轰然炸裂，无数的担忧、后怕集聚，最终却只汇成一句恶狠狠的责骂：“你怎么这么蠢？”

言茉欲哭无泪，她也不想的啊，呜呜呜呜。

原来，在被人推落栏杆的那一刹那，她及时地打开了飞行器。而不幸的是，因为下坠的时间太短，而她控制飞行器的能力又太差，使得她不仅没有安全着陆，反而一头撞上了江边的山坡，所幸她在滚落的时候死死地抱住了一个树干，这才免了落入水中的悲惨画面。至于她的简易飞行器，早就不知道被哪根树枝勾住了，不知所终。

她本可以呼救，但千钧一发之际，她想到这也许是一个千载难逢的将自己的身份换回去的机会，于是只好强忍住心头的害怕，立刻联系了顾琰之。

山风呼啸，枝条在风中颤抖，而她则就这么战战兢兢地抱着树干，瑟瑟发抖。

她知道自己不是宋廉，一旦掉落到如此寒冷湍急的江水当中，必死无疑！

一个小时过去了……

两个小时过去了……

她的双腿早已经麻木，四肢硬得仿佛都不是自己的了。她听着一个又一个人喊着宋廉的名字经过，却一丝声音也不敢发出，只能强忍着。

直到这个人出现。

他恍若黑暗里的一道光，劈开了所有的阴寒，距离死亡只有一线之隔的恐惧在这一刻烟消云散。哪怕他那一贯的讽刺与责骂，在这一刻都显得那般亲切。

“顾琰之，现在怎么办？”

也不知是不是她语气中那一丝颤抖，如同一盆冷水瞬间浇灭了熊熊燃烧的怒火，顾琰之终于打消了在这种地方教训她的念头。

他观察了一下周遭的环境，粗略计算了一下距离，然后向后游了一会儿，在流动的江水中勉力控制住身子。

“信我吗？”

言茉想也不想地点头。

这世界上，如果不信他，她还能信谁呢？

“那好，跳下来，现在！”

言茉望着那茫茫的水面，深吸一口气，眼睛一闭，放开树枝，身子急速下坠。

在被冰冷的江水包围之前，她先被一个人温暖而有力的双臂紧紧地拥到了怀中……

巨大的惯性将两人一起拖入了深深的江水之中。漫天的冰冷铺天盖地而来，灌入口鼻，冲入四肢百骸，巨大的压力像无数巨石，在每一寸肌肤上拍打撞击。

但这一秒，两颗心，却同时落回了它该在的地方。

尽管天寒地冻，这一刻，却各自心安。

夜，更浓了。

刑警队的搜救还在继续，谁都不敢放松哪怕一秒，但谁都没有发现任何踪迹。

半个多小时后，一身湿透的顾琰之终于寒着一张脸上了岸。

“顾总，您没事吧？”

顾琰之躲开了别人的搀扶，摇了摇头。

“有找到小宋吗？”

“没有。”

时间一分一秒地度过。

死一般的绝望笼罩在山林上方。

所有人只能在心里默默祈祷着水性极佳的宋廉能够平安无事。

就在大家心急如焚之际，包公的对讲机里突然发出了一阵声响，紧接着有人高声喊道："找到小宋了！找到小宋了！"

包公微微一愣，立刻拿起对讲机："在哪里找到的？！人怎么样？"

"人被冲到了江边的浅滩上，现在昏迷不醒，不过初步判断没有受到什么太大的损伤。"

"太好了！没事就好，我现在过去。"

他心头的一块大石终于落下。

"顾总要不要一起去看看？"

"不必了，找到就好。我明早还有重要会议。"

"那我让人送您回去？"

"我自己有开车来。多谢。"

说完，顾琰之便向几位刑警点头示意，随即转身离开。即便一身湿透，也丝毫没有影响他那矜贵高冷的气质，反而还为他平添了几分性感。

包公来不及多想顾琰之为什么会在不顾安危地跳入寒冷刺骨的江水中救人后却没有时间去看宋廉一眼这个问题，便和其他几名同事匆匆前往医院。

犯人被抓，失踪的"宋廉"被找回，寂静的山林重新恢复了宁静。

顾琰之的车子停在上山的路边，黑色的车身仿佛要融入周遭的无边夜色之中。

他打开车门，坐上驾驶座，后座上，裹着一条毯子、昏昏欲睡的言茉猛地抬起头。

"你回来了，没事吧？宋廉怎么样了？"

顾琰之为了断后，先掩护言茉回来，他则在确认了宋廉无碍之后才折返。

"他好得很，已经被人送去医院了，你还是关心关心你自己吧。"

顾琰之接到言茉的求助电话后，就立刻将昏睡不醒的宋廉带到了森林公园，给他注射了助他醒来的药物之后，寻了江边下游一个合适的地点抛下，然后才赶去救言茉。

早就熟悉顾琰之脾气的言茉瞬间听出了顾琰之的不爽，她连忙强打起精神，拿起一旁干净的毛巾和衣服，狗腿地爬到了副驾驶座上："先换下吧，别感冒了。"

顾琰之的面色终于有些缓和。

他发动车子，打开了暖气。在迎面而来的温暖热意中，他三下五除二地脱了湿淋淋的衣服丢到一边，毫不顾忌地露出了精壮的上半身，然后当着言茉的面开始擦拭水渍。

当他赤裸的肌肤暴露在空气中时，就听到言茉惊呼了一声：“你受伤了？！”

顾琰之的肩上、手臂上、背上都是大大小小的伤痕，不用想都知道，那是在她落水时，他紧紧地护着她留下的痕迹。想到自己毫发无损，他却满身是伤，言茉的心一下子就揪了起来，又是心疼又是内疚。

“对不起。”

虽然一点都不疼，不过顾琰之依旧冷哼一声，睨着她道：“知道就好。你现在知道给我惹了多大的麻烦了吧？”

“先别擦，我来帮你。”

言茉连忙接过他的毛巾，避开伤口，小心翼翼地帮他擦拭起来。擦干之后，言茉拿出备用的医药箱，仔细地替他处理起伤口。

一开始只是很单纯地处理伤口，但当她的手掌在那小麦色的滚烫肌肤上摸索之时，不知为什么，一股难言的感觉顺着她指尖的肌肤，一路沿着血液蔓延至周身。

尤其在他转过身，那性感的八块腹肌正对着她，近在咫尺之时，车内的温度就像被调成了三十几度，陡然飙升。

明明知道不合时宜，言茉还是咽了咽口水，手中的创可贴一抖，直接贴歪了。

“你故意的吧？”一道隐忍而沙哑的声音从头顶传来。

言茉立刻如触电般收回了手，面红耳赤地转过身，手忙脚乱地整了整药箱。

“好……好了。”

不知是不是她的反应取悦了顾琰之，那张不悦的面容终于冰雪初融，云开雾散，露出了一丝堪称得意的笑容。

看来她对自己肉体的迷恋，有增无减嘛！

他慢条斯理地穿戴整齐后，才不紧不慢地开口：“现在可以回去了吧？”

“嗯。”言茉低声应道，强行扫走脑子里乱七八糟的绮丽画面。车内微弱的灯光映在她雪白的脖颈上，那里正被迷人的红晕一点点攻占。

顾琰之满意地勾了勾嘴角，发动车子，沿着盘山公路，朝家的方向驶去。

仿佛在惊涛骇浪中颠簸的小船终于找到了避风港，这一天的奔波、劳累、惊吓与慌张，这一刻统统都被驱赶到了九霄云外。

车子停在湖边别墅时，身边的人已然裹着毯子进入了香甜的梦乡。

顾琰之熄了火，转头静静地看着她。

总算是换回来了，这下可以老老实实地留在自己身边了吧，顾琰之心想。人已经回到自己身边了，至于怎么惩罚，还不是他说了算？

想到这里，他那张冷峻的面容上终于露出了一丝愉悦的笑意。

他打开车门，绕到了副驾驶座旁，弯腰将人抱入了别墅之中。

宋廉是在第二天早晨清醒的。

包公等一众同事听说宋廉醒来的消息后，也顾不上去补一个囫囵觉，连忙赶到了医院。

看到坐在床上，神情还算平静的宋廉时，大家长长地松了一口气。

“你小子啊！”包公上前一拍宋廉的肩膀，“我们都担心死你了！找了你整整一夜！”

赵婷婷连忙阻止粗鲁的包公：“你别下手没轻没重的，他刚醒呢！再打晕了可怎么办？”

“对对对。”

“小宋，你有哪里难受吗？医生怎么说啊？”

“是啊，身体有哪里不舒服吗？你也是啊，这短短半个月，又是中枪又是落江，这运气也是前无古人后无来者啊。不过这回你又立了头等功，局长说了，回头要对你进行表彰呢！”

宋廉一脸茫然地听着大家七嘴八舌地议论着，好不容易找到了一个机会，连忙打断。

“等等，我能不能问一句话？”

“说啊。”

宋廉眨巴眨巴眼睛，弱弱地开口：“你们，是谁啊？”

“……”

众人面面相觑。

最后是包公重重一拍宋廉的肩膀，大笑道：“你小子开什么玩笑？泡在江里久了，脑子进水了吗？”

“就是，小宋，大家都很关心你，案子都没处理就来看你了，你可别乱开玩笑啊！”

宋廉迷茫地看着他们：“我……没开玩笑，我真不认识你们，你们是谁啊？”

大家不约而同地产生了一个极度不好的联想。

“小宋，你……真不知道我们是谁？”

宋廉郁闷了：“不知道。”

包公一口气差点没上来：“不是吧！我们是你警队的同事啊，我是包公！他是队长，还有他，老白，这是婷婷！”

“可是我记得，我应该是昨天才去警队报到啊……”

“昨天？”包公怪叫道，“你来刑警大队上班都快一个月了！”

宋廉觉得这个世界崩塌了。

“怎么会呢，我记得我被车撞了，对，被车撞了，但是醒来后不知道怎么的，会在一条河边……”

大家面面相觑。最可怕的事情发生了，宋廉竟然失忆了！

失去的刚好是这段时间的记忆！

一伙人急忙找来了医生。在一番检查之后，医生表示宋廉的身体并无大碍，他推测可能是宋廉在跳入江中的时候，头部受到了撞击，导致了短暂的记忆流逝。

“那能恢复吗？”

“这个要看个人情况。”

“你小子的人生很韩剧啊，还玩起失忆这一套……”

宋廉的记忆还停留在二十几天前，一觉醒来，就发现自己多了一群同事，这让他有点蒙。不过他天生是个适应力极强的人，很快就接受了自己失忆的事实。

刚“失忆”的宋廉就是一个好奇宝宝，对自己这段时间的经历充满了求知欲。得知自己在这短短的二十几天中，竟然有了丰功伟绩，还为了抓犯人而坠入江中后，他简直对自己崇拜得五体投地。

在得知他成了周大神的搭档之后，他更是意外得连话都说不利索了。

“周……周寒彰？周大神？”宋廉瞪大眼睛，都快结巴了，“那个犯罪心理学专家？破案如神的超级神探？”

“不然还能有谁敢叫大神。”

“啊啊啊啊——”宋廉突然爆发出一声大叫，激动得用发抖的指尖指着自己的鼻子，“我……我成了他的搭档？”

包公点点头。

只见宋廉激动地一拍脑袋："哇，这一场车祸，出得也太值了！"

"……"

包公这下确信他是真失忆了，不仅失忆，连神经都有些不太正常了。

不过说到周大神……

"你们联系上周大神了吗？我给他打电话都无人接听。"

"我也是。"

"派人去周大神家里看看，告诉他案子已经了结了。"

"是。"

这时候的周寒彰在哪里呢？

他睁开眼睛时，发现自己躺在宋廉那个小出租屋的沙发上，身上还盖着一条厚厚的毛毯。

窗外，天色已经大亮，他一看手机，才发现竟然已是第二天早上。狭小的房间内早已没有了那个昏睡不醒的宋廉。而很显然，这套房子里的一切也被人刻意整理过，找不到任何蛛丝马迹。

一切的一切告诉他，这短短的一个晚上，很可能所有事情都已经脱离了他的掌控。

一向顺风顺水、战无不胜的周寒彰没想到人生中第一次栽跟头竟然是在那么一个冒牌货手中。

周寒彰阴沉着脸走出了宿舍楼，脸色如同山雨欲来的天气一般。虽然昨晚那人是背后偷袭，但能够一击得手，也足以让他明白那个人的速度与爆发力绝非常人。可是到底是谁在背后给了他那致命一击呢？而那个假冒的宋廉连手机都没有碰到，又是怎么和那人里应外合的？

还是说一切都只是巧合？

宋廉的宿舍楼下。

他昨日载着那个假冒宋廉过来的车子依旧停在路边。周寒彰阴沉着脸坐进车中，拨通了包公的电话。

此时，病房中，包公看到周寒彰的来电后，忙不迭地接起："周大……"

“神”字还未说完，就听到周寒彰的声音从电话那头传来：“宋廉在哪里？”

“小宋？”包公一愣，“他在我边上呢。周大神，我们……”

包公的话再一次被周寒彰无情地打断：“地址发过来，还有，看好他，我马上过去。”

“是。”

包公放下电话，有些茫然地转过头。

“怎么了？周大神说啥了？”

包公愤愤不平地瞪着宋廉：“周大神拿起电话就打听你，一听你在医院，就立刻说要过来，压根就不想搭理我！你说你这是走了什么大运啊，让周大神对你这么好！”

宋廉也不知道自己是走了什么大运，传说中的大人物竟然要来看望自己！

周寒彰啊！他以前只在警校的报纸上看过大神的照片，没想到有朝一日他竟然能和大神见面，还成了生死搭档！

想想就像做了一场白日梦一样。

周寒彰很快就赶到了医院。当看到活的周大神走进病房时，宋廉连忙挣扎着从病床爬起来，结结巴巴地向大神打招呼。

“周……周大神……”

但话还未说完，就见周寒彰几步走到病床前，一把抓住他的手腕。

宋廉的话语戛然而止，只能目瞪口呆地看着周寒彰有力的手捏着他手腕的骨头，紧接着又伸手去摸他的喉结。再接着，周寒彰干脆把他的病号服给扒了！

只见病号服下，是坦荡荡的一马平川，没有一星半点女性化特征。

这……这周大神怎么一上来就扒他的衣服啊？这是什么特殊的打招呼方式吗？可是为啥大神看他的眼神充满了杀气？是那个失忆的他哪里得罪了大神吗？

一时间，整间病房都安静下来。

好半晌，包公才结结巴巴地开口：“大神，你是在观察小宋的伤势？”

其他几人恍然大悟，对对，大神应该是在观察他的伤势，只不过这个观察伤势的方法未免也太……但是看到周寒彰那严肃到吓人的表情，谁也没胆将想说的话说出来。

周寒彰的眸光沉了下去。

这不是之前那个宋廉！准确来说，这个才是如假包换的宋廉！

也就是说，那个人在他不知道的地方，将两人换了回来！

周寒彰注视着宋廉。

“昨天到底发生了什么事，详细告诉我。”

“我……”宋廉的眼神飘到了包公身上。

“你看别人干什么？快说。”

包公弱弱地开口：“周大神，宋廉他失忆了。”

宋廉点头如小鸡啄米。

失忆？呵，真是被人卖了还帮人数钱！

“你还记得什么？”

“我只记得我出了车祸，然后就什么都不知道了，醒来就是在医院里……”

“车祸是什么时候？”

宋廉说了一个日子，周寒彰一算，恰好是自己来到市局的前两天。所以，那个人的确有可能是针对自己才假扮成宋廉的？

接下来，包公将昨天发生的事情一五一十地告诉了周寒彰，包括他们如何抓捕犯人，以及宋廉如何勇斗凶手而坠入江中。在听到顾琰之也出现在昨夜的抓捕现场时，他瞳孔深处闪过一道暗芒。

“顾琰之是怎么知道行动地点的？”

包公飞快地看了宋廉一眼，心道兄弟，可别怪我说实话，在周大神的火眼金睛面前，骗人都没好下场的。

“说是……小宋告诉他的。”

我？宋廉欲哭无泪。这个顾总是谁啊，竟然让自己不顾警队纪律，把抓捕犯人的行动都泄露了出去？

包公见周寒彰并无怒色，继续道：“他听到小宋落水后，二话不说就跳到水里找人。那么冷的天、那么凉的水啊，啧啧啧……”

“说重点。”

“哦。”包公连忙讪笑着绕回到正题，“他下水找了半小时，也没找到人。不过不久之后，就有人在一公里外的江边找到小宋了。后来顾总说他今天还有会议需要早起，便先行离开了，我们送小宋来医院……情况大致就是如此。”

听完这漏洞百出的行动，周寒彰这才淡淡地开口：“他掉到那么深的江水中，却没受伤，你们都不奇怪吗？”

“这个，我水性很好的，可能是顺着江水游，游到后面晕过去了吧……”

很好，布置得非常合理，方方面面的细节都细致入微地考虑到了，就连当事人都觉得天衣无缝。但周寒彰已经完全确定这一切和顾琰之脱不了干系，现在就缺证据和动机了。他们为什么要这么做？目的是什么呢？

无数疑惑横亘在心头，等待他去解开。

周寒彰得到自己想要的信息之后，便匆匆离开了，留下了病房中一头雾水的众人。

看到周寒彰的身影消失后，宋廉这才好奇地开口：“可不可以问下，刚才你们说的顾总……又是谁啊？”

赵婷婷叹了一口气：“顾总要是知道你把他忘了，估计会伤心死吧。”

众人齐刷刷地点头。

“到底是谁啊？”

“受害者家属，也是……追求你的人。”

宋廉先是一愣，紧接着双眼发光，脑补出一个美艳成熟的御姐形象。

“长得漂亮吗？”

“漂亮？应该说是又高又帅又多金！”

“帅啊？我还是喜欢软一点的妹子。”

“谁告诉你他是妹子，他是个男的！”

啥？宋廉有些愣住了，好半晌才讷讷地开口：“可是……我也是个男的呀。”

包公毫无诚意地点头：“我们都看出来了。”

“那他……你们是不是搞错了？”

“你是在怀疑我当多年刑警的敏锐度吗？这个顾总，对你那可叫一个关怀备至，青睐有加。你看啊，你住院了，他第一时间来看你；你出任务，他不顾危险地帮你；你受伤了，他大冷天地在警局门口等了你好几个小时，就为了送你回家。还有，上回在酒店，我还看到他大半夜地进你的房间，然后没出来。”

“哇哦！”病房里响起此起彼伏的惊呼声。

“昨天他还为了找你在大冬天奋不顾身地跳到江中，这是一种怎样的关怀啊？”

包公想起那一幕，脑海中就忍不住冒出了一句话：You jump,I jump!

爱啊，这就是赤裸裸的爱！

而宋廉则彻底傻眼了。

他活了二十多年，也不是没收到过女生的小暗示、小表白、小情书，但这来自男生的爱慕还是开天辟地第一遭，更何况对方还是大名鼎鼎的琰之科技的领导人，国内科技商业领域最年轻的掌权者！

他失忆的这短短的二十几天，还真是风起云涌、翻天覆地啊……

周寒彰离开医院后，立刻开始着手调查。他赶到宋廉的宿舍，查遍了楼下所有的地方，还调出那天晚上所有的监控录像，但都挑不出任何毛病。而且到目前为止，并没有什么不利于他的事情发生，但那一场偷梁换柱、瞒天过海的行为却又真实地存在过。

那人为何要女扮男装假扮宋廉？顾琰之在这其中扮演着什么样的角色？一向战无不胜的周寒彰第一次遇到了不解之谜。

而更有趣的是，两天后，他接到消息，说顾琰之已经主动撤掉了他未婚妻失踪的案子。

"撤了？"

"对啊！"包公挂断了电话，兴致勃勃地回答，"说是那个失踪了大半个月的言小姐已经找到了。周大神，您果然料事如神啊！当时您就说，顾总的未婚妻这件事和那个连环失踪案无关，果然是真的！"

"人是在哪里找到的？"

"这个……他没说。"

周寒彰的眉峰紧蹙了起来。莫名其妙地失踪，又悄无声息地回来，到底是虚惊一场，还是另有原因呢？而这件事是否与真假宋廉有所关联？

那边，大大咧咧的包公可不知道周寒彰那高深莫测的表情下究竟在思索什么。他大大咧咧地一拍宋廉的肩膀，调笑道："我就说顾总最近为什么没来探望你，原来是未婚妻回来了啊。唉，但见旧人笑，不见新人哭啊！"

什么情况？这不是在周大神面前破坏他形象吗？

宋廉不好意思地挠了挠后脑勺，冲着周寒彰讪笑道："周大神你别听他们胡说八道、无中生有！"

却见周寒彰忽而道："也许不是胡说八道。"

啥？宋廉有些愣住了。

周寒彰一本正经地说："他的确对你有好感。"

"周大神，你也这么觉得对吧？果然英雄所见略同！"

周寒彰点头："他救了你两次是真的，而且他看你的眼神的确和别人不一样。"

如果说，之前包公他们说的，宋廉还只是半信半疑，那么这话从周大神口中说出来，他便不得不信。

周寒彰是谁啊，那可是洞若观火、明察秋毫的大神啊！他都这样觉得了，那肯定是八九不离十了。

所以……那个顾琰之真的喜欢自己？

宋廉发了一会儿呆，就在周寒彰以为他还会说出什么之时，就听到他突然叹了一口气，幽幽地感叹道："天哪，人太有魅力了真可怕。"

"……"

周寒彰眯着眼睛建议道："说起来，他也算是你的救命恩人，你都没去感谢他一下吗？"

"这么说，的确是应该。"

"择日不如撞日，就今天吧。"

"啊？可是我不知道他住哪儿啊。"

"我知道，我送你去。"

宋廉感动得快要哭了："大神你人真好！"

周寒彰微微勾起嘴角，脸上露出淡淡的笑意。

这天下午，天朗气清，顾琰之正坐在客厅里处理文件，突然门铃声响起。

打开门，当看到外面之人是谁时，顾琰之那好看的眉头顿时拧成了一根麻花。

怎么会是他们？

门外，站着的正是正版行货的宋廉，他穿着一件黑色的外套，手里提着两个大果篮，脸上带着大大的笑容。而在他身后，竟然是酷酷的周寒彰。

"请问，您就是顾总吗？"

"什么事？"

顾琰之皱着眉点点头，但整个人隔着一段距离守着门，完全没有要让他们进去的架势。

宋廉抬头，哇，这顾总长得好帅啊，和周大神比起来竟然不相上下、各有千秋，简直是要逼死地球上其他男性同胞的节奏，只是……他怎么这么冷淡呢？和想象中的不一样呢。

不过即便如此，宋廉依旧露出大大的笑容："那个啥，顾总，我是来感谢你的。这是我买的一点礼物，请笑纳。"

感谢？顾琰之面无表情地看着他手里拎着的两大篮水果，不知道的还以为是来探病的呢。

不过顾琰之想到言茉顶替了他之后，又是中枪又是落水的，于是毫无心理负担地收下了礼物。

"顾总不打算让我们进去坐一下吗？"

顾琰之冷淡的目光在周寒彰身上扫了一圈，拒绝道："有什么事就在这儿说吧。"

周寒彰微微敛了敛眉，目光落在顾琰之身后的客厅里。顾琰之却不动声色地将身形一挪，微微挡住他的视线。

但宋廉可没注意到两个人之间无形的厮杀。

他讪笑道："除了感谢，还有，我是想来告诉您，那个……我……失忆了。"

顾琰之面无表情地点点头："节哀。"

宋廉没想到他这么不按套路出牌，被噎住了片刻，有点不知道怎么接话……这怎么看也不像对自己有意思的样子啊。

宋廉手足无措之下，转头看了看周寒彰，却发现周寒彰的注意力压根不在自己身上。

得不到场外援助，宋廉只好挠了挠头，继续道："我听说在我失忆期间，您救了我好几次，还为了救我跳到河里了。"

顾琰之额角抽了抽："你到底有什么事？"

"我……我是想说……"

顾琰之皱了皱眉，除了感谢，他们还有什么话好说的？好像他们并不熟吧？

但考虑到言茉曾经还顶着这张脸，他还是强忍着不耐烦："快说。"

宋廉看着顾琰之，欲言又止，在经历了剧烈的思想斗争之后，他终于结结巴巴地开了口："顾总，感谢您的厚爱，但是我……但是我……"

顾琰之看着眼神突然闪躲起来的宋廉，一种不祥的预感突然降临。

但不等他让对方闭嘴，就见宋廉双眼一闭，豁出去一般大声道：“对不起！但是我真不喜欢男人！”

“……”

气氛似乎凝固了三秒。

只见顾琰之那张英俊的面容用肉眼可见的速度黑成了锅底，熟悉他的人都知道，这是火山即将喷发前的预兆。

但宋廉却不了解自己捅了怎样一个马蜂窝，看着顾琰之的神色，还以为他是被拒绝之后不高兴，宋廉连忙补充道：“真的，您很好，有钱，又帅，承蒙您的厚爱，我……我十分荣幸，但是……有些东西是天生的……不过，我觉得您一定能找到比我更适合您的人的！”

一定能找到比我更适合您的人……比我更适合您的人……这句话如魔咒一般在顾琰之的耳边回响。

安静的环境中，仿佛听到一声脆响，像一根绷到极限的弦，“啪”的一声，断了。

宋廉恍惚地跟着周寒彰走出了湖边别墅。

宋廉说完那句话后，顾琰之就毫不客气地把门关上了，留下一脸迷茫的他，和眉头紧锁的周寒彰。

坐上车之后，宋廉眨了眨眼，有些后知后觉地转头：“大神啊，我怎么觉得是我会错意了？”

“也许他是恼羞成怒。”周寒彰还沉浸在自己的思绪里，漫不经心地胡说八道。

哦，大神说是，那应该就是吧。

宋廉点点头，随即露出一个大大的笑容：“啊，现在觉得一身轻松！谢谢你啊，周大神！”

宋廉满足的声音终于让周寒彰微展紧锁的眉头，侧目看着他。

这个小菜鸟热血又直率，神经还如此大条，真的适合当一个刑警吗？回去之后他要好好考虑将这个什么搭档的关系给解除了才好。

“走吧。”

“好嘞！”

还不知道自己在他的周大神心中已经被贴上了负分标签的宋廉兴高采烈地发动车子，原路返回。宋廉从头到尾都没去想，为什么日理万机的周大神会愿意陪他来做这种事情，他现在内心只有一个感受，就是大神真是个超级好人啊！

车子飞驰向蜿蜒的湖边公路，粼粼的波光泛起一池的银光。

周寒彰往别墅方向看了一眼，收回了微沉的目光。顾琰之滴水不漏，想要查清楚这件事，恐怕要从长计议。

而在他们远离的别墅之中，却传来了一阵惊天动地的爆笑声。

“哈哈哈哈……”

猫在厨房偷听了许久的言茉，见人离开后，终于控制不住，笑得花枝乱颤，眼泪都快从眼眶里流出来了。

狗尾巴花先生竟然被发好人卡！真是太好笑了！哈哈哈哈……

顾琰之盯着面前的罪魁祸首，阴恻恻地问：“很好笑吗？”

言茉猛地点头：“是啊是啊！你竟然被一个男人拒绝了，哈哈哈！”

“你给我闭嘴！”

“闭不住，太好笑了！哈哈哈……”

顾琰之像一座已经喷发完的火山，额头上尽是袅袅的黑烟。这个女人，真是越来越放肆了！他会这样到底是谁的错？她竟然还敢笑？

不过快笑岔气的言茉并没有去注意顾琰之的表情，直到忍无可忍的狗尾巴花先生突然起身，高大的身影罩住她。

他用宽大的手掌握住了她小巧的下巴。在午后飘着尘埃的空气里——以吻封缄。

放肆的笑声戛然而止。她湿漉漉的眼睛陡然瞪大，含着水光的眸底，如同雨后碧波万顷的湖面，粼粼波光之中倒映出那张俊美无双的容颜。

一瞬间，仿佛大片大片的烟火绽放在漆黑的夜空，无数颗流星燃烧了自我，向寂寥的天际坠落，她的世界里仿佛天堂一般寂静。

不知过了多久，仿佛只有短暂的一秒，又仿佛已经天荒地老，他终于放开了她。

像是不舍一般，双唇在离开的一刹那，两片唇瓣间的肌肤还黏在一起，发出一声暧昧的轻响。

言茉呆呆地站在原地，杏眼圆睁，完全无法从刚才那一幕中回过神来。

“还笑吗？”

低沉而沙哑的声音似从胸腔处传来，如同一丝电流划过空气，让周身都起了一阵酥麻之意。

言茉茫然地摇头。

“很好。”

顾琰之满意地牵动嘴角，然后将那略显冰冷的身躯拉入怀中。

他微微垂首，再一次含住了她因错愕而微微轻启的双唇。

这一次，不再是温柔地触碰，而是更加热烈地交缠。

滚烫的舌尖描摹过湿润地唇珠，撬开了贝齿，长驱直入，每一次纠缠都充满了铺天盖地的占有欲。

言茉只觉得脑子一片空白，如果不是那双有力的手撑着她的腰，她觉得自己一定会腿软得瘫倒在地的。

初冬的阳光带着热意，金色的碎芒勾勒出两人紧紧相偎的剪影。空气里，仿佛有无尽的暧昧蔓延，而随之蔓延的，还有不断攀升的气温和彼此的体温。

狗尾巴花先生用最实际的行动告诉她，嘲笑他的后果，足以让她一生铭记。

CHAPTER 2 | # 第二章

冷 战

夜深了。

别墅中最后一盏灯火也熄灭了。

黑暗中，有人却如烙饼一般，死活都睡不着。

一闭上眼睛，言茉脑海中都是下午的那一幕。

她的身体还清楚地记得他的双唇是怎么含住自己，那滚烫的舌尖是如何闯入，如何像领土一般巡视着它的领域。舌与舌间的触碰，好似两尾鱼，在碧波万顷中纠缠嬉戏……

啊啊啊，打住打住！再想下去就要限制级了！

言茉在床上翻了个身。

可是他为什么会亲她呢？

亲吻，无论在哪个时代，所代表的的意义都不一般。如果上一次是自己醉后强吻顾琰之，那么这一次，却是他主动的。

这是不是意味着他已经……

言茉身体滚烫，心里却一阵发慌。她思前想后，终于还是按捺不住内心的担忧，冲到了顾琰之的房间门口。

一阵急促的敲门声后，顾琰之终于打开了门。他眯着眼睛看着面前慌里慌张的女人："大晚上的，你想干吗？"

言茉在过来之前本就是凭借着一股子冲动，但当面对顾琰之时，她却瞬间又缩回了龟壳里。

"我……我想问你……"

有些话语，曾经能够那样轻而易举地说出口，如今却变得如此难以启齿。

"你到底想说什么？"

算了，豁出去了！

言茉眼睛一闭，自暴自弃一般大声道："顾琰之，你今天为什么要亲我？"

话音刚落，她就感觉无声之处，有一簇火苗轰然在氧气中点燃，周遭的温度陡然攀高。

奇异的绯色一点一点爬上顾琰之的面容："你大半夜的把我吵醒，就是问这么无聊的问题？"

"才不无聊，你是不是……是不是爱上我了？"

顾琰之的眸光诡异地闪了闪，努力板着一张脸，正经地看着她："因为你一副很想被我亲的样子，我怎么能不满足你？"

言茉的脸庞陡然涨红："我哪里有……"

"没有？你在我面前笑得那么浮夸，不就是想让我堵住你的嘴吗？"

"……"

这是什么歪理邪说！不对，这不是她要说的重点！

"顾琰之，你千万不要爱我，我不能……不能害了你。"

"为什么？因为你是外星人吗？"顾琰之瞪着面前这个莫名其妙的女人，"放心，你还没有那么大的本事。"

——你还没有那么大的本事能够害了我。

而言茉的理解却是——你还没有那么大的本事让我爱上你。

经历了混乱而尴尬的一天，直到天快亮，言茉才带着各种纷杂的思绪勉强入眠，于是第二天一早，她成功起晚了，日上三竿了还在与被窝做殊死搏斗。就在她纠结着是起还是不起时，一声尖叫彻底赶跑了她的睡意，她呆滞地转头，看到一脸震惊的苏谭杵在房间门口，像得了帕金森病一般指着她。

“言……言茉！”

oh my god！言茉这才想起，自己回来这两三天，并没有告知其他人。而我们亲爱的狗尾巴花先生更不可能主动通知别人。

二十分钟后，言茉耷拉着脑袋坐在客厅，听着苏谭义正词严地对她进行道义谴责。

“言茉，你也太不把我们当朋友了！什么都不说就突然消失，你知不知道我们都很担心你？”

“对不起，当时真的是事出有因，事发突然！”

“你倒说说，事出什么因？事发如何突然？”

面对连珠炮似的提问，言茉急得满头冒汗，就在她绞尽脑汁准备编故事的时候，一道冷冷的声音从门外传来。

“你问那么多干什么？”

两人转头，看到晨跑回来的顾琰之板着脸走进客厅。有一些事情是只属于他俩之间的秘密，没有让外人知道的必要。他才离开一小会儿，苏谭这个家伙什么时候偷溜进来了？

顾琰之的到来让言茉如释重负，长舒了一口气。

“哥，你也太不够意思了，言茉明明都回来了，你也不告诉我们。”

言茉连忙接过话头：“我也是刚回来，这不是马上就打算和你说了，没想到你先来了。”

“嘁，你们两个一唱一和，夫唱妇随的，我倒成坏人了啊！”

不过留得青山在，还怕没柴烧吗？等言茉回来上班后，还怕她问不出所以然来吗？实在不行，到时候就把言茉拖到小黑屋，严刑逼供，屈打成招！

于是苏谭的眼珠子转了转，转头说：“对了言茉，你准备什么时候回来上班呀？大家都很想你呢。”

上班？言茉愣住了。她去上班只是为了更方便地追求顾琰之。如今这个任务她已经打算放弃，自然没有必要再在上面浪费时间。

她摇了摇头：“我不打算回去了。”

“为什么？”苏谭瞪大眼睛，“你该不会是想当全职主妇吧？”

“……”什么和什么？苏谭的思维真是越来越跳跃了！

“虽然我哥养得起你，但是以你的能力，太可惜了吧？”

“你想太多了！我只是想先休息一段时间而已。”

“……”

费了一番力气，终于将聒噪的苏谭送走了，顾琰之这才施施然坐回了餐桌，看似不经意地开口：“我也想知道为什么。”

“啊？”

“为什么不回去上班？”

虽然他并不反对她努力学习当一个家庭主妇，但是他更希望一天二十四小时都能看到她。

言茉眨了眨眼。

面对苏谭她可以顾左右而言他，但是在顾琰之的目光下，她却根本没法打什么太极八卦，只好老老实实地回答：“我……还要去完成剩下的任务。”

倒水的手顿了顿，顾琰之猛然抬起头，锐利的目光直射言茉。

顾琰之这才意识到自己从头到尾都忽略了一个问题。

“所以，除了我之外，你还有别的任务？”

言茉硬着头皮点点头。

“还有多少个？”

“七个……”

一时间，旖旎的气氛荡然无存。

顾琰之沉着脸想，很好，非常好！也就是说，她还要和七个人纠缠在一起？上一次是隋予扬，这一次是周寒彰，下一次是谁？

言茉小心翼翼地看着顾琰之越来越阴沉的脸色，内心忐忑不安。

顾琰之话锋一转：“小O呢？”

话题转得如此之快，让言茉有些摸不着头脑。

“小O在这里。”

不等言茉动手，小O就欢快地从言茉的肩头滑了下来，扭动着圆圆的身躯，滚到了顾琰之的面前。自从顾琰之发现它的存在后，它就将疯狂粉丝的痴汉属性展现得淋漓尽致，撒娇卖萌、表白示爱，拼命地刷存在感。

顾琰之皱着眉头，将这个狗腿子抓到手心里，然后起身。

小O激动得CPU都快要当机了。啊啊啊，男神用他宽大的手掌抱住了我！啊啊啊！男神的皮肤好好啊！掌心好温暖啊！啊啊啊，男神抚摸我了！我要一百年不换外壳！

“顾琰之，你要去哪里？”

“对啊对啊，男神男神，你要带我去哪里？”小O扭了扭不存在的腰，无限娇羞。

“一个好地方。”

顾琰之迈着大长腿走出客厅，走过长长的走廊，走进了书房，打开了柜子里的保险柜。

小O突然觉得不妙，扭着身子想要逃，但是已经来不及了。

只听到“咣当”一声，小O被丢入了柜子里。

“砰”的一声巨响，厚重的铁门被严丝合缝地关上了，还上了一把保险锁。

至于那五六七八个任务，就让他们统统去死吧！

于是可怜的小O，好不容易和它的男神有了肢体上的亲密接触，还没等它好好地感受一会儿，下一秒就被锁进了保险柜！

呜呜呜，谁来告诉它，它犯了什么错？

它悲愤地撞击着铜墙铁壁，哭哭啼啼：“男神男神，为什么把我关起来啊？”

却没有人去理会它。

言茉对这突如其来的变故有些茫然：“你……干吗？”

“我想你不再需要它了，让它换个地方住一段时间。”

她需要呀！她还要继续完成任务呀！

“好了，继续吃饭吧。”

为了防止这位“外星人”在科技方面的优势，保险柜的锁竟然换成了最原始的防盗锁，而且一上就是三把，想要通过蛮力来打开，几乎是不可能的事情。而这三把锁的钥匙，现在和它们的男神形影不离。

只要她不能改变容貌，哪怕她跑到了天涯海角，他也能将她找出来。就算她完成了任务，他也不用担心她会离开。

“当然，你不想去上班也行，老老实实地待在家里吧。”

言茉彻底傻眼了。

言茉在家中待了几天，就有些待不住了。眼瞅着时间一天天过去，她还有几个任务没完成呢。

于是她找了一个天气晴朗、气候温暖的一天，殷勤地切了一盘水果，端到顾琰之面前。

“吃点东西吧。”言茉一脸谄媚的笑容。

顾琰之淡淡地瞥了她一眼：“无事献殷勤，非奸即盗。”

言茉干笑了几声，用自己最温柔的语气询问：“顾琰之，你打算什么时候把小O放出来啊？”

“嗯，这是一个值得思考的问题。”

言茉点头如小鸡啄米，结果却听他说道：“暂时没打算。”

“……”

言茉一口气差点上不来。

“可是它待在里面会得幽闭恐惧症的！”

哦，他第一次听说，一个机器人也会得幽闭恐惧症。

于是顾琰之点点头：“没关系，它要是得了，我给它治。”

“……”

言茉快要哭了，一招不行，只好用另一招。她耷拉下眉头，企图用楚楚可怜的表情与悲惨的境遇，唤起他那仅有的一点良知。

“求求你把它放出来吧，你看我一个人在地球，人生地不熟的，没有它我一天都活不下去呢！”

结果这句话没有唤起狗尾巴花先生的良知，但的确成功引起了他的注意。

没有小O她活不下去？难道不应该是没有他顾琰之，她才活不下去吗？怎么，在她心目中，他还不如一个机器人重要？

顾Boss很不高兴。

不高兴的结果是，他更不打算放它出来了。

于是无论言茉怎么哀求，怎么“丧权辱国割地赔款”，在顾琰之这边统统无效。

最后言茉怒了，老虎不发威，当她是Hello Kitty吗？

她一拍桌子，愤愤地道：“顾琰之，你这是非法侵占！”

“看来地球的法律你掌握得还不错。”顾琰之挑了挑眉，友好地建议，“你可以去告我。”

言茉噎住了。

“我相信，法院会很乐意受理这桩案件，媒体也会很乐意报道，不出一天，全世界都知道你有一个智脑，以及你外星人的身份。”

顾琰之捻起一颗樱桃，放入口中，神色淡然：“等到你胜诉了，我自然会把小O放出来的，外星人小姐。”

言茉惨败。

没有小O，她就无法很好地执行任务，难道就这么坐以待毙，混吃等死？

不过好在除了将小O带走之外，顾琰之并未限制她的任何自由。所以在把小O拿回来之前，她恐怕只能靠自己去执行任务了。

可是她要怎么做呢？

顾琰之去上班之后，言茉坐到书房的电脑前，用最原始的方法连接上小O的数据库，在电脑屏幕上调出了目标人物名单。在除了顾琰之之外的其他七名目标人物中，有三名男性、四名女性。原本她打算由难到易，如今没有了小O，她可不敢再托大了，老老实实地选择了相对容易的目标下手。

她指尖轻轻一敲回车，古老的液晶屏幕上出现了一张照片。

那是一个用“美丽”二字都不足以形容的女子，一张二维平面的照片就令人惊艳万分，更别提当她真实地出现在面前，一颦一笑，会带上怎样动人的风情。

她叫凌向晚，历史上被封为神话的一位女星，而她的传奇不仅仅是因为她拥有颠倒众生的容颜，以及炉火纯青的演技，还因为她有一个极为聪明的脑子，和极为传奇的一生。

“主人，您真的打算自己去执行任务啊？”

“不然怎么办？你家男神又不肯把你放出来。”

“可是没有我的帮助，您真的有办法完成任务吗？”

“你这是在怀疑你主人我的能力吗？”

言茉摆弄着电脑，认真研究这上面的资料，思考着如何依靠自己来接近目标人物。尽管凌向晚在未来是享誉国际的大明星，但目前她只是一个刚复出的二线女演员。原本言茉可以借助小O随便扮演成一个角色，混到她身边。但如今小O被关在牢里失去了机身自由，她也只能采取相对迂回一些的方式来接近凌向晚了——比如去凌向晚所在的经纪公司应聘，成为她身边的工作人员。

制定好行动路线后，言茉将自己的简历发往了凌向晚所在的禾瑜娱乐，这才切断了小O的信号，关了电脑。

言茉伸了一个懒腰。

顾琰之不在的时候，时间就变得如此缓慢。她都制订好一个作战计划了，时针竟然才蜗牛一般爬了小半格。接下来她该干什么来打发顾琰之不在的这大半天呢？

这时手机突然一阵振动，传来一个视频请求。言茉看到屏幕上的号码后，头皮便一阵发麻，真是怕什么来什么！

言茉接通视频，结果还没开口，眼尖的戈烟很快就发现她背后熟悉的景色，戈烟眉头皱了皱：“你在顾琰之家中？”

戈烟这观察力也是神了，此时言茉想藏已经来不及，只能硬着头皮点点头。

“你不是在执行任务吗？怎么又跑到顾琰之家去？”

“任务执行完了，顺利拿到了第二个基因。”

戈烟突然皱了皱眉：“所以你是想通了？打算回来取顾琰之的基因？”

言茉见避无可避，于是把这段时间发生的事情，挑着能说的，大概说了一遍。听完言茉的话之后，视频那头静默了一小会儿后，发出一声咆哮：“你说顾琰之发现了你的身份？他还把小O藏起来了？你怎么这么不小心？”

戈烟咆哮完，下一刻却突然冷静下来，分析道：“不过，他知道你为了任务接近他、知道你身份特殊，却还把你留在身边，这只能说明一个问题，他一定是爱上你了。没错，一定是这样。他的基因一定已经合格了！你打算什么时候动手？”

言茉愣住了。

“你不会没想过这个问题吧？”戈烟严肃地道，“你当初做了那么多努力，追求他，不就是因为他有基因缺陷吗？之前是不确定，现在我基本能够肯定他的基因合格了，你却把任务抛诸脑后？言茉，你是不是不记得自己的使命了？”

言茉的眼神慌乱，脑子乱糟糟的。

“戈烟，我知道我的使命，但是他的基因，我不想取了，我不想继续骗他。”

“你这样有什么意义呢？你以为这样就能够减轻罪恶感？如果他知道，你靠近他、追求他，都是为了让他的基因合格，你觉得，以他那么骄傲的性格，他会怎么样？”

“所以我不能让他知道。”

“纸是包不住火的。”

“那能瞒到什么时候，就瞒到什么时候吧。”

多享受一天是一天，如果明天就是末日，她为什么不小心珍惜现在的生活？

言茉苦笑着挂断电话。

窗外，天空依旧湛蓝，阳光依然明媚，但这一刻，她的心情却无限地压抑了下来。戈烟的话，再一次打碎了她龟缩的蜗牛壳，让她直面了残酷的现实。

她沉重地往外走去，但在开门的一瞬间，她的脚步骤然滞住了。

一个高大挺拔的身影就站在门边。

长廊尽头的阳光将他的影子拉得很长很长，他整个人仿佛冬日的湖水，没有一丝温度。

言茉只觉得当头一盆冷水浇下，一股寒意骤然从头蔓延至脚心。

他什么时候回来的？他听到了多少？他……

她站在原地，看着他缓步朝自己走来，一时间无数话语横亘在心头，张张口，却连一句都吐不出来。

顾琰之看着面前这个面色惨败的人，只觉得讽刺。没想到，他不过是回来取一样东西，却听到了这样精彩的一段对话。

他可以容忍她一开始的接近是别有目的，可以接受她隐瞒自己真实的身份，也可以接受她的不告而别，全都是因为他以为她喜欢他。基于这一点，她所有的隐瞒与欺骗，他都可以原谅。却没想到就连这一点，也是她的伪装，原来她追求他也是出于任务！

没想到他顾琰之也有被人欺骗的一天！而且还是一而再再而三地欺骗！

看着微微发抖的言茉，他前所未有的怒火涌了上来。

“基因缺陷是什么意思？”

“……”

“说！”

“你的基因并不合格，关于爱欲的这项开关是关闭的，所以……”

“所以你早就取过我的基因了，只不过因为不合格，所以才继续留在我身边？所以，你追求我，说喜欢我，不过是为了让基因合格，好方便下手，是吗？”

“顾琰之，我……”

她还未说完，就被他无情地打断了：“你只要回答，是，还是不是？”

言茉怔怔地看着他没有一丝表情的脸，周身如坠冰窟，全身的血液飞速地凝滞住。

言茉几乎不敢抬头，不敢去看那眼底的凌厉与冰冷，更不敢去想象他会有的愤怒与失望。

她听到自己的声音，从遥远的天际传来，带着一丝绝望。

她说："是。"

"但是……"

追求你也许是计谋一场，但爱上你却是心之所向。

"闭嘴！"

顾琰之看着她，仿佛看着一个陌生人。原来很多看似微小的细节，如今统统都有了解释。

他一直以为自己在她心中有别于他人，如今却发现，也不过尔尔。她可以为了任务扮演成别人，同样也能扮演一个痴情的追求者。但骄傲如他，又怎么愿意承认，一切都是他顾琰之一厢情愿、自作多情？

顾琰之最后深深地看了她一眼，转身离开。

言茉只能眼睁睁地看着他的背影消失在视野中，这几日的甜蜜好似空中楼阁一般，轰然坍塌。

她知道，她把一切都搞砸了。

顾琰之这一走，言茉就没有再见到他。

她发了很多道歉的短信，希望顾琰之能听她解释，但每一条都石沉大海，杳无音信。

一开始言茉还以为他只是忙于工作，不想搭理她，直到发现小O也不见了，才意识到大事不妙。

她连接上小O，许久之后才收到小O的回复："嘤嘤嘤，主人，我被男神带走了！"

被带走了是什么意思？

言茉找到苏谭，这才知道顾琰之昨天飞去了日本出差，为期十天。

"我哥昨天是临时决定去日本参加一个论坛的。言茉，你们是不是吵架了？"

接到消息的言茉愣了几分钟才缓缓回过神来。要是吵架就好了，他们之间岂是简简单单的"吵架"能说明白的呢？他估计是连见都不想再见她。

想到这里，言茉难过极了，偌大的别墅恍若一座无形的坟墓，逼仄得让人喘不过气来。她觉得自己已经没有资格再住在这里，却不能也不愿再不告而别。她只能像一个等待着审判的囚徒，等待着他最后的裁断。

也不知道是不是情场失意，职场就得意，两天后，言茉收到了一份面试通知，正是之前她投递过简历的禾瑜娱乐。

在空荡荡的房子里颓废了几天后，言茉还是决定不能这么混吃等死下去。不管如何伤心难过，她依旧要完成自己的任务，这是她的使命，是她逃避不了的职责。

言茉前去禾瑜娱乐，没有意外地通过了面试，成了禾瑜娱乐的一名行政助理。

禾瑜娱乐是国内数一数二的娱乐公司，旗下掌管着许多著名的艺人，凌向晚就是其中一员。言茉一进公司就变着法地打听凌向晚的消息，尽管她能够从史料中获得讯息，但很多派得上用场的小消息，史料中并不会记载。

言茉的司马昭之心很快就被大家发觉："你不会是为了凌向晚才来我们禾瑜的吧？"

言茉不好意思地笑了笑："你们看出来啦？"

"不要太明显好吧？"行政部的同事小涵道，"不过，你怎么会喜欢凌向晚呢？"

他们的惊讶不是没有道理。凌向晚出道时虽然惊艳了整个娱乐圈，但后来嫁入豪门，呈半退隐状态，人气大不如前，加上最近的离婚传闻，使她负面消息缠身。就这样还能有这么死忠的粉丝，也真是不多见。

"人漂亮，演技好啊。"

"人漂亮有什么用，结婚太早又闹离婚，再好的条件都被耗光了。"舒乐说。

小涵点点头："你说她嫁得那么好，当时多轰动啊，这才不到两年，怎么就要离婚了呢？而且还是凌小姐主动提出的，骆先生坚决不肯，凌小姐还去法院起诉了呢。"

是啊，为什么呢？

关于凌向晚为何坚持要离婚，这其中众说纷纭，踩低捧高有之，幸灾乐祸有之，吃不到葡萄说葡萄酸亦有之，但无论媒体如何追问，凌向晚都没有透露离婚的原因。

凌向晚与骆远霄的相遇，符合这世界上最浪漫的言情小说里的设定。他们在宴会上第一次相遇，就对彼此一见钟情，谈了一场轰轰烈烈的恋爱，不到三个月，便决定步入婚姻的殿堂。这段闪婚在当时着实轰动了整个娱乐圈。女方是美艳无双的新人花旦，男方是实业巨子，童话一般的相遇，偶像剧式的剧情，简直是郎才女貌，天造地设，所以那场世纪婚礼连续一个星期占据着娱乐新闻的头条。

然而，一场幸福的结合还历历在目，不到两年，这段让万千人艳羡嫉妒的婚姻却以凌向晚提出离婚而告终。尽管骆远霄苦苦哀求，不止一次公开表示自己绝不会离婚，会付出一切挽回凌向晚的感情，但凌向晚的态度却坚决得让人不解，最后甚至还提起了离婚诉讼。虽然一审没判离，但两人也已分居。而凌向晚也在风口浪尖之际复出，重回娱乐圈。

“你知道凌小姐提出离婚后，有媒体采访骆先生，骆先生怎么说吗？他说，只要她愿意回来，任何时候他都愿意等候。”小涵捂着胸口，一副受不了的样子，“你说这么痴情的二十四孝老公，凌小姐还有什么不满足呢。”

骆远霄掌管着整个远扬实业，一向以严厉著称。然而他对全世界严厉，却只对她一人温柔。暖男看起来美好，但谁都不希望身边之人是个中央空调，因此像骆远霄这样的男人最让女人着迷，偏偏有人身在福中不知福。

三人正聊着天，舒乐突然推了推言茉：“快看！你的偶像来了！”

言茉循声望去，只见一楼大厅的旋转大门中，有两人快步走入，其中一个人用大大的墨镜遮面，简简单单的装束却难掩一身光华。即便在这个美女如云的娱乐圈，她依旧是站在食物链顶端的那种。往人堆里那么悄然一立，再苍白无奇的画面、再乏善可陈的角落，都因她的出现，而被染上了一层绚烂夺目的色彩。

当然，她会成为目标人物，可不仅仅因为这一张颠倒众生的脸，还因为她有一个智商极高的天才大脑。她出身于书香门第，父母皆是教授，虽然进入演艺圈，却未放弃学业，是娱乐圈中难得一见的高学历女性。甚至在二十多年之后，她还以演员与发明家的双重身份被载入史册。

漂亮的人本来就占尽天时地利，更何况她还用智慧为人类的进步做出了巨大的贡献。可以说她是这百年以来最传奇的女明星，没有之一。

“你要不要去要个签名什么的？”

“好啊！”言茉连忙双手合十，看着舒乐，“那我去去就来。”

舒乐在公司里见过太多像言茉这样刚进入公司，对偶像充满了幻想的小粉丝。而她曾经也是这其中的一员，因此她十分理解言茉的心情，于是她拍了拍言茉的肩膀，叮嘱了一句“快去快回”，便由言茉去了。

在电梯门快要关上的那一瞬间，言茉气喘吁吁地挤入了狭窄的空间。

电梯里的两人齐刷刷抬起头看着她。

这么近距离看着，凌向晚竟比资料与电视上看到的还要迷人。虽然她的精神有些憔悴，但皮肤依旧白得像会发光一般，即便戴着巨大的墨镜，也难掩那精致的面容与浑然天成的气质。怪不得骆远霄会对她如此痴迷，这样的女子，任凭谁都会放在心尖上呵护，不敢让其沾惹上一点尘埃啊。

“凌小姐你好，我叫言茉，是公司行政部的，我是你的忠实影迷。”

凌向晚微微点头示意。

在荧幕上，凌向晚造型百变，塑造了无数的性格，但私下里，她并不算热情，甚至有些高冷。不过言茉并不在意她的态度，而是干脆将自己想要说的话说出来，否则一旦电梯到达所在楼层，她便没有机会了。

“凌小姐，您今晚是不是有一个代言活动？”

开口接话的是凌向晚的助理米粒：“对，你也要去参加吗？”

“没有，不过我想说的是……”言茉顿了顿，“凌小姐请您务必小心，可能有危险。”

这话一出，终于引起了两人的注意。

像言茉这样的粉丝他们见多了，尾随到公司就为了看一眼偶像，为博偶像的注意信口开河、胡说八道，甚至有更出格的行径。好在电梯很快就到了她们所要到的楼层，门再次打开，两人便急急忙忙地走了出去。

言茉却不气馁，冲着她的背影大声道：“真的！尤其注意头顶的物品！”

电梯门再度合上，看着他们的背影消失在眼前，言茉终于松了口气，今天的任务就算达成了。

当然，言茉不会天真地认为自己这么一句话就能改变什么。今天这场代言活动是凌向晚复出后接的第一个代言，对她而言至关重要，绝对不会因为她这么一个不知道从哪里冒出来的小粉丝而发生改变。

但言茉并不担心，她相信凌向晚一定会再来找她的。

熬到了下班，言茉打完卡，回到家中。

偌大的别墅空荡荡的，即便打开了中央空调，也无法驱散空气中的孤寂寒冷。

言茉打开了所有的灯，屋子里瞬间明晃晃的，看起来似乎不那么冷清了，她走进厨房觅食，却发现自从顾琰之走了之后，家里就没再添置过食物，如今厨房里只剩下半棵白菜，和一根萝卜。

她只好拿着那半棵发蔫的白菜，上网搜了搜醋熘白菜的做法，自己吭哧吭哧地捣鼓起来。结果毫不意外，她煮出的当然是一堆连猪都不吃的奇怪物品。如果这个世界上有一个最差厨艺大赛的话，她应该能当仁不让地拔得头筹吧？

不过，如果换在几个月前，能吃到这样的纯天然食品，她已经该感激涕零了。而如今，她竟然觉得如此难以下咽。

果然是由奢入俭难，那么感情是不是也一样呢？

如果有一天，她将要离开这里，回到未来，要如何面对那个只有醋熘白菜味营养剂的生活，又要如何面对一个没有他的世界？

那是不是往后的数十年、数万个日夜，她都要带着这份痛苦，过得比死还凄惨？

带着突如其来的忧伤，言茉倒在床上。枕着冰冷的星光，合着山风与月光，念着心底的某个人，在夜色包围之中睡去。

而此时，言茉心头的某人正一脸冰冷地走在酒店古色古香的长廊里。

顾琰之觉得自己一定是抽风了，否则为什么放着S市的工作不做，跑到这种地方来听一堆人阿谀奉承、溜须拍马？

想到那个让自己抽风的罪魁祸首时，顾琰之心头就是一阵烦躁。他之所以选择飞往日本，就是生怕自己太过愤怒之下会做出什么不理智的事情，因此给自己一个不去见她的理由。可是当自己不在她身边，他那种烦躁感不仅没有减弱，反而数倍地增长起来。

真是自讨苦吃！

顾琰之身边半米远处，肖子白一脸的苦大仇深，活像干吞了一斤的黄连。

这次出差本是他全权负责，结果顾琰之不知突然抽了什么风，竟然要亲自前来。本来好好的一趟冬日日本之旅，美酒美景美食、艺伎温泉艳遇，要多爽有多爽，结果顾琰之这座移动大冰山一来，这漫天的皑皑大雪都仿佛穿过了这高墙厚瓦，直接钻到了他的骨头缝里去。冷彻心扉啊！

“老大，你是不是和言茉吵架了？”

回答他的，是“砰”的一声关门声。留下吃力不讨好还碰了一鼻子灰的肖子白杵在原地，欲哭无泪。

为啥老板每次心情不好，总要殃及他这条无辜的小池鱼呢？

第二天，言茉是被肚子“咕噜咕噜”的叫声吵醒的。昨晚她胡乱应付了一顿，今天肚子就给出了抗议行动。

言茉捂着肚子，翻箱倒柜地找出一罐牛奶，也顾不上天寒地冻，就这么仰头灌了下去，一边喝着一边打开了手机的新闻软件。

果然，在当天的娱乐新闻中就看到一条新闻报道，说的正是复出的凌向晚在参加一个代言活动时，差点被活动现场坠落的吊灯砸伤的消息。

言茉看着手机屏幕，眸光闪了闪，胡乱塞了几片饼干，就出门上班了。

到了公司之后，大家都在议论昨晚那惊险的一幕。听说昨夜还惊动了警察前来调查。但一番折腾后，得出的结论是意外事件。

当天下午，不出所料，凌向晚的助理米粒找到了言茉，说凌向晚想见她一面。

两人约在了禾瑜附近的一间隐蔽的餐厅。

凌向晚依旧戴着一副巨大的墨镜，不过墨镜下的脸色有些惨白，显然还没从那惊魂的一刻中彻底恢复过来。她一到包厢坐下，就单刀直入：“你是怎么知道代言活动上会出事的，你是不是听到什么了？”

一开始，凌向晚并没有将言茉的话放在心上。毕竟一个完全陌生的人站出来说你会有危险，谁都会将之当成神经病。结果没想到当天晚上活动现场，她头顶悬挂的吊灯突然松动，整个吊灯瞬间砸落。好在一旁的工作人员替她挡了一下，这才幸免于难，否则以那盏水晶吊灯的重量与大小，即便不重伤，也要毁容。

事后，惊魂未定的凌向晚想到那个古怪的女粉丝的话，心头不由得一阵发冷。她不是没有怀疑过言茉，但她让人调来了言茉的档案一查，却发现言茉和这件事不可能有任何关联。

那么，她到底是怎么知道的？！莫非……

在凌向晚审视的目光中，言茉慢吞吞地用勺子搅动着自己杯子里的咖啡，表情显得犹豫不决。

“我说了，您会信我吗？”

“你不说，我怎么知道信还是不信。”

言茉深吸了一口气，看似鼓足勇气，实则开始一本正经地胡说八道：“我会看面相，能测凶吉。”

凌向晚嗤笑：“你意思是，你是算命的？”

“可以这么说吧，我这段时间看您面相大凶，就给您测了下运势，结果发现您会在两天内有危险。我是您的铁粉，不敢掉以轻心，想着无论如何都要通知您。”

凌向晚细细地观察着言茉的神情，许久才道：“也许只是巧合呢？”

言茉自然知道一件事不可能博得凌向晚的信任，不过预测一下未来会发生什么对于她而言不过是小菜一碟，更何况娱乐圈中，每天都有大事发生，多得简直可以信手拈来。

“我今天还在公司看到一位前辈，面向大吉，三天之内，一定会有好事发生。”

“娱乐圈里每天都有好事发生。”

“不是一般的好事，而是一笔意外之财，至少两千万以上。”言茉顿了顿，“不过请您不要将这件事告诉别人，我爸爸说这个测多了，会折寿的。”

凌向晚将信将疑。虽然子不语怪力乱神，但是这世界上多得是科学无法解释的事情。更何况娱乐圈中的人或多或少都有些迷信，养小鬼转运势的人不在少数，言茉相信，凌向晚不会不放在心上。

“凌小姐，我知道这么说有点唐突，我是您的死忠粉丝，我进禾瑜就是想当您的助理，您接下来事业运不错，但会遇到一连串麻烦，如果您相信我的话，我一定会努力帮您的！”

如果说凌向晚在第一次事情发生时还心有疑虑的话，那当那名同公司的前辈在英国赛马赢了两千多万后，她心中已经信了七八分。不过身处娱乐圈，她还是十分小心谨慎，并没有立刻就顺了言茉的意。

直到几天后的傍晚，一件意外事情发生。

CHAPTER 3 | # 第三章

意 外 发 生

日本，京都。

昨夜一场寒流如期而至，刚下过一天的大雪，屋外夜染庭院，银装素裹。仿古的木质路灯流溢出黄澄澄的光，静静地给树梢的雪帽镀上了一层柔软的色泽。

顾琰之站在窗前，明明是美到让人宁静的景致，却无法给他的内心带来丝毫平静。

派去保护言茉的人告诉顾琰之，言茉去了禾瑜娱乐上班，还成天黏在一个名叫凌向晚的女明星身边。至于她为什么突然这么做，在经过那么多事情之后，顾琰之不用猜便能知道，她一定是去接近所谓的目标人物了，就像当初接近他一样。

想到这里，他就感到一阵烦躁。他一向镇定自若、冷静淡然，人生也一直一帆风顺，虽然有一点点缺憾，却从来不影响他冷静地生活。然而，自从言茉那个女人闯入他的人生之后，一切都变得乱七八糟。

突然，房间内一阵铃声响起，打破了静夜的安宁。

顾琰之心头一动，有一股不祥的预感涌上心头，他走回桌边，拿起不断振动的手机。

按下通话键，电话那头传来一个紧张的声音："老板，言小姐出事了。"

顾琰之连夜搭乘专机回国，赶到医院时已是第二天凌晨。

洁白的病房里是淡淡的消毒水的味道，言茉躺在柔软的被子中，即便是昏迷时，眉头也死死地拧着，惨白的面容上似乎被什么梦魇魇住了一般，整个人脆弱得仿佛一朵尚未绽放就凋零的花朵。

负责看护的保镖小心翼翼地站在顾琰之身后道："医生说好在她没有正面被车撞上，只是被车头的力道推了一下，落在草坪上，所以内脏没有受损，应该没什么大碍。"

"不是让你们看好她吗？为什么会出现这样的事情？"

身材魁梧的保镖面露愧色。

顾琰之出差之前，特意派了他们去看着言茉，说是监视，实则是保护。不过昨晚事发太过突然，她陪着那个女明星去参加活动，走到拐弯处有辆车子突然像得了疯牛病一般冲过来，谁都没想到原本在安全区的言茉会突然冲出来挡了一下。等到他们冲上去时，一切都已经来不及。

"肇事者抓到了吗？"

"抓到了。酒驾，现在被关在派出所。"

凌晨三点的医院，安静到掉落一根针都能听见。整个城市都陷入沉眠，只有顾琰之毫无睡意。

他站在窗边，沉着脸看着床上的言茉。

他不得不承认，在得知言茉出事却无法及时赶到她身边的那一段时间，他十分懊恼。如果他没有冲动之下去了日本，也许这一切就不会发生。这个女人，果然只有待在自己身边，才能平安无事，一旦离开了自己，就不断遇到危险。

病床上，言茉还沉在冗长的梦魇里醒不过来。

她又梦到他与她决裂的情景。他毫无留恋地离开了她的世界，头也不回。看着他的背影，绝望将如同最幽寂冰冷的深渊，在未来的几十年、几百年，拘禁着她的灵魂。

无边的恐惧汹涌而来，如同最澎湃冰冷的潮水，将她吞没其中。

"顾琰之——"

她猛地睁开眼睛。入眼是雪白的天花板，以及缓缓淌泪的点滴瓶子。

没有顾琰之。整个空间里寂静无声，像死去一般。

言茉轻轻一动，周身的骨头无一处不在哀号，每一寸肌肤仿佛都在抗议，她忍不住呻吟了一声。这时，一道沉稳的脚步声传来，灰蒙蒙的光线中，一片浅浅的阴影挡在了她面前。

言茉这才迟钝地注意到，病房之内还有一个人。

病房的灯光“啪”的一声点亮，言茉刚从黑暗中苏醒，眼睛一时间无法适应，眯了眯，然后就看到梦里出现的那个人站在床边，居高临下地看着她。她怔怔地对上他漆黑的眼睛，瞬间如坠入无边无际的黑洞，沉黯幽远，波澜不兴。

顾琰之的出现，一时竟然盖住了感官的痛楚，她眼睛一眨不眨地注视着那张冷凝的面容，一时间分不清这到底是梦境还是现实。

两人的目光在空气中交会，最后是顾琰之先移开了眼神，他冷着脸走到床头，按下一个按钮。

很快，主治医生与两名护士快步走入病房。

言茉强忍着痛苦，任由医生和护士翻来覆去地一通检查。半晌之后，医生才直起身子，收起了胸前的听诊器。

“病人既然醒了，那就是没事了，不过为了健康考虑，建议住院观察两天。”

医生交代完注意事项后便离开，门被轻轻带上，病房内又恢复了死一般的沉寂。

许久，顾琰之先打破了沉寂。

“怎么，失忆了，不认识了？”

那略带不悦的语调，那冷冰冰的眼神，却莫名熟悉得令人感动。

言茉眨了眨眼：“你……什么时候回来的？”

“这不用你管。”

言茉的眼神暗了暗，有些语塞。

一时间病房里又陷入了诡异的寂静。

言茉努力想打破这种平静，她绞尽了脑汁，蹦出一句话：“那啥……凌小姐她没事吧？”

这句话不说还好，一说，某根隐形的导火索瞬间被点燃，引爆了顾琰之一直强压的某根神经。只见他冷笑了一声：“她当然没事。对你而言，只要是你的目标任务，你都可以奋不顾身地去死是吧。”

隋予扬、周寒彰，还有现在的凌向晚……对她而言，他根本不是特别的。

想到这里，顾琰之的一股气仿佛堵在胸口，吐又吐不出，又不肯这么轻易咽下。

言茉被顾琰之突如其来的爆发给吓到了，好半晌才嗫嚅道：“不是的……”

这件事情本来就是她的一个计划。她翻到史料中的新闻报道，说凌向晚在去参加活动的路上，差点被一个酒驾的司机撞到。史料上记载凌向晚没受多大的伤，她想借着此事博取凌向晚的信任，结果没想到分寸没把握好，直接把自己送到枪口上去了。

她没想到自己会摔得这么惨，更何况……

“你和他们不一样的……”言茉弱弱地开口。

“花了这么长时间骗我，的确很不一样。”

言茉眼底泛起一丝痛楚。她知道有些话，现在不说，就来不及了。

“顾琰之，”言茉终于鼓起勇气，开口时，声音染上了一层沙哑，“我不是什么外星人，我来自五百年后的地球。”

顾琰之怔住了，猝不及防。

“一开始，我的确是因为没取到合格基因才追求你的，不过我还没成功，就先喜欢上你了。”

曾经，“喜欢”两个字可以如此轻易地说出口，当她意识到爱上他的时候，这两个字却变得重若千斤。

“在那之后，我就再也没有起过拿你基因的念头，更不敢继续追你。顾琰之，我不属于这个时空，完成了任务，我就要离开这里，我不能害了你……”

听到言茉说出“喜欢”二字时，顾琰之心头就算有再多的不快，脸色稍霁，但是，在听到后面那句话之时，他眉眼间却迸发出一道难以置信的光。

他低下头，死死地盯着她。

只听她的声音继续传来：“你的未来，注定有一个特别美满的人生，你会结婚，会有喜欢的人，会有一对很可爱的孩子。”言茉苦笑着，“我知道我的行为很恶劣，无论我说什么都显得苍白无力，但是，我还是很希望能得到你的原谅……”

顾琰之硬邦邦地打断她的话语：“你说你要离开是什么意思？”

“离开这个时空，回到五百年后。”

沉默了片刻之后，顾琰之没有起伏的声音才再次传来：“你之前……为什么没说？”

“我们有规定，不可以说……”

“现在为什么又可以了？”

是啊，为什么呢？

她害怕再不说，也许就再也没有机会。她不想被他继续讨厌着，那种感觉，比死还冷。

言茉垂着脑袋，讷讷地应道："对不起。我不想再骗你了。"

许久许久之后，顾琰之的一声冷笑打碎了病房内死一般的寂静："不用说对不起，我不会原谅你。"

"顾琰之……"

言茉木木地看着他，只见他转身，头也不回地拂袖而去。门"砰"的一声关上，仿佛通往某一个世界的大门轰然闭合。

言茉呆坐在床上。

窗外的天空，微曦的晨光渐渐染上了墨蓝色的天幕。她却不知道他们之间，是否会有黎明到来的那一刻。

黑色的SUV劈开清晨寂寂无声的空气，猛地在道路的尽头停下，尖锐的刹车声似要撕裂这晨雾笼罩的空气。

顾琰之没有下车，而是打开了被丢在副驾座上的保险箱，被关了数天禁闭的小O立刻扭动着身体滚了出来。

"嘤嘤嘤，男神您终于把我放出来了，我一个人在里面好孤独寂寞冷。"

"闭嘴。"

小O立刻噤声，瞪大眼睛，安静又无辜地看着顾琰之。愤怒中的男神不要惹，这是它作为一个高端智脑，在经过这么长时间的数据搜集分析出的第一要则。

"我问你，你们完成任务后是不是必须回到未来？"

"男神您知道了？"小O惊恐地瞪大眼睛。

"回答问题。"

"哦……是。"

"如果一直都完不成任务呢？"

"只有一年的时间，从到达这个时空开始算起。"

"那……有不离开的方法吗？"

"没有。"

小O话音一落，车厢里霎时陷入一片迫人的沉默。

车窗外，灰蒙蒙的山头罩着未散开的浓雾，天光黯淡，如同他此时的心情一般。

天色渐渐亮了起来，医院也陷入了嘈杂喧闹的忙碌中。救护车声、病人的呻吟声、争吵声交织在一起，开启了崭新的一天。

直到医生带着护士来查房时，言茉才从久久的愣怔中回过神来。无论此时她的心情多么糟糕，任务也要继续完成，容不得她有半点的马虎。

言茉向护士打听了凌向晚的消息，这才得知，昨夜凌向晚也被送进了医院，现在正在VIP病房里。不过她并没有什么大碍，只是受了些惊吓。言茉想着自己于情于理都应该去探望下自己的目标人物，于是问了凌向晚的病房号，顶着还酸痛不已的身体，慢慢往外挪去。

但还没等她走近病房，远远地，便听到一阵争执声传来。或者算不上争执，而是单方面的哀求与单方面的拒绝。

“太晚了，骆远霄，这个婚，我离定了。”

“小晚，如果你是因为夏展霓的那些话，我可以让她彻底消失在我们面前，我还可以……”

“和谁都无关。我知道你不喜欢她，和她没有任何关系。”

“那为什么……”

“你觉得呢？”

也不知道两个人你来我往的在打什么哑谜，就在言茉快没耐心之时，病房中终于传来那个男子因痛苦而微微颤抖的声音：“我那是因为爱你……”

“你的爱，我无法消受。”

“那……如果我发誓再也不会约束你，再也不会限制你，只要你不离婚，只要你愿意回到我身边，我什么都答应你，好不好？”

“太晚了。”那个女声毫不留情地拒绝，“你走吧，我不想看到你。”

紧闭的病房内，再一次陷入死一般的沉寂。

“走啊！”

许久之后，病房门被推开，一个面色憔悴的男子从屋内走了出来，他站在门口许久许久，这才无言地迈开步子。

言茉连忙往拐角处一闪，躲到墙角处，看到一个寂寥的身影从自己面前缓缓经过，像一只失去了配偶的困兽，痛苦，挣扎，却求而不得。

他不认识言茉，但言茉却是知道他的。他是凌向晚的第一任丈夫，骆远霄。

想到刚才那低声下气的语气，任凭谁都无法将他和那个器宇轩昂的实业巨子联系在一起。他在外人眼中是商界新贵，是天之骄子，是无数女性心中的梦中情人；但在爱情面前，他依旧求而不得，低到了尘埃里。

原来爱情面前，人人平等，但也人人不平等。就像两人拔河，爱得越深越用力，往往就摔得越痛越彻底。因为一旦对方放手，你所付出的一切，会彻底将你反噬。

两天后，言茉出院了。

这场车祸，言茉也算因祸得福，凌向晚对她的信任终于直线攀升。不久之后，经纪人章姐就主动找到了言茉，让她来当凌向晚的生活助理。毕竟在这种特殊时期，他们很需要一个信得过的人陪在凌向晚身边，更何况言茉还有神乎其神的特殊能力。

言茉当然是求之不得。双方一拍即合，言茉很快就从公司的行政部调走，如愿以偿地走马上任。

不过成为凌向晚助手的言茉并没有急于下手，而是老老实实地在凌向晚身边工作了起来。毕竟几次的悲惨经历告诉她，心急吃不了热豆腐，太过急于求成，反而会出现状况。

凌向晚刚刚复出，行程并不密集，更何况还有助理米粒在。米粒是凌向晚最得力的左右手，自从凌向晚复出起就在凌向晚身边工作，十分保护凌向晚。而言茉作为生活助理，无非就是跑跑腿、买买奶茶之类的。她知道，自己最大的作用绝非什么贴心小棉袄，而是一件防弹小背心，专门用来挡那些明枪暗箭的。

这天晚上，参加完一个剪彩活动后，凌向晚让米粒先回去，叫言茉送她回家。

两人回到凌向晚家中时，已经是寒风萧瑟的深夜。言茉尽职尽责地将赞助商送的东西都拎到了客厅里，整理好后，才走进她的卧室。

“凌小姐您早点睡吧，明天还有试镜呢。”

第二天凌向晚要去参加电影《转机》的试镜。虽然试的只是一个女配角，但言茉却知道这个角色对凌向晚来说非常重要，丝毫马虎不得。结果言茉走进卧室时，却看到凌向晚连睡衣都没换，坐在床头，两眼发直地看着窗外。

“凌小姐，你没事吧？”

凌向晚摇了摇头：“你去给我热一杯牛奶吧。”

“好，稍等。”

自从车祸事件之后，凌向晚的状态一直不太好。平日里除了工作之外，就感觉她变得十分紧张，整个人如同惊弓之鸟。不过言茉也未放在心上，想着可能是那天受的惊吓过度了，还没缓过来。

言茉转身的一瞬间，眼底迸发出一道光芒。

因为明日是重要的试镜，言茉本不打算这几日动手，但既然大好的机会送上门了，不用白不用啊！

等言茉端着“加料”的牛奶走进卧室时，凌向晚依旧保持着那个姿势。

见她走近，凌向晚也没有看她，而是很突兀地开口道：“小言，你真的会算命吗？”

言茉微微一怔，连忙应道：“会啊。”

“那你看看最近我是不是还会发生什么？”

“凌小姐怎么突然……”

“我总觉得，有人想害我。”

做贼心虚的某人吓得手一抖，牛奶差点洒到了地上。

好在凌向晚沉浸在自己的思绪中，并没察觉。言茉连忙将牛奶搁到了床头，小心翼翼地看着她。

凌向晚的忧心并不是无中生有，她刚复出的这一段时间的确命途多舛，网上关于她的负面消息铺天盖地，各种声音皆有之。加之接二连三的事情发生，给她的星途蒙上了一层巨大的阴影。但是老孟不也说过了吗，天将降大任于斯人也，必先苦其心志劳其筋骨，命运的大手在下一盘大棋前，总喜欢故弄玄虚一番。

“凌小姐，你别胡思乱想了，这段时间是发生了一些事情，但你要相信，雨过就会天晴啊，很快就会有好消息在等着你。”言茉将牛奶推到了凌向晚的面前，“牛奶凉了。”

但凌向晚接过那杯牛奶，却没有先喝，而是放到了一边。言茉正奇怪时，只见凌向晚打开抽屉，掏出了几个药瓶子。

“凌小姐，你睡前要吃这么多药啊？”

“之前医生开的，说可以助睡眠。”

凌向晚掏出了一些中药丸服下之后，这才端起牛奶喝了一口。

“你回去吧，辛苦了。”

言茉点点头，往外走去，但她并没出门，而是在玄关处站了一会儿，这才折了回去。

再次回到卧室时，凌向晚已经靠在床头睡着了。沿着缝隙漏入的夜风带动着淡紫色的窗帘轻轻飞扬，凌向晚斜斜地倒在床上，美丽的眉眼间还染着一丝没有退却的愁绪。

言茉关好窗子之后，迅速拿出仪器，抽取了凌向晚的基因，然后清理了现场，替她盖上被子，这才泰然自若地离开。

走出凌向晚的住处时，深冬的寒风已经吹散了低空的薄云，露出了靛青色的天幕。听说因为拉尼娜现象的影响，今年的冬天是十几年来最冷的寒冬。言茉打了个哆嗦，拢紧衣领，拦下一辆车子，钻了进去。

车子飞速地往城郊的别墅驶去。

看着窗外暗沉沉的夜色，她几乎不敢想象，就这么轻易地拿到了基因。比起取顾琰之基因时的一波三折，再比起取周寒彰基因时的惊险万分，这一次她简直顺利到不可思议，但她心头不仅没有一丝轻松的感觉，反而如塞进了一块大石头，压得喘不过气来。

言茉回到家时，偌大的别墅黑漆漆的一片，漆黑的树影在窗外摇曳晃动，如同一只只无声伫立的怪兽。言茉脱鞋上楼，走到房间门口时，下意识地往隔壁屋子望去。他的房门紧闭着，连一点点的灯光都透不出来，整套别墅仿佛只有她一个人一样。

自从出院之外，她就再也没见过顾琰之。事实证明，当一个人不想看到你时，就算近在咫尺，也一样能够远在天涯。

言茉怔怔地站了好一会儿，才慢吞吞地垂首进了屋。

又是一夜凌乱纷繁的梦境，第二天一早醒来时，她依旧不见顾琰之的踪影。

为了不显得太过突兀，言茉本打算再工作两天，然后随便找一个借口辞职离开。于是她如往常一般出门，来到凌向晚的家中。

但奇怪的是，无论她是敲门，还是打电话，都无人应答。

难道凌向晚不在家？但电话铃声却明明在屋内响起啊。

还是……

一股极其不祥的预感涌上言茉心头。

言茉回想起凌向晚告诉过她的公寓密码，开门而入。

屋子里悄无声息，言茉穿过宽大的客厅，走到卧室门前敲了敲门，但依旧无人回应。她说了句“抱歉”，随即推门而入，只见卧室里一片狼藉，被子凌乱不堪，床头的水杯被打翻在地上，凌向晚则半躺在凌乱的床上，一动不动，仿佛死去一般。

言茉顿时吓得没了三魂六魄，连忙冲到床前，却发现凌向晚肌肤燥热，体温高得吓人，面色潮红，双唇却隐隐透着白。

凌向晚发烧了？

言茉连忙拿来毛巾给她降温，折腾之下，好不容易将人弄醒，就发现，自己是打开了潘多拉的魔盒了。

只见凌向晚从床上挣扎着爬起，在卧室里乱走，整个人瞳孔放大，精神恍惚，眉眼间燃烧着一股狂乱的光芒，诡异得不得了。

言茉毛骨悚然，这是中邪了吗，还是在拍戏啊？

“凌小姐，你怎么了？没事吧？”

话音未落，言茉就被凌向晚一把推开，她嘴里还发出含混不清的低吼：“滚！滚开！”

“凌小姐！你怎么了？我是言茉啊！”

但凌向晚整个人像完全没有清醒的样子，且极具攻击性，看着言茉过来阻止，伸手又是一推。言茉一个踉跄，头撞到沙发边缘，痛得差点晕过去。

天哪，凌向晚这是疯了吗？如果她就这么闯出公寓，明天的头条可就有了！

怎么办？

慌乱之中，言茉想起自己包里还有一些迷药，她连忙掏出，不顾凌向晚对自己又撕又打，将湿巾死死地摁到了凌向晚的鼻子间。不出三十秒，凌向晚的身子就瘫软了下来。

精疲力竭的言茉这才长舒了一口气，双腿一软，吓得一屁股坐到地上。

当屋内平静下来后，言茉这才开始思考，凌向晚到底怎么了？

这一夜之间，究竟发生了什么？！

昨晚给凌向晚服用的药物只是短时效的安眠药剂，在前几名目标人物身上都没有出现过任何差错，不可能独独在她身上出现反作用。

除非……

言茉怀疑的目光扫过空荡荡的卧室。除非有人对她做了什么，比如说给她注射了什么东西，或者对她进行了催眠之类。

言茉下意识地想报警，还没按下号码就被自己否定了。

她不能报警。凌向晚这个状态，分明就是精神上出现了问题。一旦报警，凌向晚就完了。更何况，下午凌向晚就要去参加电影《转机》的试镜。

也许别人不知道，但言茉却清楚这一次试镜对凌向晚有多重要。虽然目前来说，这可能只是一部并不叫座的文艺片，凌向晚试的又是一个女配角，但一年之后，这部片子却成了奥斯卡历史上最大一匹黑马，凌向晚也获得了国内影星在这个世纪第一座，也是唯一的一座奥斯卡小金人，从而奠定了她在影坛无人可及的地位。

如果凌向晚错过这次试镜，使得一切有所偏离，那么她的人生走向就可能会完全改写，而言茉则会成为历史的罪人。也许过不了多久，时空管理局的人就会将言茉带走。如果那样的话，这就意味着，言茉将提前离开他……

想到这里，言茉不由得一阵发慌。

现在要怎么办？难道只能坐以待毙？

言茉的脑子飞快地转动着。她必须想出妥善的办法解决目前的问题，即便凌向晚暂时无法恢复，她也必须要将事件引回正确的道路。

而目前唯一稳妥的办法就是……

都市繁华的商圈里，琰之科技铁灰色的大楼静静伫立在车流拥簇中，像一位高贵的帝王，俯瞰着这座城市的繁忙。

言茉深吸了一口气，踏入了旋转大门。

就在言茉走出电梯的那一刻，周围所有人的目光瞬间都集中在她的身上。

实在是她与自家老板的关系太过于引人注目，外加上失踪一段时间引起了轰动，关于她的传说流传在每一个有人的角落。

更何况，这段时间顾琰之的脾气之差，真是前所未见。人都已经回来了，Boss的心情为何还和移动的活火山一般糟糕？难道是吵架了？失恋了？大家纷纷围了上来，七嘴八舌地打听起来。

言茉此时可没有心情和大家闲聊，随便应付了几句，便顶着大家好奇的目光往顾琰之的办公室走去。

宽敞的办公室中，顾琰之正面无表情地埋首处理着手中的文件。

敲门声传来，顾琰之冷声道："进来。"

门被轻轻打开，一道颤巍巍的声音传来："顾……顾琰之。"

乍一看到言茉，顾琰之心中立刻涌上一丝异样的情绪。

这几天他的确是故意避开言茉的，虽然这么说显得他不够大气，但自从得知她完成任务后就要离开，一股难言的感觉就横亘在他胸口，让他根本不知道要用什么样的态度去面对她。

尽管他内心波涛汹涌，表面上却是一副古井无波的模样："你来这里干什么？"

言茉欲言又止："我是来找你的，想向你……向你……"

"如果是向我道歉的话，就算了。"

"我不是……"言茉深吸了一口气，鼓足勇气开口，"你可不可以先把小O还给我？"

"啪"的一声轻响，顾琰之内心那一点点的小期待顿时碎了。

"你跑来就是和我说这个的？"

言茉迟疑着点头。

意识到自己又一次自作多情的顾琰之简直恼羞成怒："拿回去干什么，又想像上回那样玩失踪是吗？"

"不是，我不会偷偷溜走的，我真的只是……"

不等言茉将事情说清楚，就被顾琰之淬了冰碴的声音冷淡地打断了："你以为我还会相信你吗？在你骗我的账算清楚前，你什么都别想！"

言茉一愣，哀求道："顾琰之……凌小姐出事了，她好像摄入了某种药剂，精神出现了问题，我必须代替她去完成一些必须要完成的事情，没有小O，时空的规则就会被破坏，会出大事的！"

"那又与我何干？"

顾琰之略带讥讽的一句话，如同当头一棒，让她整个人都愣在了当场。再多痛苦、懊恼、烦躁，都抵不过他的一句"与我何干"。

"没别的事，你可以走了。"

门被无情地关上。

关门的声响回荡在耳边，似在嘲笑着她心底的某些隐蔽的奢望。

言茉失魂落魄地离开顾琰之的办公室。

最后一条退路都被断了，唯一能够期待的，就是也许回到凌向晚家中时，她已经恢复了。不过这一切显然是言茉的美好幻想，因为她等来的不是凌向晚的恢复，而是经纪人章姐打来的催促电话。

“怎么回事，向晚的手机为什么没人接？”

“哦，凌小姐在……在洗澡。”言茉抱着一丝期待，想办法拖延时间。

“这个点还在洗澡！她不知道今天要试镜吗？你让她快一点，我已经让米粒过去接她了。”

“好……”

言茉挂断电话，看着床上的凌向晚，绝望仿佛被风带来的沙粒一般，一点一点累积在心口。

难道这是天意？注定了这一次时空穿越之旅多灾多难？

眼瞅着试镜的时间即将到来，言茉却依旧想不到任何办法。

这时候，一阵急促的敲门声传来。

言茉吓了一跳，紧瞪着门口，如临大敌。

该不会是米粒上来了吧？

她要怎么解释凌向晚晕倒在床上，又要怎么解释凌向晚的精神状况出了问题？一时间，无数的念头在她的脑海中飞闪而过，却没有一个能够挽救现状。

这时，敲门声停下了，不等她松口气，手机铃声却响起。她木木地按下接听键，电话那头传来一句烦躁到极点的声音：“开门！”

开……开门？！

言茉眨了眨眼，几步冲到门口。

门外立着一尊黑面大佛，整个人如同遥远的南极飘来的一座冰山，正毫不吝啬地向她赠送大团大团的冷气。

言茉打了一个哆嗦，目瞪口呆：“顾……顾琰之？你怎么……”

言茉话音未落，就见一个东西突然从顾琰之的手中挣脱开来，扭动着它那圆溜溜的身躯，滚到了她的脚边，死死地抱住她的大腿：“主人主人！我来了！”

言茉瞪着脚边的小O，一时间没有反应过来。

他不是说不肯还吗，怎么……

言茉那震惊而困惑的反应，让顾琰之觉得内心某些隐秘而无法自控的想法快要曝光了，于是他干脆哼了一声以作掩饰："愣着干什么，不是来不及了吗？"

言茉清醒了过来，也顾不上询问为什么顾琰之会将小O送到这里的问题，急急忙忙转身往屋内跑去。

言茉梳洗，打扮，戴上假发，再从衣柜中随便找出一套衣服。她轻轻一点光屏上的确认按钮，镜子里，便出现了那张美艳无双的面容。

从现在起，她就是凌向晚了！

顾琰之送来小O后，也没等言茉，就黑着一张脸离开。米粒刚好开着车子停在楼下。远远地，她便看到一个器宇轩昂的人从楼中走出来，驱车离开。不过她也没有太过在意，也许只是附近的住客？

等到言茉装扮完毕出门时，米粒已经心急如焚。

"凌小姐，快上车！言茉呢？"

"她有事，你送我去就行了。"

米粒也没有多想，连忙发动车子，往目的地赶去。

第四章

CHAPTER 4

阴谋与暗算

紧赶慢赶，言茉终于赶到了试镜现场。章姐早已经焦急地等在门外，一看到言茉连忙冲了上来：“你怎么回事啊，怎么才到？迟到了！”

言茉踩着七寸高跟鞋，一边跑边胡乱解释道：“早上有些不舒服。”

“言茉呢？她怎么没陪着你过来？”

“小言有事，我让她先走了。”

“这时候能有什么事？这言茉太不负责任了！”

听着自己被骂，言茉只能哑巴吃黄连，默默转移话题：“我们赶紧进去吧。”

两人匆忙走进通往试镜区的走廊，走廊尽头的休息室门突然被打开，一个清纯明丽的女子走了出来。她身后几名助理各司其职，有拿着皮草外套的，有捧着包的，还有拿着保温杯的，排场之大，让周围的人纷纷侧目。

言茉在接近凌向晚之前，就做足了功课，她知道，来人正是凌向晚的死对头，兼隐形的前情敌，夏展霓。这位夏小姐出身豪门，家中明明有金山银山，她却偏偏跑来娱乐圈凑上一脚，她与凌向晚的丈夫骆远霄是世交，明恋骆远霄多年，与凌向晚不对付那不是一天两天的事情了。

只不过，为什么她也会出现在这里？

言茉此时并不想徒增麻烦，打算装作没看见绕过去。但树欲静风却不想止，夏展霓一眼就看到了扮演成凌向晚的言茉，只见她红唇一勾，袅袅娜娜、摇曳生姿地挡到了言茉面前：“哟，这不是凌小姐吗？”

言茉避无可避，只好迎难而上：“你怎么会在这儿？”

“我？”夏展霓一撩长发，“我是这部电影的女主角，你说我为什么会在这里？”

女主角？可是在言茉的记忆中，夏展霓和这部片子无任何关联，女主角也不是她。难道说，历史发生了变化？还是哪里搞错了？

“我倒是也想问问你怎么会在这儿，哎呀，你不会是来试镜的吧？那就请回吧。”

“什么意思？”

“你不知道你迟到了吗？我想剧组不需要一个没有时间观念的演员，林导您说是吧？”

夏展霓说的林导是这部片子的副导演，此时就站在她身边。听到夏展霓的话，他的表情有些尴尬。毕竟夏展霓是投资方的女儿，直接带资进组，同时也是这部剧中最大牌的明星，她的面子，就连导演也都要卖上几分，更何况区区一个副导演。

无奈之下，林导只好点点头：“凌小姐，你的确迟到了，要不您先请回吧，希望下次有机会合作。”

言茉的确是来晚了，但并没真正迟到，因为试镜并未结束，她完全可以排在后面继续。

章姐见状，连忙站出来打圆场：“夏小姐，我们……”

“章姐，”夏展霓毫不客气地打断她，“如果我是你，我一定先教育好自己手下的艺人守时，而不是出无谓的头、说无谓的话。”

若一开始言茉不知道夏展霓为什么会出现在这里，那么现在她算是明白了，这明摆着是来刁难凌向晚的嘛！真是有闲情逸致啊！

但言茉也不是什么省油的灯，哪里能这么被欺负了？

“我能不能面试，不是夏小姐说了算。你这么越俎代庖，何导知道吗？”

章姐见言茉发作，连忙把她拉到一旁，低声劝解道：“向晚，今天的确是你自己来晚了，怪不得别人，实在不行的话，我们换一部试试，还有别的机会。”

“不行，章姐，必须是这部。”

换作往日，也许她真会就这么算了，毕竟就算成功拿下这个角色，和夏展霓一起演戏，也免不了吃苦头。但对现在的言茉来说，当务之急，便是让一切回到它应该回到的位置。

于是她几步上前，直接推开夏展霓，走进了试镜的房间。

试镜房间不大，刚有一个女演员演完走出来。

言茉直接走到桌前："何导，请问可不可以给我一个机会？"

正在与人低声交谈的何导听到这个清脆的声音，不悦地抬起头，但当他的目光落在面前这个女子身上时，眼底飞快地闪过一丝惊艳。

何导在娱乐圈沉浮了许多年，见过的美人无数，但此时乍一看到凌向晚的模样，还是难免被她的长相摄住了心神。

但夏展霓也随之疾步走入房间，气急败坏地瞪着言茉："谁让你硬闯的？"

"这位是？"

言茉连忙抓住机会："何导，我叫凌向晚，来试颂娜这个角色。"

"何导，她迟到了，我们剧组不需要一个没有时间观念的人。"

"导演，这次绝对是意外，请您再给我一次机会。我只要三分钟，三分钟就够了。"

何导犹豫了片刻，还是开口道："展霓，就几分钟，要不让她试一下吧？"

太好了，赌对了！言茉嘴角绽放出一抹笃定的笑容。

在这部电影获奖之后，有一名记者询问何导是冲着什么将这个角色给了当时名不见经传的凌向晚时，这名导演毫不避讳地说，就是冲着这张脸去的。凌向晚的这张脸，仿佛就是为了这个角色而生，增之一分则太长，减之一分则太短，气度神韵，无不吻合。由此可见，导演对这副长相的认可。她刚才之所以铤而走险，赌的就是这张脸。

夏展霓的眼中飞闪过一抹愤怒，但随即像是想到什么似的，突然莞尔："好，既然何导想看，那就试试吧，至于演什么，何导，就由我来选吧。"

导演不置可否，一旁的副导演连忙将一叠剧本递给了夏展霓。只见夏展霓埋头在一叠剧本中翻了翻，将几页纸放到了言茉面前。

"就第七十八场吧。"夏展霓微微一笑，眉眼间全是嘲笑讥讽，"是你自己说的三分钟，那就给你三分钟。"

导演组的人听到七十八场戏，脑海中的第一个反应便是：刁难，赤裸裸的刁难。

夏展霓递过来的这段剧本片段，不仅是整部片子中情绪最难表达的部分，而且还是刚刚修改过的新桥段！

她要试镜的这个角色是一个失去女儿的单亲妈妈，她为了营救自己的女儿深入狼窝，并在被发现后试图说服歹徒放了自己的女儿时的一段戏。这里全部都是大段大段的、极其富有深度的对白，其中主人公的情绪三次转折，十分复杂，这不仅极度考验表演能力，更考验记台词的功力。

而言茉适才夸下海口，她只要三分钟的时间，而这段表演就需要耗掉将近一分多钟，也就是说，留给言茉准备的时间不到两分钟！

一分钟，换作常人，只能将这段晦涩的台词读一遍而已。如果要记住，除非是冯蘅再世，否则谁又能有这种本事？她分明是想让凌向晚知难而退，或者当众出丑。

章姐当了经纪人这么多年，是何等聪明，虽然凌向晚十分年轻，但这些年何曾受过这种委屈？章姐当下便要发作，试图替凌向晚多争取一些时间，结果不等她有所动作，凌向晚就给了她一个安抚而笃定的笑容。

她点点头，说："好啊。"

言茉的胸有成竹并不是虚张声势。不过背台词而已，如何能难得倒她呢？

作为来自未来的人类，在来到这里之前，言茉早就对十名目标人物做足了功课，这其中就包括将凌向晚演过的所有片子仔仔细细地看过一遍。而这部凌向晚的代表作《转机》，她更是反反复复地研究了数回，每一处细微的情感、每一次零碎的转折，她都牢牢记在脑海中，熟悉得都快能将台词倒背如流了。

更何况，还有小O呢。

言茉低头仔细地读，一边读着，一边在脑海中飞速地揣摩起细节。整整一分钟后，她放下了手中的本子，深吸了一口气："可以了。"

这下，房内的众人都惊呆了。

何导眉心一皱："你确定？"

"非常确定。"

言茉放下剧本，走到房间的中央。她微微垂首，待她再次抬起那张颠倒众生的面容时，冷冽的气质如潮水般尽数褪去。

投入表演的言茉，仿佛成了女娲手中的一块五彩泥，能够任凭她捏出想要的样子，然后轻轻一吹，那块泥里便瞬间有了灵魂。

在表演中，她的情绪大起大落地释放，时而痛哭流涕，时而高声嘶吼，或者喜极而泣，表现十分到位。但这些表现虽然难，但却不是演出中最难的部分。

最难的，往往是那些如海潮一般内敛而暗涌的情绪。

多一分，显得浮夸；少一分，又成了面瘫。

除了在顾琰之面前之外，言茉自认为还算是一个合格的演员。

两分钟的表演结束后，房间内陷入了长长的沉默。许久之后，何导微微直起了身子，眼里流露出赞许："回去等消息吧。"

尽管他没有多说什么，但言茉知道，这一局是自己赢了。

言茉微微颔首表示谢意，转身离开。

不过不等她走到门口，就听到身后传来一声断喝："慢着！"

夏展霓从位置上起身："是不是有谁把新剧本泄露出去了？"

一时间，试镜间里的气氛紧张了起来。

好半晌，导演助理才讷讷地开口："剧本是下午刚改过的，不可能有人泄露出去。"

言茉转身淡淡地看了夏展霓一眼："夏小姐，你知道，以升量石、以己度人，是不对的。"说完，不顾气得脸色发白的夏展霓，转身离开。

章姐连忙追了出去。

章姐对她的行为并不赞同。

"你有没有想过，就算你拿下了这个角色，但她是主角，现在风头又正劲，又是投资方，想对你下绊子那还不是分分钟的事？"

"放心吧，没事的。"

再说了，在她的印象中，这部电影开拍时，主角并非夏展霓。所以夏展霓之后能不能和凌向晚在一个剧组，还是未知数呢。

言茉的坚持让章姐十分不解："你为什么偏要接这部戏呢？"

其实章姐并不看好凌向晚出演这部电影，毕竟她选择在这个时候复出，最是需要人气。往往青春偶像剧是最容易积攒人气的，她凭借自己多年的人脉，给凌向晚量身选择了几部偶像电视剧及电影，但凌向晚偏偏对一部片酬不高的文艺片的配角如此执着，这也就罢了。更让人郁闷的是还要和一位处处刁难她的夏展霓一同演出，真不知道是怎么想的。

是啊，为什么呢？当时的凌向晚为何执意选择这部电影，言茉不得而知，但不得不说凌向晚的眼光非常好，她是一个天生的演员，天生为了电影而生。即便后来她在其他领域取得了令人惊艳的成就，也无法掩盖她是一名伟大的演员这一光芒。

言茉对着章姐疑惑的面容，露出一抹明艳不可方物的笑容："因为，一定会红。"

结束试镜之后，言茉又马不停蹄地跟着章姐参加了两个拍摄工作。等回到顾琰之家中时，夜色已经很深了。

顾琰之的车位上空荡荡的，他还没回来。

考虑到要扮演凌向晚一阵子，她还是决定收拾收拾，搬过去住。将一些日常的小用品和贴身的小衣物放到小旅行袋里后，言茉紧绷了一天的身体如同失去了小木棍的棉花糖一般，瞬间塌在了沙发上。

"唉，为什么演一个女的比演一个男人还累啊？"

"东施效颦肯定累！"

言茉额头上的青筋跳了跳，怒吼："小O！"

教训完毫无主仆观念的小O后，言茉直起身子，盘腿坐在沙发上，对着反光的玻璃墙仔细端详着那张美到不真实的容貌。女明星本来就是一个成天戴着面具度日的职业，而如今的她，要戴上两层面具，怎能不累？难道凌向晚一天不恢复，她就要一直这么下去？言茉想想就不寒而栗。

更何况还要考虑到顾琰之的情绪……

想到顾琰之，她的表情瞬间成了一朵枯萎的小花，蔫儿了下去。

言茉取下小O，把它放到茶几上："你知道你家男神为什么突然愿意把你还给我吗？"

"不知道。"小O摇了摇圆滚滚的脑袋，两个眼睛变成了问号状。

好吧，她不能这么问，要换一种方式。

"顾琰之把你带过来的时候，有和你说什么吗？"

"有啊。"

"什么？"

"男神问我，如果破坏了时空的规则，却没有将其引导回正常的秩序会怎么样？"小O一字不落地复述顾琰之的话语。

言茉心头忽而一紧，涩声问道："那你……是怎么回答的？"

“我把时空规则读给男神听了。”

如果在关键的时间，引起时空规则混乱而没有及时将其引导回正常秩序，时空管理局有权立刻派遣专员将历史引导回正常秩序，并将行为人带回处罚。而这个处罚，就是对行为人判处一到十年不等的有期徒刑。

“然后呢？”

“然后男神就带着我去找您啦。”

言茉怔住了，陷入了长久的沉默中。

见自家主人许久没有作答，小O头顶的红灯闪了闪，无辜地问道：“主人，是我说错什么了吗？”

言茉摇摇头，没有说话。

顾琰之之所以会将小O送还给她，是不希望她被时空管理局的人带走，所以……

不不不，他讨厌自己都来不及，怎么会……

顾琰之加完班回家，推开门，就看到言茉抱着腿蜷缩在沙发上打着瞌睡。

客厅里亮着一盏昏黄的壁灯，柔和的光线洒落在她的身上，让这个寒冬的小小空间充满了淡淡的暖意。

看着这样的场景，顾琰之的心里难以控制地泛起一丝软绵。怎么，因为自己将小O送还给她，所以她就知道要给自己留门了？顾Boss在心底轻哼了一声，却放轻脚步走近她。

不过，当看到她脚边放着的小行李袋后，他心里刚刚冒头的一丝暖意又被毫不留情地掐灭了。

言茉在小O的叫唤中睁开困顿的双眸，抬眼就看到高大的身影站在自己面前。

“顾琰之，你回来啦。”

“你什么意思？”

“啊？”没休息够的言茉一头雾水。不过当她顺着顾琰之的目光看到自己脚边的小行李袋后，这才意识到顾琰之误会了。

她顿时清醒了，连忙爬起身，一把拉住他的手：“我不是要跑。”

言茉嗫嚅道：“我收拾东西是打算搬到凌小姐那儿住两天。她暂时恐怕恢复不了，我必须扮演她一段时间，住在这里容易穿帮，所以……就一小段时间而已，完成任务了我就回来。”

顾琰之微怔了片刻，猛地意识到自己的反应有些剧烈。心高气傲的顾Boss一时间对自己的表现十分懊恼，于是干脆转过头，回以一声冷哼："你走不走和我有什么关系？"

"是没关系……"言茉有些沮丧，"但我就是想和你打声招呼，这一次我不会偷偷跑掉，有什么我一定和你坦白。顾琰之，我知道我曾经骗了你，而且还不止一次，我在你心中的信誉值已经彻底破产，但是从今往后，我一定争取在你这里早日进行资产重组，挂牌上市，好不好？"

顾琰之面无表情地转头看她："你等我就是为了说这些？"

"当然不是。那啥……顾琰之，谢谢你把小O还给我。"

"不必，我只是物归原主而已。"

言茉被他话里带刺的语气噎了好半晌，才郁闷地道："那也要谢谢你。还有，今天的试镜……很顺利。"

"你顺不顺利和我有什么关系？"

好吧，狗尾巴花先生又别扭了。

"那我……先走了？"

顾琰之的脸色瞬间就黑了下来。

他还以为这个女人既然强忍着瞌睡也要等着自己，一定是已经有所觉悟，没想到她说了几句不痛不痒、他压根就不关心的话之后就要走了？

走吧走吧！

他冷哼一声，头也不回地往楼上走去，身影很快消失在黑暗的拐角。

言茉沮丧地走出大门。看来想获得顾琰之的原谅，还任重而道远啊。

二楼的窗子中，顾琰之沉着脸看着她的背影渐渐消失在寒风凛冽的黑暗中，强压住要去送她的念头，泄愤般拉上了窗帘，心头莫名地滚过一阵烦躁。

言茉回到凌向晚家中，真正的凌向晚依旧没有丝毫清醒的迹象。言茉知道这样拖着绝不是办法，她必须尽快解决这个麻烦。

她接通了戈烟的视频。当听到这里出现的状况后，戈烟的神色顿时凝重了起来。

"你真应该去拜拜佛，不然怎么能接二连三地出现别人都遇不上的麻烦？"

言茉沮丧地垂下头。她也觉得自己流年不利，诸事不宜，简直被衰神附体了。

“你能不能帮我联系上路非砚？”

“你想找他来帮忙？”

“嗯。”

她知道来到二十一世纪执行任务的十名特工中，有一个人的身份是医生，而且不是普通医生。即便在二十六世纪，他也是首屈一指的天才，在脑科和药物科技方面都有极高的造诣。如果他能够帮忙，也许有办法帮助凌向晚恢复正常。

不过路非砚神龙见首不见尾，是十名特工中最神秘的一个，自始至终言茉都只是只闻其名，但从不见其人，所以她只能寻求戈烟帮忙，也许交友广泛的戈烟会有一些办法。

戈烟凝眸沉思：“我试试看，但听说他一向独来独往，我不能保证他会答应。”

“好，我等你消息。”

戈烟点点头，正欲挂断电话，但转念一想，又犹疑着开口：“言茉，你和顾琰之现在……”

提到顾琰之，言茉眼底的光芒忽然暗淡了下来。

言茉抿了抿唇，苦笑道：“我什么都坦白了，包括我来自未来的事情。”

“你怎么连这都说了？”

“戈烟，我不想再骗他了。那种感觉太难受了。”

“时空管理局三令五申绝不能透露来自未来的身份，你以为是规定着玩的吗？你知道未来的经济走势，知道未来的一切重大事件，知道未来会发生的所有灾祸，这对于一个古人来说，是多么大的诱惑你知道吗？你简直就是一个移动的聚宝盆，活的哆啦A梦啊！到时候万一他利用你，你要怎么办？”

“他不会的。”言茉淡淡一哂，“像他那样强大而自恋的人，根本不屑于干这种事。”

“知人知面不知心！人的欲望是无穷无尽的！”

“如果我连他都不信，那这世界上还有什么可以相信呢。”

“那坐牢呢？你也不怕了吗？”

说到这个，言茉更显得无所谓了。

“反正都是罚，也不在乎多罚一些。但是戈烟，哪怕只有几个月，我也想留在他身旁。因为可能终其一生，我都不可能再爱上这样一个人。”

戈烟噎住了，她在言茉脸上看到了执着。

谁都曾经为爱疯狂过，谁都曾经不顾一切地盲目追求过，哪怕山穷水尽，哪怕粉身碎骨。

她已经劝不了言茉了。

最终她只能长叹一口气：“你自己好自为之吧。”

言茉就这么没头没脑地开始了扮演女明星的生涯……

面对突然消失的言茉本尊，章姐和米粒也曾好奇地提起，言茉只好谎称言助理家中临时有事，所以辞职了。章姐得知后，气得数落了言茉一通，指责她怎么可以如此不负责任，说走就走，连招呼都不打一声。顶着凌向晚身份的言茉只好打落牙齿和血吞，老老实实地听着自己被各种责骂，一句也不敢还口。

很快言茉就发现明星真不是一份人干的职业，尤其是女明星。在这样阴冷刺骨的天气，她还要衣着单薄地穿梭在不同的场合。几天下来，她觉得自己的脸已经冻成了门口那平整的冰坨子，却还要努力挤出僵硬的笑容。所以言茉坚定地认为，这些女明星一定都是另外一个星球的物种，身体的构造绝对与凡人不同，否则怎么能够将如此反人性的事业进行到底？

更悲催的是，她熬啊熬，好不容易有一个能够提前收工回去和暖气缠绵恩爱的机会，结果又临时接到了章姐的通知，说让她去参加一场晚宴。

一般而言，通告都是事先安排好的，很少有这么临时安排的，但章姐说这场晚宴原本并没有凌向晚的名额，是她难得争取下来的好机会，让言茉千万不能错过。于是言茉只好拖着疲软的身躯和满腔怨念奔赴下一个战场。

位于城市中心的一所豪华会所前，车子停在了门口。

言茉不舍地将厚厚的外套交给了米粒，穿着一件洋红色的小礼服快步走进了会场，生怕在这冰冷的空气里多待一秒，就要被冻成一根冰棍。

会场里灯光璀璨，衣香鬓影，觥筹交错，言茉并不想多生事端，勉强应付了一圈之后，就躲开了人群，往酒水甜品区走去。

这里才是她真正想去的天堂。

黄色的芒果慕斯，柠檬色的乳脂中夹带着大颗大颗的芒果果肉，红艳艳的美国大樱桃，五彩缤纷的马卡龙，还有各色的高级水果，看得言茉的口水飞流直下三千尺。反正这种宴会上不会有狗仔，即便她吃东西的样子被人看到，也没什么大碍吧。做足了心理建设的言茉走到食品区边上，往餐盘里装东西。

不过没等她装上两盘，小O的警告声就在耳边响起："主人，请注意人设，您现在是优雅高贵的凌向晚，不是个毫无形象的大吃货！"

好吧，"大吃货"言茉把伸出的手默默地收了回来。

这世界上有什么比美食在眼前，却只能看不能吃更悲催的吗？她只好端着手里仅有的几盘东西，装出一副矜持的模样，走到一个不起眼的角落，开始大快朵颐。

哇，真是太好吃了。慕斯入口即化，樱桃甜脆多汁，上好的波罗蜜口感甘甜……这简直是五百年后的贵族都享受不到的待遇啊！

不过奇怪的是，言茉渐渐地发现自己越吃越困，哪怕是灌下了一大杯咖啡之后，也抵挡不住脑袋发沉。

是吃得太饱的缘故吗？难道是血液都去消化胃里的食物了，所以脑部供血不足而犯困？还是一开始喝的那杯红酒后劲太足？不会吧，她明明才喝了几口而已。

眼看着头脑越来越昏沉，她只好打电话让米粒来接自己，结果更意外的是，米粒竟然没在会所外候着！

"对不起凌小姐，我不知道您这么早要用到车，我妈妈她突然头晕，我想着送她去下医院再回来还来得及的……对不起对不起，我现在马上赶回去！"

既然是人家母亲生病，言茉自然也无法指责什么。

"你要多久才能到？"

"可能要四十多分钟。"

"算了，你慢慢开车吧，到了打我电话。"

挂断电话后，言茉撑着脑袋靠在椅子上，脑袋愈发昏沉。

现在怎么办？

她可以自己打车回去，但她的外套围巾都在米粒那儿，这种数九寒冬，她要是就穿着身上这件小礼服离开这个温暖的销金窟的话，她非要冻成一条冰冻咸鱼不可。

这时一名服务员似乎看到她神色不对，连忙走了过来："这位小姐，您的脸色看起来很不好，楼上有休息区，需要我带您先去休息一下吗？"

言茉考虑到米粒过来还要很久，自己干等下去也不是办法，万一醉倒了岂不是让凌向晚出洋相？于是她昏昏沉沉地跟着服务员上楼。

休息间在会所的四楼，言茉走进房间，关好门，发了条短信告诉米粒自己的房间号码后，下一秒就瘫倒在床上，任凭无边的困意侵袭而来。

然而就在睡意全面包围住她意识的前一秒，小O的尖叫声如同惊雷一般在耳边炸裂："主人，主人！房间里有针孔摄像机！"

言茉瞬间吓得清醒了几分。她警觉地从床上爬了起来。这种休息室，怎么会有针孔摄像机？！除非是有人故意安装上的！

可是什么人会在这种地方安装摄像机，自己又这么好死不死地进到这个房间来？

这一切只是巧合吗？还是说，她掉进了别人设下的陷阱里了？！

药力的作用开始发挥，言茉四肢发软，脑子一片混沌，整个人仿佛踩在白茫茫的云端之上，飘飘然欲乘风而去。意识到自己不对的言茉狠狠地将脑袋往墙上撞了撞，剧烈的疼痛勉强拉回了她的一丝神志。

她不是没醉过，这绝不可能是单纯的醉酒反应。很可能，她今晚的食物或者饮品中被下了不知名的药物！

可是为什么要在房间里安装摄像头呢？难道只是拍她睡着的样子？不可能吧？还是说有人想"潜规则"凌向晚？

突然，一个大胆而荒谬的念头浮现在她脑海中。

她强打起精神，在小O的指引下，很快在房间内找出了三架针孔摄像机。除此之外，她还在柜子的抽屉里找到了一小包晶体状的物体。在这么寒冷的冬夜，看到这个东西的瞬间，冷汗却立马浸透了言茉的整个脊背。

如果她没猜错的话，这极有可能是某种毒品！

也就是说，暗中之人的目的是……

言茉没时间细想，在监控上观察周围动静的小O已经发出了警报，说会所周围出现了警车。

有人报警了！

这下，言茉已经完全可以确定，这就是专门给凌向晚设下的陷阱！

如果不是因为小O发现了藏在角落里的针孔摄像机，从而引起她的警觉的话，那么现在的她极可能就躺在床上睡死过去，而迎接她的，将是不堪设想的后果！

想到这里，言茉简直不寒而栗。

她迅速地处理掉手里的东西，再弄坏针孔摄像机的存储卡，在确认房间内没有别的物品之后，她从浴室找出一件浴袍，稍作伪装之后，逃出了屋子。

结果她还没走到电梯，警察已经沿着电梯上来，她连忙拐进了安全楼梯。

她现在不能被人找到，她不知道她今晚喝下的饮料里都有什么，是安眠药，还是其他什么，万一被隐藏在暗处的人发现了，将她带去检测，那么凌向晚的声誉必将受到致命的摧毁！

言茉根据小O的指示，七弯八拐，终于成功避开了人群，从一个僻静的出口逃出去。

走出会所的偏门，凛冽的寒风夹着雪花扑面而来。单薄的裙衫贴在言茉身上，一股刺骨的寒意铺天盖地袭来。而随着寒冷同时侵袭而来的，还有越来越疲软的神经，与越来越发沉的眼皮……

湖边别墅。

顾琰之从浴室出来时，窗外洋洋洒洒地下起了雪，凛冽的寒风夹带着晶莹的雪花自黑暗中而来，飘过窗外的枝丫间，被黄澄澄的路灯光染上了一层薄薄的金边，继续往黑暗中而去。

顾琰之站在窗边，想到那天晚上她离开时孤单的背影，心情莫名地烦躁起来。

顾琰之拿起手机，按下了那个号码之后，又犹豫了。打吧，显得他太过着急；不打，他内心却惶惶不安。从来都杀伐决断的顾Boss再一次在这种问题面前显露出了前所未有的纠结。

就在这时，手机猛地振动起来，屏幕上是一个陌生号码。顾琰之接起电话，在听到对方虚弱的声音后，他猛地抓起一件外套，转身往外跑去，脚下的步伐不复一向的沉稳。

白茫茫的雪地里，言茉蜷缩在一个隐蔽的角落，眼皮如同坠上了千斤之鼎，愈发沉重。

“你坚持住，我马上就来了！坚持住。”一个喑哑的声音从手机里传来。

“坚持不住了……”

身上的药力已经彻底发挥出来，她觉得自己再也动不了。

天地间都被“呜呜”的风声笼罩，漫天的飞雪从远到触不可及的天际飘然而下，落入眼中，冰冷化入心里，融入四肢百骸。她的声音越来越微弱，仿佛风中摇曳的残烛，终于黯然熄灭，手机“咣当”一声落入雪地，瞬间被洁白的大雪掩埋。

她静静地闭上眼睛的那一刻想的却是，她怎么这么倒霉，穿越过来每一次都是血光之灾，每一次都是生死未卜。

“言茉！”

车厢内一片寂静，只有车载音响的忙音急促地回荡，一声声，像一根无形的绳索，狠狠勒住他的心脏。他握着方向盘的手指在微微发着抖，前所未有的心疼与恐惧席卷了这个一向镇定自若的男人。

他猛踩离合器，车子冒着寒夜的大风，飞速疾驰在黑暗的公路上。

与此同时，另一拨人先一步赶到了会所。

为首的人正是凌向晚的丈夫，骆远霄。

他英俊的脸上带着滔天怒意：“不是让你们保护好夫人吗，怎么会发生这种事？”

“我们一直在近处保护夫人，看夫人好像喝醉了，上楼休息，我们怕被发现就没跟上去，没想到过了不久警察就来了，说那个房间有人吸毒！我们也不知道怎么回事……”被斥责的保镖看到骆远霄即将要爆发的面色，话锋连忙一转，“好在警方没有搜到任何有用的东西，就走了。”

骆远霄松了一口气：“那夫人呢？”

“夫人也……不见了。”

“废物，都是一群废物！”

骆远霄的脸色阴沉得要滴出水来，他转头，怒视不远处一脸煞白的米粒。

“你不是小晚的助理吗？她人呢？”

米粒快哭了：“我……我也不知道。”

她紧赶慢赶地赶到会所后，还没找到人，就被人拎到了一脸寒气的骆远霄面前。她这才知道，在她耽搁的这四十分钟内，出了大事！

“我本来在车里等凌小姐的，结果突然接到一个电话，说我妈妈晕倒了被送往医院，我想凌小姐不会这么快出来，我就先去医院看一看，没想到……”

“蠢货！这是调虎离山！”

米粒被骂得快要哭了，只能连连道歉。

“电话呢？打通了没有？”

“没有。”

“那还愣着干什么？赶紧去找！手上都给我备好厚的衣物，夫人穿得那么少，冻坏了怎么办？”

“还有，”他叫住身边的助理，“封锁消息！派人去查一查，到底是谁报的警！”

“是。”

骆远霄盯着窗外的漫天大雪，眉头紧拧，忧心忡忡。

而楼下的会所里，依旧一片欢声笑语，其乐融融，没有人知道，这里刚刚发生了什么。

就在骆远霄的人在附近寻找着失踪的凌向晚时，一辆黑色的车子在会所不远处的路边停下。

顾琰之披着深棕色的大衣疾步步入风雪之中，绕过了高高的围墙，拐入一条僻静的小路。根据小O发的定位，顾琰之终于在距离会所不远处一个偏僻的角落里寻到了他一路上心心念念的人。

她就这么蜷缩在角落里，身上紧紧裹着一条薄薄的浴袍，浴袍之下，是短短的小礼服，纤细的长腿就这么暴露在寒冷的空气中。大片大片的雪花落在她的身上，和这茫茫的夜色融为了一体。

顾琰之几步上前，脱下外套，将她紧紧包裹住。

“言茉。”

当他抱她入怀中的刹那，任凭漫天风雪肆虐，泼天的寒意侵袭，他心脏的那一个巨大缺角，终于被填满了。

这一刻，他心底的某些执念，终于坦然放下。

CHAPTER 5

第五章

脉脉温情

湖边别墅里，空调送来了温热的暖意，加湿器的水汽氤氲。

顾琰之找来的徐医生早就在别墅前恭候了。他虽然是顾家的家庭医生，但由于顾琰之甚少生病，也不喜与人接触，因此他来顾宅看病的机会寥寥无几。他没想到深夜被叫来，却是为了一个陌生的女子。

顾琰之一路抱着言茉，将她放到了柔软的大床上。他亲自替她脱了鞋，打了水，拧干了毛巾给她擦了擦冰凉的手脚，这才将她放入柔软的被子中。

在徐医生为数不多的印象中，顾家这位年轻的掌权者，从小到大都是不喜欢与人亲近的，哪怕生个病打个针，他都是拿过针管自己注射。何曾见过他和一个人走这么近，而且还亲自服侍，简直让人惊掉了眼珠子。

做好了这一切后，顾琰之很自然地替她掖了掖被子，这才转过身。

“她在屋外冻了四十多分钟，还可能被人喂了一些药，具体不知道是什么，麻烦您查一下。”

徐医生连忙着手检查。好在最后，徐医生发现，她服下的只是普通的安眠药，只要睡上一觉，就没事了。

真正麻烦的是她在屋外冻了那么长时间，以她的体质，根本扛不住这样的折腾，很快，一场高烧猛烈袭来。

忽冷忽热的温差，让言茉发起抖来，她蜷缩在鸭绒被子里，面色呈现出极为不正常的潮红。她似乎陷入了一个漫长而漆黑的梦境里，口中呢喃着什么。

顾琰之凑近了，才勉强听到，她在说："顾琰之，对不起……"

顾琰之微微僵住。那一刹那，握住他手腕的肌肤滚烫得仿佛要熨至心底，触及灵魂深处中唯一柔软的那个角落。

再多的恼怒与不满，再多的欺骗与挣扎，在这一瞬间，都显得那么轻、那么淡。

"只要你好好的，我就原谅你。"

夜色深沉，时间一点一点爬过去。

服下特效药物后几个小时，剧烈的高烧终于缓缓褪去。但那令人生不如死的燥热悄然退潮后，言茉觉得周身仿佛拧干水的海绵，空空的、软软的，找不到一丝的力气。

言茉呻吟了一声，睁开了重若千斤的眼皮。

北半球的寒冬天亮得特别晚，厚厚的窗帘遮挡住了外面的景色，让她有些分不清究竟是白天还是黑夜。床的对面亮着一小盏壁灯，有个人正坐在椅子上翻阅着一本书。

言茉怔怔地看着那个高大的剪影，恍若还在梦中。

顾琰之几乎是第一时间就察觉到了床上的动静，他将手中的书丢到一旁，迈着修长的腿，一言不发地走到床边。

他俯身，温热的掌心贴上了她的额头。感觉到温度已经恢复正常了之后，那提了一夜的心终于放了下来，连带着那紧绷的轮廓也终于几不可见地松了下来。

言茉眼睛一眨不眨地看着他眼下的阴影："你……是不是一个晚上没睡啊？"

顾琰之的手掌微微一顿："我只是醒得比较早而已。"

"才不是！"小O悄声在言茉耳边说道，"男神昨晚守了您一夜，可紧张了！"

"……"

看到言茉不信的表情，顾琰之这才意识到昨天太过忙乱而没有关了某样东西。于是被拆穿的顾Boss不高兴地扫过言茉的耳边，努力用凌厉的目光掩盖住被拆穿后的不自然。

"就算我一晚没睡，那也是你哭着喊着求我留下来的。"说着，他立刻转身出了门，留下一脸呆滞的言茉。

许久，言茉才找回自己的声音：“那啥……小O，我昨晚是不是做了什么？”

“是，您发烧的时候，拉住男神的手死活不让他去睡觉，还不断地说：‘顾琰之，对不起，顾琰之，原谅我。’”

言茉在心中哀号了一声，整个人都不好了，好想穿越回几小时前，把那个耍无赖的自己敲晕啊。你说你发烧就发烧，还撒什么泼呢！现在顾琰之一定更烦她了！

她想获得他的原谅，却总是在不断地给他招惹麻烦。想到这里，言茉整个人就好似霜打过的茄子一般，沮丧了起来。

就在她胡思乱想之际，却听到脚步声去而复返。

顾琰之端着一个碗走了进来，他将东西放在床头桌上，是一碗热气腾腾的紫薯粥。

一时间，言茉有些愣住了。他没生气吗？他刚才是给自己去端吃的了？

顾琰之拍了拍她的头：“怎么，脑子也烧坏了吗？快吃！”

“哦……”

言茉呆呆地端起托盘，玉一般洁白的瓷碗中，紫薯被煮得又糯又粉，鲜亮的紫色和水晶一般剔透的米粒混合在一起，色香味俱全。

她轻轻尝了一口，清甜的味道沿着喉管而下，那温度仿佛一路熨烫到心底。

言茉把一碗粥喝完，顾琰之起身拉开了厚厚的窗帘。透明玻璃上带着昨夜留下的水蒸气，映得视野一片模糊。顾琰之打开了一点窗户，窗外的天空已露出淡淡的鱼肚白，寒雾弥漫在湖面上，像朦胧的山水画。清晨的冷风调皮地钻了进来，给言茉混沌的脑子带来了一丝清明。

顾琰之拉了一把椅子，坐到床边。

“好了，你现在可以说说，昨晚到底是怎么回事？”

言茉理了理思路，将昨晚的情况大致说了一遍。听到她说她被下药，还差点被偷拍时，顾琰之的眸光瞬间冷了下来。他无法想象，如果昨晚言茉没有及时发现端倪，那等待她的将会是什么。

“我已经查过了，昨晚的确有人举报说吸毒。不过对方非常谨慎，用的是一个代理的网络号码，无法查到归属。”

果然！言茉的表情郑重起来。正如她所想，有人想陷害凌向晚。

不管是有人栽赃嫁祸，还是无意触碰，只要和毒品沾上了边，那么凌向晚这一辈子就算彻底完蛋了。不管她如何美丽、如何有演技，她身上将永远背负着污点，永远无法登上她应该登上的巅峰。

可是到底是谁这么恶毒，要用这样的招数来对付她？和换了凌向晚药物的那个人是不是同一个？

“不过警察赶到后，没有发现任何痕迹，所以以为是有人谎报。你仔细回想一下，昨晚都接触了什么人，吃了哪些东西？”

言茉想也不想就回答：“我吃的东西太多了……”

即便有小O的提醒，她还是忍不住偷偷吃了好些东西，喝了不同的饮料与红酒。

顾琰之：“……”

“我忍不住嘛。那么多好吃的，一口都不吃那简直比凌迟处死还痛苦啊！”毕竟凌迟只是肉体的折磨，只能看不能吃那可是肉体和灵魂的双重折磨！

顾琰之一口气堵在胸口，出也出不来，咽也咽不下去。他是亏待了她还是怎么着，这个女人怎么就这么馋呢？每次都像饿了几百年一样。

言茉被顾琰之瞪了一眼，气势顿时如漏气的气球，“咻”地一下，瘪了。

“我错了……”她很没骨气地道歉，虽然没啥用。

至于人……

“倒是有两个人有些可疑。”言茉仔细地回忆起来，“一个是服务员，他端着饮料问我喝不喝，等我喝完后，结果他转身却不小心撞到了一个人，然后托盘上剩下的酒水全都洒了。”

“不确定你会喝哪一杯，所以托盘上的酒水全都有问题，但又不能让别人碰到这些东西，因此只好佯装打翻，的确可疑。”

“还有一个男的向我搭讪，也端了一杯酒给我。”

“还有人找你搭讪？”

言茉噎了噎，狗尾巴花先生关注的焦点总是如此奇怪。

“准确来说，是搭讪凌向晚，搭讪的是这张脸。”

“帅吗？”

言茉脑子里的警示牌立刻高高立起：“没注意，反正不可能帅过你。”

顾琰之满意地点点头：“还有吗？”

“还有一个就是带我去房间的服务员，长相清秀，不到二十岁的样子，个子不高，不是本地口音。”

“我会派人去查。”

但当晚去参加宴会的人实在太多，鱼龙混杂，如今事情失败，对方逃走的可能性很大。顾琰之一边思索着，一边端起她吃完的碗筷，往外走去，走了几步又顿了顿：“对了，昨晚凌向晚的手机响了好几次，后来关机了。”

言茉一愣，这才意识到，昨晚事态匆忙，她完全忘记了还要通知其他人。米粒没有接到她，估计要急疯了。

“你为什么不叫醒我？或者帮我回个短信？”

如果顾Boss知道什么叫反省，那就不是顾Boss了。

他理所当然地回答：“别人的手机，我为什么要碰？”

这一句话，堵得言茉一阵无语，心中又是郁闷又是甜蜜。郁闷的是，这样她估计有麻烦了；而甜蜜的是，他没有将她列入“别人”的行列。

待顾琰之离开后，言茉连忙插上电源，在开机的一瞬间，无数的未接来电蜂拥而至，手机差点都瘫痪了。言茉连忙拨通了米粒的电话，果然，才响了两声立刻被接通，电话那头传来了米粒带着哭腔的声音：“凌小姐，您终于开机了，您在哪里啊？”

“别着急，我没事。”

“我就在您家门口啊，家里怎么敲门都没人，急死人了！尤其是骆先生，他都要报警了！”

“我昨晚不太舒服，去了下医院，没事，我马上就回来了。”

挂了电话后，言茉连忙挣扎着爬下床。结果脚才落到地面，她膝盖瞬间一软，差点跪下去。

顾琰之连忙几步上前，一把将她捞到了怀里。

“你要干吗？”顾琰之脸色难看，动作却十分温柔。

“我要去凌向晚那儿，我失踪了一个晚上，再不出现就要被怀疑了。”

“你看你自己这个样子，你怎么回去？”顾琰之表情严肃，但好像突然想到了什么，话锋一转，“算了，我送你回去吧。”

“不行！”

“怎么，我见不得人吗？”

顾琰之冷冷地看着她，一副“你敢点头就试试看”的样子。

“怎么会？”言茉讪笑了下，“就是因为你太见得人，太耀眼太夺目了，才容易引起别人的怀疑啊！”

言茉如今早已经摸清顾琰之的脾气，知道如何说话才能安抚顾Boss的情绪。

“再说了，我现在是凌向晚，你要送我回去，万一被人撞见了，问起你的身份，那要怎么说？”果然，她的一番话让我们的狗尾巴花先生神色稍霁。

但也只是脸色稍霁，并未让他打消念头。

只见他抓起外套，往屋外走去，淡淡地丢下四个字：“救命恩人。”

凌向晚公寓门口，米粒正蹲在地上，抱着手机，一脸焦急地等着。

她整整一夜未睡，要是找不到凌向晚，她不知道骆先生会不会劈了她。

电梯门终于打开，当看到凌向晚从电梯中走出时，她顿时激动地飞扑过来：“凌小姐！你终于回来了！您……您吓死我了！”

她的声音戛然而止。只见凌向晚的身后，走出了一个英俊到令人窒息的男人。

米粒瞪大眼睛，看着那个显然不像路过的男人，有些傻眼：“凌小姐，他是……”

“救命恩人。”

“救命？”米粒尖叫起来，“言小姐，您怎么了？”

“没事，出了一点小意外……”

而顾琰之将言茉送到了凌向晚家中之后，完全没有要走的意思。言茉又不能开口赶人，否则显得太过刻意，于是只好打开门，让顾琰之进来。顾琰之堂而皇之地在里面四下走动，面无表情地观察着四周的环境，一副反客为主的模样。

顾Boss，你到底想干吗呀？再这么逛下去，米粒肯定要起疑心了！

真是怕什么来什么！就在言茉头疼如何将这尊大佛请走之时，只听见门外传来一阵急促的敲门声。

门打开，当言茉看到来人，心头暗叫了一声糟糕。

来的不是别人，正是凌向晚正在闹离婚的丈夫，骆远霄！

骆远霄几步走到言茉面前，一把按住言茉的肩膀，将她往怀里带去：“小晚，你昨晚到底去哪里了，你知不知道我急死了！”

他一靠近，言茉全身上下一瞬间进入了戒备阶段，以前所未有的速度往边上一闪，心虚的眼神往顾琰之的方向投去。

而骆远霄也在第一时间注意到客厅内还有别人，他转头，目光落在那个气度不凡的男人身上。

四目相对，一个是冷然淡漠，一个是微微惊诧。

骆远霄显然没有想到凌向晚的家中竟然还有一个男人，更没想到，这个男人竟然会是——

“顾总？”

骆远霄自然是认得顾琰之的，尽管顾琰之很少出现在公众视野中，也很少被媒体拍到，但这样耀眼夺目的一个人，只要远远见过一面，便永生难忘。但他没想到的是，顾琰之会出现在凌向晚的家中！

“顾总，您怎么会……”

言茉连忙将话头接过：“昨天酒会上出了一些事情，是顾总救了我。”

骆远霄的眸光闪了闪，表情顿时郑重起来：“原来是顾总救了我的妻子，非常感谢！”

“妻子”这个词让本来淡然的顾琰之顿时不爽起来，尽管知道他说的妻子指的是凌向晚，而不是面前的言茉，但就算是假的，就算是伪装，顾琰之依旧觉得一阵莫名的情绪涌上心头。这个女人分明是自己的，就因为那个该死的任务，竟然成了别人的“妻子”？！

“不必，举手之劳而已。”

“不知道顾总在何处救了小晚？”

“这个骆先生不必知道吧。”

骆远霄怀疑的目光在言茉与顾琰之之间来回扫视。

“小晚，你与顾先生是旧识？”

“我……”

结果不等言茉开口，就听到一旁顾琰之已经抢先回答：“当然。”

言茉大惊失色，连忙扭头去看顾琰之，满眼哀求，楚楚可怜，生怕他说出什么不该说的话，引起不必要的怀疑。

她的举动，在骆远霄眼里却恰恰是无言的不打自招。

言茉眼中的哀求大大满足了顾琰之某种微妙的心态，只听到他不紧不慢地回答道：“我的女朋友是凌小姐的影迷。”

他这话一出，言茉松了一口气，紧接着瞳孔却猛地放大。

女朋友？顾琰之说的“女朋友”指的是她吗？言茉心里五味杂陈，不知道顾琰之说这话是无心还是有意，是讽刺还是……不过不管是什么，这时候都不能让顾琰之在这里待下去了。

一山不容二虎，看这两人剑拔弩张、火花飞溅的样子，再这么下去，估计要成角斗现场了！

“那啥，顾总，感谢您的救命之恩，您先请回吧，回头必将登门道谢。”

顾琰之刚才还有些不自在的神色顿时拉了下来，他转头瞪言茉，那眼睛里的意思分明是：你竟然敢赶我走！言茉只好回以无辜又抱歉的目光：拜托拜托，帮我一次吧！

也不知道是不是看懂了她的意思，顾琰之勉为其难地冷哼了一声，大跨步往门外走去。

骆远霄看了一眼米粒：“你也先回去吧。”

两人离开后，凌向晚的家中只剩下言茉与骆远霄两人。

骆远霄缓缓走向言茉。

一时间，言茉全身上下的报警开关全部打开，警铃大作。

这一次扮演凌向晚和扮演宋廉那次可不一样。尽管当时她要女扮男装演一名男警察，但宋廉对包括周寒彰在内的所有人而言，都是全然陌生的，因此无论她展现出什么样的个性，都不容易让人产生怀疑。而这一次，言茉要演的凌向晚，身边却有一个最熟悉她的人，那就是骆远霄。只要她一步踏错，狐狸尾巴就要被人抓住了。

于是当骆远霄靠近她的安全距离时，她立刻下意识地后退了一步。

就这么小小一个动作，让骆远霄的脸上顿时闪现过受伤的神色。

言茉抿着嘴看着他，努力放松自己的身体，脑子飞快地想着应对的话语。

“你有什么事情就说吧，没事请你也离开吧，我要休息了。”言茉拿出凌向晚的语气。

“小晚，你知道昨晚发生什么了吗？有人想诬陷你吸毒！还好警察赶到的时候你已经走了，不然后果不堪设想。”

言茉眉头一皱：“昨晚的事？你听谁说的？”

“我听说你失踪，不放心，就派人去查了一下。不过消息我已经封锁了，绝不会泄露。”骆远霄顿了顿，“小晚，你说我们要分开一段时间冷静一下，我想现在这段时间也足够长了，我们……”

“我想我还说过，我们暂时不要再见面了。”

骆远霄神色一僵，眉宇间是浓得化不开的痛苦：“娱乐圈这么乱，你真的要为了这些，放弃我们之间的感情与婚姻吗？”

“如果真的出事，那也是我的选择。”

只要不瞎，谁都能看得出眼前这个男子深爱着面前这个女人。

很多人询问凌向晚为何执意要与骆远霄离婚，但凌向晚一直都没有正面回应。直到晚年，凌向晚才出了一本自传，其中谈到了她的第一段婚姻，她只提及了一句话，叫水满则溢，月满则亏。言茉并不明白这句话的含义，是因为太过深爱，所以物极必反，矛盾渐生，一步一步走到了破镜难圆、覆水难收的地步吗？言茉不懂，她只知道，她只能按照历史的剧本走下去。

雪后天气并未放晴，天空依旧阴沉沉的，如迟暮的老人。偏南风携带着太平洋的水汽，与冷空气的相遇，犹如金风玉露一相逢，胜却人间无数，却独独害惨了这座滨海之城。整个S市仿佛被浸泡在冰水中一般，幽寒阴冷。

琰之科技的顶层，宽敞的办公室里暖气开得很足。顾琰之穿着黑色的衬衫，靠在座椅上，手中放着他派去的人发来的调查报告。

调查发现，当天的确有名服务员临时生病，换了一个新的人来顶班，但现在这个人却离奇地消失了。也就是说，有人顶替了这名服务员，而这个人就是对言茉下手的人。但顾琰之知道，真正想对凌向晚不利的，是隐藏在这件事背后的指挥者。策划这一切的人心思缜密、手段干净利落，身份地位绝对不低。但对方为何要费这么多心思，去对付一个刚复出的女明星呢？

落地窗之外，黑云压在鳞次栉比的摩天大楼上，世界仿佛被一个巨大的玻璃罩子罩在其中。偶有一只落单的飞鸟嘶鸣着扑向云霄，却怎么也冲不破这无边无际的牢笼。

仿佛有什么掩埋在真相之上，拨弄着是非曲直。

尽管身上的病还没好全，但言茉还是很快复工了。

尽管凌向晚刚复出，通告不多，但那也只是相对于当红明星而言。实际上，每天一个访谈和一个综艺节目，还有杂志的拍摄，言茉几乎是马不停蹄地奔波着。

更要命的是，几个工作对象都像吃了枪药一般，对她百般刁难。综艺的主持人更是不知收了黑粉的钱还是怎样，言语犀利，句句直逼要害，不是问她结婚是否是想嫁入豪门攀上高枝，就是问她离婚是否是想借着炒作博人气，甚至还暗示着问她是否出轨，分分钟都有逼人翻脸的节奏。章姐在底下听得满头大汗，生怕凌向晚一言不合就掀桌走人。

结束了最后一个网络直播的工作后，言茉这才拖着疲软的身体往住所赶去。

米粒在前面开车，言茉则瘫在后座上，整个人虚弱得快要羽化成仙了。她想到凌向晚那晚睡前吞下的药丸的数量，暗道不会是因为精神压力过大而服下的安眠药吧？

言茉再一次确定，明星这职业真不是人干的！

这时手机传来了一声脆响，言茉打开一看，发现竟是顾琰之的短信：楼下等你，速来。

言茉顿时从位置上坐起来，那些疲惫一扫而空。

“米粒，还有多久才到啊？”

“凌小姐，这才刚往回走呢，到您家起码还要一小时。”

“这么久啊……”

“您有事吗？”

“没事，就想快点到家。”

言茉蜷缩在座位上，喜滋滋地对着手机回复：“你等我一会儿，我马上就回。”

手机微弱的灯光打在言茉的面容上，映照出她脸上那克制不住的深深笑容，刹那间，仿佛料峭的枝头长出新芽、覆雪的山间冒出春花，寒冷的冬夜似乎都染上了一层温暖的春意。

米粒透过后视镜，心里想着，让凌向晚露出这样表情的人，会是谁呢？

紧赶慢赶地回去，已经是一个小时之后。言茉到了停车场，却根本找不到顾琰之的踪影。

那一瞬间，言茉原本满怀期待的心情瞬间沮丧了下来。

也是，他耐性那么差，怎么可能在这里等她一个小时。

言茉垂头丧气地踩着脚下融化的雪水，一深一浅地往回走，路边突然传来一声刺耳的喇叭声。

言茉被吓了一跳，转头一看，是一辆很大众牌子的车子。

大半夜的谁还在车里啊，吓人吗？言茉撇撇嘴，不打算理会，只见车窗缓缓摇下，熟悉的轮廓出现在黄澄澄的灯光中。

车里的人竟然是——顾琰之！

言茉连忙钻进车，一边系上安全带，一边困惑地左顾右盼。

“你怎么换车了？”

顾琰之没好气地反问：“不行吗？”

行，当然行，不过顾Boss家大业大，钱多得可以买下整个豪车俱乐部，怎么会开一辆这么便宜的车子？

难道是为了她才……

打住打住！言茉连忙制止自作多情的想法。

就在她满脑子胡思乱想之际，只听到顾琰之冷冷的声音传来：“换回来。”

言茉这才意识到自己还是凌向晚的样子，她下意识地摸了摸自己的脸颊：“这样子不好看吗？”

“没兴趣看。”

不知为何，言茉心底蓦地一甜，什么想法都暂时抛到了脑后，高高兴兴地将脸换了回来，然后顺手将小O给关机了。

车子疾驰在灯火辉煌的马路上。路边的街景如一帧帧做旧的电影画面，往后快速飞闪。冬夜的寒风被阻隔在一扇玻璃之外呼啸肆虐。

“你找我有什么事吗？”

“没事就不能找你了？”

好吧，让视时间如金钱的顾Boss等了这么久，等于是主动喂他吃了一吨的枪药，对于这样一点就着的顾Boss，她还是不要主动招惹比较好！

车子驶出了繁花似锦的都市，在开阔的江边停了下来。

顾琰之熄了火，车厢里顿时一片安静，只有江浪缓缓流动的声响隐约从车窗外传来。

言茉有些茫然，不知道他将车子开到这里来干什么。

就在她疑惑之际，却听到他微沉的声音传来：“手伸出来。”

“啊？”言茉一愣，有些没反应过来。

“手，快点。”

“哦……”

言茉不解地伸出手，却看到他手里拿着一盒写满了英文的药膏，盖子被打开，薄荷色的稠状物体散发出的淡淡清香，弥漫在狭窄的车厢内。言茉借着灯光看到上面的名字竟然是——冻疮膏。

言茉愣住了。

那天在雪地里昏倒后，她的手和脚都出现了不同程度的冻伤，一开始还没有太大的感觉，结果出院后开始运动，血液循环了之后，冻疮的威力渐渐显现出来。她带来的特效药只能治愈伤口，对这种皮肤上的问题却束手无策。为了配合工作，扮演好自己应该扮演的角色，她这两天一直忍着，没想到……他竟然发现了。

所以他等了她两个小时，就是为了……

心头仿佛凿出了一个泉眼，一股细细的、温暖的春水咕噜咕噜地涌出，言茉警告自己不要多想，但又克制不住，开心得一塌糊涂。

顾琰之打开了盖子，却半天未见她有所动作。

“愣着干什么，手冻了，脑子也一起冻僵了吗？哦，不好意思，忘记了你脑子本来就是僵的。”说着，他看似粗鲁地抓过她的手腕，嘴上傲慢地冷哼着，手上的动作却堪称温柔。那宽大的手掌轻轻握住她的手腕，另一只手仔细地在红肿的位置涂抹着。冰凉的膏状物体涂抹到手上之后，那种痒到火烧火燎的感觉似乎瞬间轻了不少。指根的薄茧无意识地摩挲过她的掌心，肌肤相触间，带着一股若有若无却勾人的心痒。

“还有呢？”

“哦。”

言茉主动解开了围巾，露出了通红的耳郭，在耳垂的背面，也长了冻疮。

顾琰之啧啧了两声，解开安全带，凑了过去。

他温热的气息喷洒在她耳间，原本就通红的耳郭顿时敏感得如同火烧一般滚烫。

“你紧张什么……”醇厚的声音好似立体声环绕在耳边，连着耳膜发出了令人窒息的震颤。

言茉身子抖了抖，别扭道：“谁……谁紧张了。”

顾琰之回以一声轻哼。

但如果她此时抬头，一定会看到她的顾Boss同样因为某些绮思丽想而满脸涨得通红。

倒打一耙一向都是狗尾巴花先生的特殊技能。从这点来看，我们的言小姐还嫩得很呢！

过了好一会儿，顾琰之终于直起了身子，言茉才松了口气。

却听他又道："还有。"

还有……

言茉眨了眨眼，想到还有什么地方之后，脸颊爆红："还有的我自己来！"

说着，她一把抢过顾琰之手里的盒子。

还有的位置，在脚丫上。

鞋子与袜子层层脱掉，如剥笋一般，露出了莹白的脚趾，原本小小的拇指如今肿得像一根长歪的小萝卜头。

言茉一边涂抹着，一边轻声询问："那啥，你怎么知道我长冻疮啊……"

别看这小东西不起眼，但蛰伏期比较长，直到她出院的时候还没发现，他们这一天都没接触，他怎么会……

他当然不会告诉她，他偷偷去看了她今天参加活动的直播了。直播里，分明看到这个女人小动作不停，一会儿揉揉手指，一会儿搓搓耳朵，他顾琰之何等聪明，稍微一想就能知道原因。

"我有基本的判断力。"

"那天的事情，我派人去查了。"办完了顾琰之认为的正事之后，他才慢吞吞地说起他最近调查的事情，"我得到的消息，你之所以会去参加这个宴会，就是夏展霓推给你的。而对你下手的那个服务员在事后就离开了现场，消失不见，没有落下任何证据，行动之利落，显然有人接应。"

"夏展霓？"言茉大惊失色，"所以是她想陷害我？"

她一直以为夏展霓与凌向晚只是不对付，没想到竟然到了要陷害她的地步！

不料顾琰之却冷笑了一声："她肯定脱不了干系，但以她的能力与智商，不足以安排出如此周密的行动。"

"你的意思是……还有别人？"

"而且还是一个心思缜密的角色。"

"可是他们为什么要这么费尽周折？难道有人想让我身败名裂？"

“是有人想让凌向晚身败名裂。”顾琰之纠正她，对他而言，言茉是言茉，凌向晚是凌向晚，“或者说，想让凌向晚彻底退出娱乐圈。”

于他而言，其他人是死是活他根本不关心。可是如今言茉代替了这个身份，同时也将凌向晚的所有风险担于自己肩上，他便不能置之不理。

“我会派人盯紧夏展霓，不过……”顾琰之转头沉着脸盯着她，“不管是谁，你都要离那个骆远霄远一点！”

“哦。”不用他提醒，她也会离得远远的。

CHAPTER 6

第六章

公开承认

顾琰之送言茉回去时，已是凌晨深夜。顾琰之停下车，陪着言茉上楼。

可还没走到楼下，只见顾琰之突然上前一步，将言茉护在了身后，表情严肃地凝视着前方。

言茉顺着他的眼神望去，只见公寓楼下的树影中，有一个陌生的身影静静地站立在黑暗里。

“谁？”

那个人影从黑暗处缓缓走出，苍白的面容出现在昏黄的路灯光中，他手上提着一个小小的药箱，个子很高，应该和顾琰之不相上下，却比顾琰之消瘦许多，昏黄的灯光中，他的皮肤苍白到透明，看不到一丝血色，整个人仿佛一个踏着夜色而来的吸血鬼，优雅高贵，神秘莫测。

“言茉，你好。”

言茉？早在下车前，她就换回了凌向晚的样子，而这个人却直接开口叫她言茉？

想到这里，言茉立刻从顾琰之的身后跑了出来，几步上前。

“您是，路医生？”

对方点头。

言茉双眸放出光彩。路医生，路非砚！天哪，戈烟竟然真的帮她找到了路非砚！

言茉只在几个月前出发集合的那一天远远地看过他一眼。他是这十名特工中最大牌的存在，本来以他的能力与地位，根本不需要也不应该让他来执行此等任务，但不知道为什么，他却主动申请前来。研究所哪里敢拂了这尊大佛的意思，便只好点头答应。大家纷纷猜测，他不过是想借着这次机会，来一场时光旅行而已。

“目标人物呢？我只有两个小时的时间。”

“我马上带您去！”

言茉连忙带着路非砚往屋内走去，由于太过兴奋，竟然把顾琰之抛诸脑后了。

被彻底忽略的狗尾巴花先生非常不爽，他一把拉住言茉，沉声道：“他是谁？”

言茉被拉了一个趔趄，这才注意到被自己落下的顾琰之，连忙低声解释道：“我老乡，国家一级的医学博士，脑外科方面的专家，只有他能救凌向晚了。”

凌向晚的公寓中。

紧锁的客房里，空间舱的防护罩被打开，一张艳丽无双的面容暴露在柔和的空气中。

凌向晚平躺在柔软的床上，静静地闭着眼，细长的睫毛投下淡淡的阴影，美丽得如同一具等待王子吻醒的睡美人，丝毫看不出她在晕倒之前那状若癫狂的模样。

不过在场的两位男士面对这样令人窒息的美景却都无动于衷。

路非砚取出手套戴上，简单地对凌向晚做了个检查之后，随即又抽取了一小管血液，然后打开自己的医药箱，掏出了一小根试管。

简单的查验之后，路非砚的表情凝重了起来。

“怎么了？是我们药物的问题吗？”

“我们带过来的药物非常安全，对人体没有任何损害，绝不可能对目标人物的精神造成损害。”

“可是为什么……”

“她血液里有致幻剂的成分。如果我没判断错的话，在你给她吃下我们的药剂之前，她还吃过别的东西。”

言茉面色骤变，她突然想到那天凌向晚喝牛奶之前，的确吞下了一大堆药，难道那批药物里就有致幻剂？

“吃了致幻剂会怎么样？”

“精神暴躁、智力衰退，如果药量过大，或长期服用则会……变成痴呆。看来，你的这位目标人物，处境不妙啊。”

言茉脸上涌上一抹震惊的神色。

没有一个公众人物会主动去服用这些东西，更何况凌向晚是一个将演艺事业视为自己生命的人。言茉忽然想到那天夜里，凌向晚说她感觉有人要害她，原来这不是她在疑神疑鬼，而是事实！

“好在她服用的剂量不大，对神经系统造成的损害也不算太大。”

“能恢复吗？”一直沉默不语的顾琰之问出了最关键的一句话。

路非砚点点头：“大脑移植都已经成为现实，更何况修复神经，不过神经的修复需要时间，人我需要带走，至少半个月。”

半个月！也就是说，言茉至少还要扮演半个月的凌向晚！

想到暗中之人还在蠢蠢欲动，言茉不禁一阵头皮发麻，但此时她别无选择。

处理完手中的事情，路非砚收拾东西打算离开。就在言茉打算去送送这位救场的大佛时，却听到顾琰之主动开口：“我送他。”

言茉顿时愣住了。

这是什么情况？顾琰之一向讨厌和陌生人接触，他怎么会主动说要送人？这两个第一次见面的人什么时候背着她惺惺相惜了？

顾琰之与路非砚一前一后走出了大门。

夜色深沉，小区里茂密的树梢驮着月影。路非砚从口袋里掏出一盒雪茄，点燃了其中一根，猩红的烟头在夜色里安静燃烧。

“顾总，来一根吗？你们这儿的雪茄不错。”

顾琰之双手插着口袋，冷冷地看着他。虽然这是顾琰之第一次见到言茉的“老乡”，但他知道这人绝非面上看起来这么人畜无害，而这家伙这里，一定有自己想要的答案。

顾琰之先发制人：“你们完成任务后，是不是要离开这里？”

“我们不是这个时空的人，自然不能永远留在这个时空中。”路非砚微微一笑，了然地道，“顾先生果然已经知道了言茉的身份了。那你是在和言茉交往吗？”

"是又如何，不是又如何？"

"我只是想说，如果是的话，就要抓紧了，我们剩下的时间可不多了。"

顾琰之眸光微凝，只听路非砚又道："不过将真实身份透露给他人，还和这个时代的人交往，言小姐这是在严重违反规定啊。"

此话一出，顾琰之的面色瞬间沉下，整个人恍如一把出鞘的寒剑，似要刺破这浓稠的夜色。

路非砚淡淡一笑："我不喜欢多管闲事，就是好奇，随口问问罢了。"

他优雅地抽了一口烟，灰白的烟圈打着转，飘荡在眼前的空气中。

"只不过这一次的事情闹得很大，尽管关键的事件都被掰回了原位，但很多小的地方还是难免出现了纰漏。她的行动早就引起了上头的关注，如果这次我不来帮她，她很快就要被带走了。"

"为什么告诉我这些？"

天下可没有免费的午餐，天上更不会掉馅饼，身为商人的顾琰之再清楚不过。

"因为……"路非砚面上带着从容而神秘的笑容，"顾总你的人情，很值钱。"

说着，他将手里的一样东西往顾琰之手上一抛："这是我们那儿的小玩意，你可以留着当个纪念。也许，未来我们还有再见面的可能。"

路非砚说完，施施然转身离开。

"慢着。"顾琰之突然开口。

路非砚停下脚步："顾总还有什么要问的吗？"

"有没有不走的办法？"

路非砚微微一笑："当然有。"

顾琰之眸光猛烈一闪，黑沉沉的眼底一时间好似极夜的冰原，迸发出一道极光。

"什么？"他问。

"死亡。"

路非砚的笑容在灯光的阴影中显得神秘莫测，声音仿佛乘风而来的恶魔："我们的体内都被埋下了东西。完成任务不回去，死；至于没完成任务回去……生不如死。"

……

路非砚的身影早就消失在夜色里时，顾琰之却还站在夜晚的寒风之中，许久未动，恍若一尊完美到没有灵魂的雕像。

趴在窗边观察了他们许久的言茉终于忍不住跑了出来。

“顾琰之。”

树荫下，顾琰之缓缓转身，如同浓稠墨汁一般的目光投向了那个从屋中跑出的女人。

“你们……都说了啥？路医生叫你出去干吗？”

顾琰之不答反问：“你完成任务就要离开，对吗？”

言茉一怔，没想到他会突然说起这个。

他不是早就知道了吗？言茉愣愣地点点头。

“还有多久？”

“加上今晚，七个月零八天。”

很好。

顾琰之深深地、久久地凝视着面前这人。

七个月零八天，也就是两百天的时间，这个女人就要离开自己。

他们之间隔着的不是几千公里的距离，而是几百年的时光，是一个现代科技尚无法企及的地方。他该如何跨过这样不可能的距离，把这个女人牢牢地抓在身旁？

不知是不是他的目光太过凝重，言茉心头重重一跳。

她小心翼翼地走到他的跟前。

“顾琰之，你怎么了？”

顾琰之缓缓收回目光，说了一句风马牛不相及的话：“这段时间我会派人保护你，他们应该不会善罢甘休。”

咦？

话题硬生生被拗回去，言茉愣了好几秒，这才转过弯来：“你说……这件事会不会和夏展霓有关系？”

“就算不是她，也是她身后的那个人。”

“可是那人会是谁呢？”

“你不是来自未来吗？不是能未卜先知吗？”

言茉努力地回忆了一下自己掌握的资料，摇摇头：“史料里并没有这些记录，尽管这段时间凌向晚的确非常不顺，意外频发，但最后这些事情都是毫无关联的意外与巧合，并没有什么幕后主使者。”

顾琰之沉吟了片刻：“我会派人去查，你自己要小心一些。先回去吧。”

夜深了，连星月都睡着了，言茉躺在床上却无法入眠，脑子里乱糟糟的。

她在想着顾琰之的异样，想着接连几次的意外，想着接下来可能会发生的一切。

所以说，代言会上突然砸落的吊灯、参加活动路上的那一场车祸、藏着毒品的休息室……这接二连三的事件从一开始就不是巧合。

但幕后真正的凶手到底是谁？

对方为何要如此对付凌向晚？

她又要如何应对呢？

还是说……有什么真相被掩埋在了漫漫时光长河中？

言茉突然发现，假扮凌向晚的自己，似乎替她陷入了一个巨大的阴谋当中。

算了不想了，兵来将挡水来土掩，既然成了凌向晚，在摆脱这个身份之前，她只能走一步算一步。

而不等言茉解决完上一个难题，新的麻烦又接踵而至。

三天后，《转机》的剧组传来消息，说几名主演已定，主演名单里并没有凌向晚的名字。

接到这个消息时，言茉整个人都蒙了。

“怎么会这样？”

导演明明对凌向晚的外形与演技都非常满意，为何突然转变画风？

章姐摇摇头。当时试镜时，她也在场，她也分明看出了导演对凌向晚的认可。不过圈内的事情，哪里都是凭实力说话的事情。别说试镜被人刷下，就算是签了合同要演了，还可能临场换人，这并没有什么稀奇的。

“向晚，既然如此，我们还是另做打算，我给你接洽了其他电影，改日就去试镜。”

“不行！”言茉斩钉截铁地拒绝，“章姐，你能不能安排一个机会，我想见见何导。”

言茉的异常执着引起了章姐的不解：“向晚，你为什么偏偏对这个角色这么执着？”

“因为我有预感，如果错过这部剧，我会后悔一辈子。”

在这件事情上，言茉表现出了异常的执着。在几番折腾之后，她终于如愿地见到了何导。

“凌小姐，你的演技和外形条件我们都很认可，但是演艺圈有些事情，并不全是靠这些说话。”茶馆的包间里，何导很直白地告诉她。

不是靠实力说话，那么就是遭遇“潜规则”了。

“你很有天赋，陆导最近也在筹备一部喜剧片，我可以推荐你去试试。”

何导与陆导是多年好友，而陆导与何导不同的是，他是圈内炙手可热的商业片导演，他拍的电影无一不是票房大卖的大片，每一个被陆导相中的女星最后都成了圈内的一线巨星，因此想成为陆女郎的女明星简直多如过江之鲫。

何导能够提出帮凌向晚引荐，已经是惜才了。

若是普通人得到这个机会，早就千恩万谢，奔着大好前程去了。

但言茉不是普通人。

她淡淡地摇头：“何导，我知道，但我是真的喜欢这个角色。如果冲着出名，或者冲着钱，我大可以演演偶像剧，但我没有。我为了这个角色做了很多准备，我热爱演艺事业，更热爱演一个有灵魂的角色，我不想错过，而且，我相信何导您也不想错过我，因为目前我是最适合这个角色的人，不是吗？”

不得不承认，这样大义凛然又莫名自信的凌向晚别有一番独特的魅力。在娱乐圈沉浮多年，何导见过为了功名利禄削尖脑袋，甚至不惜“潜规则”上位的女明星，却越来越难见到一个颜值满分、演技在线、智商超标，又肯守住本心的明星了。

想到这里，他心中不由得有几分感慨，于是对面前这个艳丽过了头的凌向晚更多了几分欣赏。

但欣赏归欣赏。

“实话和你说了吧，我也强烈希望由你来出演这个角色，但其中一名资方指明不准用你，否则将撤资。你与其向我争取，不如想想是否得罪了谁。”

这部剧最大的投资方就是夏展霓的父亲，这是谁搞的鬼，简直昭然若揭！

“如果能找到新的投资方呢？”

“那我当然会选择你，但是我虽是导演，但也并非独大，剧组还有制片，三千万虽然不多，但一时半会想找也不是好找的。开机在即，剧组不能出任何乱子，你明白吗？”

三千万……

言茉走出咖啡厅的大门时，脑袋有些晕。

来到二十一世纪这么久，她自然知道这个数字意味着什么。那可是几百吨的樱桃、几千吨的苹果、几万吨的大白菜啊……

而她连几十斤的白菜都要掰着指头数着钱买，让她去哪里找这笔巨款？

难道要去找投资商，告诉他们这部片子在未来一定会斩获大奖，享誉国际，让他们机不可失失不再来，赶紧先下手为强？

呵呵，她一定会被当作嗑过药的神经病丢出去的。

但她现在身无长物，穷得叮当响，唯一值钱的东西只有……

言茉下意识地摸了摸耳朵上的小O。这个玩意要拿出去当掉，抵个三千万应该还是可以的吧。

察觉到大事不妙的小O吓得机身一抖：“主人主人，你想干什么？”

只不过这个念头也只是在她脑海中一闪而过，毕竟小O要是暴露了，则离她暴露也不远了。

她不知道历史上凌向晚是怎么办到的，但此时的她真的有些懊恼沮丧，不知道如何是好。

为什么自己每次的任务都和唐僧西天取经一般，历经九九八十一难？不过人家唐僧还有孙猴子保驾护航，她呢？她只有这个吃里爬外的机器人！

就在言茉冥思苦想如何解决这个世纪难题之时，第三天，风向离奇地变了。

制片方打来电话，一团和气地表明原来女二号的演技不行，已经换掉了，这个角色非凌向晚莫属，还说了好一番溢美之词，听得言茉一愣一愣的。

一开始言茉还以为是章姐与公司争取的功劳，却没想到章姐压根就不知道是怎么一回事。好一番打听下才得知，有人拿了一笔资金注入，而唯一的条件就是他要指定女二号的人选，而这个人选恰恰就是刚被刷出名单的凌向晚。

这是赤裸裸的“潜规则”啊！能在这短短几天内拿出三千万来“潜规则”她的人，还能有谁？

而身为女主角的夏展霓得知这个消息后，则气得摔掉了手中的杯子。她坚决向制片方表示反对，却不料那个神秘投资人竟然比他们还强势，一副拿钱砸死你们的模样。而何导本来就看好凌向晚，如今有资金支援，便更加强势，别说换了女二，就算换了女一，也不是不可能的。制片人则一向是有奶便是娘的存在，也不敢拂了金主的意。

可是到底是哪里杀出来的程咬金呢？

“会不会是骆先生？”

“不可能！骆大哥不会替她铺路的。查，给我去查，我倒要看看她傍上了哪个金主！”

“老大，你要我办的那件事办好了。”

此时，琰之科技的办公室中，我们的金主大人正在听肖子白的汇报。

“资金一入场，他们立刻就同意了，合同已经签了，那边估计也收到消息了。”

顾琰之的嘴角淡淡地勾了勾，虽然他不认为有钱一定能使鬼推磨，但让几个跳梁小丑停止蹦跶还是能做到的。

肖子白一忍再忍，还是没控制住体内八卦的小怪兽：“老大，你什么时候对娱乐圈有兴趣了？”

其实自从收到顾琰之让他去处理这件事的要求，他体内的八卦之魂便一直蠢蠢欲动，直到今天，还是终于忍不住爆发了。

三千万，从私账划出，投资电影，不以公司名义，还带上附加条件，那就是让某个女二号上位。虽然这笔钱对顾琰之而言不过是九牛一毛，但是这行事风格很让人怀疑啊。

自家老大什么时候开始追星了？

还是说，这根本不是追星，而是……

顾琰之淡淡地瞥了他一眼，扔下一句警告的话：“少说话，多做事，不懂吗？”

顾琰之越是这样，肖子白内心的怀疑越是熊熊燃烧起来。某些包养小明星的金主为博红颜一笑，一掷千金，挥金如土，就是顾琰之现在这个样啊。想到这里，肖子白看着自家Boss的眼神都有些不对了，老大该不会真的和叫凌向晚的女明星有一腿吧……虽然那个女明星长得的确是美艳动人，让人一见倾心，但他家老大的自控力一直坚若磐石，不是轻易能被美色所诱惑的呀！

更何况老大都有言茉了。

不对！

又有好些天没见言茉的踪影了，听说是去外地了，老大不会趁着言茉不在开始拈花惹草了吧？天哪，老大真是变了，再也不是以前那个高贵冷艳、冰清玉洁的老大了！

肖子白揣着满脑子的奇思怪想离开了办公室，三观再一次受到了剧烈的摧毁与践踏！

“顾琰之，那部剧的事，是不是你做的……”

夜幕尚未降临时，猜到又是谁帮了自己的言茉再也按捺不住激动的心情，匆匆收工后，连外套都来不及换，便直接冲到顾琰之公司附近，将人约了出来。

一家位置隐秘的小餐厅里，包厢里的灯光幽暗，顾琰之靠在椅子上，淡淡地说：“当然不是，是有人仰慕凌向晚，路见不平掏钱相助。”

“……”好吧，明知故问就是这么一个下场。

“你怎么会知道我被换下来的事情？”

顾琰之不答反问：“你不打算找我，还打算找谁帮忙？”

言茉噎住了。

却听他又道：“哦，我忘了，你来自未来，随便买一张彩票，就能中上三千万。”

言茉郁闷地瞪了他一眼，他明明知道，这是不允许的！

她之所以没有向顾琰之求助，是因为任务是她自己的，她不想每次都将顾琰之牵扯在内。三千万，对于顾琰之而言，虽然不大，但也非一笔小数目，这欠下的人情，她要怎么才能还？

“我没钱还你，但是……”言茉想到什么，连忙补充道，“这部电影会红的，虽然票房不是很高，但让你回本还是没有问题的。”

“会不会红我不知道，我只知道，我花了三千万，你就这么报答我？在一家人均消费水平这么低的餐厅请我吃顿饭？”

言茉脸色一红，她已经是在能力范围之内找到了一家客流量最稀少、味道又不错的餐厅了。

想到这里，言茉不禁有些羞愧：“我也想用其他方法，可你什么都不缺，我该怎么报答你？”

“谁说我什么都不缺？”

“啊？”

一个平静无波的声音传来：“我缺一个女朋友。”

顾琰之说什么？

是她的耳朵出了问题吗？还是这个世界玄幻了？

不不不，她听错了，一定是她听错了！否则顾琰之怎么会说出这句话，他不是还没原谅自己吗？不不不，就算他已经原谅了自己，他也不可能……

言茉原本聪明的大脑此时彻底陷入混乱，还算清醒的理智全面宣告罢工，她整个人愣愣地杵在位置上，生怕自己说了什么，然后被告知面前的一切都是幻听与幻觉。

许久未听到回复的顾琰之终于没忍住，他转过头瞪着面前这个已经石化的女人：“你没听到吗？”

难道她不应该欢欣鼓舞欣然答应吗？这是什么反应？！

言茉木木地眨了眨眼，终于勉强将理智从十万八千里外拽了回来。

“可是，不久的将来，你终究会有一个……女朋友的。”剩下那三个字言茉卡了片刻，才艰难吐出。

顾琰之皱着眉，斩钉截铁：“不会。”

现在不会有，除了你之外，以后也不会有。

“可是我只有……”

“我知道，七个月的时间，那又如何？”

来自未来又如何，隔着五百年时光又如何？他顾琰之要保护的人，他一定能够护住。

小小的包厢里，言茉下意识地摩挲着手里的筷子，整个人又是紧张又有些茫然。

“顾琰之，你是不是，是不是……真的爱上我了？”

一瞬间，小小的包厢内陷入了一片沉寂。

又是这个问题。上一次，顾琰之还不知道她来自未来，而这一次，他已经彻底明白她的意思。

许久之后，他才沉沉地问道："如果我说是的，你是不是又要离开？"

言茉还没开口，就听他再度开口——

"我不爱你，言茉。请你留下。"

那么轻描淡写的一句话，却胜过全世界最缠绵的告白。无数说辞尽数堵在喉口，她一句话也说不出来，只能呆呆地看着他。

"还不赶紧点头。"

面对这样的顾琰之，她根本无从抵抗，也不想抵抗。

成为他女朋友的诱惑仿佛是荆棘丛中绽放的那朵艳丽的花朵，那样甜美、那样芬芳，即便未来会被扎得遍体鳞伤，她也甘心吞下。

言茉重重地点点头。

之后就是沉默的用餐时间。

一股微妙的、暧昧的、说不清道不明的氛围徜徉在他们之间。一向在餐桌上狼吞虎咽的言茉也难得地小心翼翼，生怕发出的声响会一下子刺破这虚幻的泡沫。

吃完饭，结完账，言茉拽着一张收银员递给她的账单慢吞吞地跟着顾琰之往外走去。她看着面前这个高大的身影，还是没从刚才的冲击中回过神来。

人们都说种瓜得瓜种豆得豆，她只是种了一顿饭，怎么就收获了一个男朋友呢？

一个这么帅的男朋友。

一个半月前还和她冷战，至今也不知道好没好的男朋友……

胡思乱想的结果就是一头撞上了顾琰之坚实的后背，言茉摸了摸有些发痛的额头，却看到顾琰之本已经打开了餐厅的大门，又突然转身，折回到她跟前。

只听到他说："口罩。"

言茉愣愣地掏出口罩递给他，刚想提醒他这个口罩对他来说可能太小时，只见他微微俯下身，将口罩戴在了她的脸上。

"墨镜。"

言茉呆呆地掏出墨镜，顾琰之再度帮她戴上，最后帮她拢了拢围巾。

"走吧。"

不过顾琰之刚转身，却又折了回来，他盯着言茉，语气严肃地道："记住，从今天起，你是有名分的人了，离别的男人远一些。”

良久之后，却听他淡淡的声音传来：“当然，我也会尽到我当男友的职责。”说完，他推门而出，背影淡定从容，只不过那露出的耳尖，不知是被这冰冷的天气冻到，还是因为别的什么原因，一片通红。

言茉跟着他走出门，屋外漫天的大风扑面而来，差点将她吹倒。言茉眨眨眼，突然后知后觉地想道：刚才他突然转身折回，是因为外面的风雪太大，担心她被冻到，所以帮她戴上了口罩和围巾吗？

所以他是在尽男友的职责？

她就这么想着，一股暖流蔓延至全身，再多的担忧、再多的苦恼，霎时被这呼啸而来的狂风吹散无踪。

不管他出于什么目的，不管他在想什么，他们只剩下如此短暂的时间，为什么还要犹豫不定？为什么不好好珍惜？

言茉突然往前跑了几步，一把握住了顾琰之的手。

顾琰之身躯一震：“你干吗？”

言茉强忍着胸口的羞涩，故作大方地道：“我也在尽我一个女朋友的职责啊！”

说出“女朋友”这个词语的瞬间，言茉简直觉得冰冷刺骨的寒冬似乎被镀上了一层温暖的柔光，整个世界都变得奇妙而浪漫，心尖的某处似乎灌满了某种气体，轻飘飘得要飞入空中。

言茉干脆直接挽住了他的手臂。

顾琰之不自在地看着她：“你业务怎么这么熟练？”

“好歹也追过你好长一段时间嘛。”

“你那是追吗？你那是欺骗。”

哪壶不开提哪壶！言茉真想掐死自己。

“顾琰之。”

“嗯。”

“你原谅我了吗？”

“我是给你一个将功赎罪的机会！”

“好吧，我会加油的。”

风雪夜，两个相依相偎的身影渐渐远去。

无论要跨过多遥远的空间，无论余生只有多短暂的时间，都请你留下，留在我身边。

这一夜，言茉失眠了。就仿佛一个中了大乐透的穷鬼一般，她唯一能做出的反应就是反复地确认自己不是在做梦。尽管这大奖只有七个月的时间可以消费，过期不退，但也足够让她一生回味。

不过古人说得好，甜中生苦，乐极生悲，带着兴奋勉强入睡的言茉不知道，黑暗之中，有一个更大的麻烦在等着她去面对。

第二天清晨，当言茉还在睡梦中时，就被章姐的一通电话吵醒。她迷迷糊糊地按下通话键，当听到对方说什么后，如寒冬腊月被当头泼了一盆冷水，泼得瞬间清醒。

今天清晨，某个圈内知名的狗仔爆出了几张照片，上面是疑似凌向晚与一名神秘男子举止亲密的照片，其中包括深夜密会，坐车离开，甚至还有一同吃饭、牵手和搂腰的画面。配上的标题十分吸引眼球：L姓女明星执意离婚，疑为婚内出轨铺路！

L姓女明星，而且还正在闹离婚，除了凌向晚还能有谁？

言茉没想到自己的一次大意，会惹来这样的麻烦。昨晚，她太过激动，忘了换回自己的容貌，直接以凌向晚的样子赶去赴约，直到进了店里，在顾琰之提醒之下，才换回自己本来的样子。她原本以为应该不会那么凑巧被发现，没想到竟然被人拍了下来！

一石激起千层浪，在一些大V号和有心人士的推波助澜之下，这个消息迅速传播，网络各大平台、微博等统统转载了这条新闻，紧接着凌向晚的微博就被彻底攻陷，各种攻击的言语，不堪入目的咒骂瞬间刷屏。

一场网友的狂欢就这么拉开了帷幕。

所有网友、记者开始化身福尔摩斯，铺天盖地地搜寻所有可能的信息，各种各样的所谓爆料，猜测满屏乱飞。什么凌向晚拖着不离婚是为了转移财产，什么凌向晚出轨成瘾，什么凌向晚靠“潜规则”上位、抢人角色等等。

每一次明星的家事，无论是恋爱结婚出轨，最后都会演变成线上线下的一场全民狂欢，为那些无聊的人们茶余饭后添砖加瓦，为那些坐在电脑前的喷子们提供发泄情绪的素材。

而民愤一旦被挑起，就很难平息，他们可不管事实是什么，他们只看他们想看到的结果，只关心他们臆想中的画面。也有极少数与凌向晚交好的明星以及信任凌向晚的粉丝敢在风口浪尖挺身而出，但很快就被铺天盖地的唾沫星子淹没了。

而禾瑜娱乐也在第一时间做了危机公关，发布了声明，但收效甚微。

滔天波浪背后，似乎有一双无形的手，在暗中操控着一切。

CHAPTER 7 | 第七章

八 卦

这一场狂欢，也渗透进了琰之科技。

早上的办公区内，人来人往，刚上班的同事们见面打招呼的内容都从“早上好”变成了“你们看到那个新闻了吗”。八卦这种事情一向都是不分性别、不分年龄、不分职业与社会地位的。

晨光笼罩的走廊内，两名刚调职的秘书从茶水间出来，边走边聊他们掌握到的消息。

“难怪她那么坚持要离婚呢，原来是有新欢了。”

“对啊，没想到骆先生那么好的人都被戴了绿帽子。你说这个奸夫有什么好的呀，开这么差的车，说不定还是个小白脸呢！”

“你们还别说，现在有些女明星就爱小白脸！看这背影、这身材，应该很帅哦！”

“帅有什么用，凌向晚的老公那么好，痴情又多金，不知道她怎么想的！”

两人讨论得正起劲，却听到一个低沉而威严的声音从不远处的走廊传来。

“你们在说什么？”

“我们在说凌向晚……”

两名女员工笑嘻嘻地转身，当发现声音的来源者是谁之后，顿时如同被掐住脖子的麻雀一般，齐齐噤声。

两个女员工吓得花容失色：“顾……顾总……”

“凌向晚怎么了？”

本来做好了被批准备的两人面面相觑，一时间有些傻眼。咦？老板这是在向他们打听八卦吗？半晌，其中一名女员工大着胆子回答道：“凌向晚出轨的新闻，网上都传遍了，说她密会小白脸，因为婚内出轨，才执意离婚。”

“……”

于是，我们这位被人称为“奸夫”与“小白脸”的顾琰之脸色瞬间就拉了下来，转身疾步离开。

其中一名女员工凝望着顾琰之的背影，突然弱弱地开口：“Boss的背影看起来怎么和照片里的那个小白脸这么像啊……”

“你瞎了吧，我们Boss会开这种便宜车吗？还有，Boss这种高岭之花，是凌向晚这种小明星能折下来的吗？”

也有道理，但她就是隐隐觉得哪里不对。

顾琰之回到办公室，立刻打开了电脑。

网络上关于凌向晚出轨的证据早已疯传，目前的主要证据是一个视频与几张照片。

视频上是那天夜里他开车去给言茉送冻疮膏时的画面。视频似乎是隔着很远拍的，内容是言茉从凌向晚的公寓中走出，一直到坐上顾琰之的车子离开。虽然天色很黑，但是能够清晰地看出视频中的女子的长相。而照片则是昨天傍晚，他与言茉分别进入餐厅的画面，以及离开时两人牵手拥抱的画面。虽然没有正面照片，但言茉身上却穿着凌向晚的衣服。

夜会神秘男，婚内出轨，光这一条，就足以将凌向晚的名声毁上百八十遍了。凌向晚的名声他可以不管，但是如今言茉与凌向晚成了一根绳上的蚂蚱，他便不能坐视不理。

就在大家都在地毯式搜索这个神秘“奸夫”到底是谁时，琰之科技的某间办公室里，两个人惊呆了。

别人看不出来这段视频中的男人是谁，但对于肖子白与苏谭来说，一眼便能看出这上面的这个背影，就是他们那万年光棍的顾大Boss啊！

“会不会搞错了，我哥他怎么会和女明星扯上关系？”

“可能不是搞错了。”肖子白沉痛地摇摇头，“我早就有所感觉了。前几天我去老大办公室的时候，你猜我看到什么了？老大他竟然在看手机直播！”

“看直播有什么奇怪的。”

“可他看的是这个凌向晚的直播！我好奇地凑过去，结果老大下意识地做了躲闪的动作。”肖子白摆出福尔摩斯的动作，“现在想想，真的很奇怪！”

平时对娱乐新闻嗤之以鼻的顾琰之什么时候对娱乐圈感兴趣了？那么只有一种可能，他是对视频的主角有兴趣！

“还有，老大前几天投资了一部电影，女二号就是这个凌向晚！当时我还怀疑老大是不是包养女明星了呢，结果，今天就爆出这个新闻，你觉得会是巧合吗？”

苏谭彻底傻眼了。这件事甚至比发现顾琰之喜欢上宋廉还让人震惊。

毕竟言茉也好、宋廉也好，不管是男是女，最起码都是单身。这次呢？他们那患有接触厌恶症、清心寡欲了快三十年的顾Boss，竟然都染指有夫之妇了！

三观呢？道德呢？底线呢？

经过一天的发酵，事情愈演愈烈。

虽然凌向晚目前还算不上一线红星，但这种事情总是很容易触及网友们的八卦神经，外加有人在背后推波助澜，这件事便瞬间成了娱乐圈的头等大事，让凌向晚滚出娱乐圈的呼声也一浪比一浪高。

很快，神通广大的网友也扒出了视频上的那名男子的身份。顾琰之虽然很少出现在公众场合，身份信息保密也做得不错，但他毕竟是国内最知名的科技公司的掌权者，不可能没留下任何痕迹。

当得知那名神秘男子竟然是琰之科技的顾琰之，而且对方的身份、地位、财力、外貌竟然比骆远霄还更胜一筹时，网络上顿时如同喷发的火山一般，瞬间炸锅了。有惊叹的，凌向晚竟然如此有魅力，老公已经如此优秀，竟然还能找到一位更牛的，怪不得如此坚决要离婚，原来是攀上了更高枝，转头立刻翻脸不认人。也有质疑顾琰之身份的，以顾琰之的条件，要什么样的女人没有，何必去染指有夫之妇？也有冷嘲热讽吃不到葡萄说葡萄酸的，也许人家就是爱穿破鞋呢？

当然更多的是对凌向晚羡慕嫉妒恨的，表面义愤填膺，其实恨不得自己能以身代之……

一时间众说纷纭，各种猜测铺天盖地而来。

禾瑜娱乐的会议室里，气氛一片凝重。

“向晚，你老实说，视频上的人究竟是不是你？”

如果说事情刚开始发酵的时候，章姐还对此照片的真实度保持怀疑，那么当得知那位神秘人士有可能是顾琰之后，原本零星的怀疑就成了燎原之势。

其他人也许不知道，但章姐心里可是清楚得很，这位顾先生是凌向晚的救命恩人。他们之间认识，且私下有联系，要发展成什么不可言说的关系，完全有可能。更何况这位顾先生无论从外形、财力还是魅力上来看，都胜于骆先生，凌向晚如果是因为他移情别恋的话，实在不是什么奇怪的事情。

然而面对章姐的质问，言茉的回答却非常干脆。

“不是。”她说。不管为了什么，她都必须咬死不能承认。

“向晚，你知不知道，刚谈好的那个电视剧的资方打来电话，说要和我们解约！还有谈好的两个广告也说如果事情属实，不仅要解约，还要赔偿损失！”宣发负责人一脸恼怒，“你必须和我们说实话，不然我们怎么帮你？”

言茉满心懊恼。

“我有一个办法。”

所有人都望向章姐。

“去找骆先生，如果骆先生愿意发表联合声明，那么……”

章姐话未说完，就被言茉打断：“不行。”

“为什么？这是现在唯一的方法，更何况，我相信骆先生是愿意帮你的。”

“不是他愿不愿意的问题。”

“向晚，你想和骆先生离婚也要审时度势吧？这种非常时期，你还要固执己见吗？”

“不，章姐，你心里也很清楚，就算骆远霄愿意替我发表声明，那也只能证明他愿意原谅我，并不能为我是否出轨做证明，你们都把网友当傻子了吗？”

章姐被堵得无话可说。

她说得对，就算骆远霄愿意出面澄清，也无法洗掉她身上的罪名。

“章姐，还有各位，我一定会想办法证明我的清白的。”

“你有什么办法？”现在的凌向晚已然是众矢之的，无论他们做什么、说什么，都抵挡不了舆论的攻击。

有办法的，一定有办法的！

其实此时的言茉脑子里同样是一团乱麻。她没有想到，因为她的疏忽，再一次让历史的轨道发生了偏移，所以无论如何，她都必须想尽办法，扭转乾坤。

就在言茉急得脑袋快要爆炸时，手机铃声响起，竟然是顾琰之的电话。

他对言茉说：“你出来，我有办法。”

不久之后，禾瑜娱乐的门口，一名穿着黑呢大衣、脸上戴着口罩和墨镜的女子从侧门低头而出，匆匆上了路边一辆车子。

黑夜拉来了一片暗云，遮挡住了天空的光影，车厢内一片幽寂，只有发动机的声响轰鸣。

言茉一脸迷茫地坐在副驾驶座上。

“顾琰之，这个方法真的可行吗？”她听起来怎么觉得特别铤而走险呢？

这时，一阵刺耳的手机铃声打破了车厢内的沉静。

顾琰之瞥了屏幕一眼：“免提。”

言茉只好听话地按下免提，章姐焦急的声音传来：“向晚，你现在在哪里？”

“我在外面散心。”

“和谁？”

“就我一个。”

“别骗我了！认识的记者朋友告诉我，有人拍到你和之前那个神秘男子开车走了！这个关头你竟然还敢和他在一起，你不想继续演戏了吗？”

“章姐，”言茉深吸了一口气，镇定地道，“我真的没有和谁在一起，和那个男人在一起的根本不是我，你放心吧，我会让真正的当事人出面澄清的。”

“你疯了吗？外面多少人等着找你，你还跑出去自投罗网？立刻回来，现在，马上！”

“章姐，我现在心情很差，不想见任何人，但是事情一定会真相大白的。”

挂断电话，言茉长舒了一口气，干脆将手机关机了。

听到电话那头传来的机械的女声，骆远霄的脸色一点点地冷了下来。

原木色的书桌上，摆着一个相框，照片里，他与凌向晚亲密地依偎在一起，她笑靥如花，宛若穿山跨海而来的一股暖风，带着灿烂春日的气息。

曾经他们那么亲密，如今她却连自己的电话也不愿接听，即便遇到这样危机的时刻，她也忙不迭地与自己划清关系。

骆远霄的指尖摩挲着相片上她的脸，陷入了一种不知名的情绪当中。直到有人敲门，这才打破了诡异的宁静。

“先生，夏小姐来访。”

骆远霄摩挲着照片的指尖微微一顿，沉声道：“请她进来。”

很快，走廊外，传来高跟鞋踢踏的声音，门被推开。

“骆大哥！”夏展霓的眉眼间带着三分愠色，七分焦急，“我看到网上的新闻，我很担心你，你没事吧？”

骆远霄的面容平静无波，夏展霓顿时有些沉不住气：“现在你知道凌向晚是什么样的人了吧，你现在愿意和她离婚了吧？”

“我不会和她离婚的。还有，你要叫她嫂子。”

“骆大哥！”夏展霓激动的声音里带着一丝尖锐的痛楚，“她都背叛你了！”

“那么模糊的视频和几张图片，又能说明什么呢？”

“骆大哥，你别自欺欺人了！你明明知道，这个人就是凌向晚！”夏展霓难以置信，“她私下和顾琰之暗通款曲已经很久了，不然你以为她是怎么拿到《转机》的女二号？她为了红，连身体都可以出卖！”

“闭嘴！”骆远霄终于沉下脸，“不准你诋毁她！”

“骆大哥！”

“你回去吧，我还有事要处理。不送。”

夏展霓不仅没离开，反而走到骆远霄面前，带着一股豁出去的决绝：“骆大哥，你这么护着她，是坚信她不会出轨对吗？”

骆远霄浓密的眉头深深皱起：“你想干什么？”

“我就想让你看看，什么叫眼见为实！”

凌晨一点，夜幕浓厚，城区内的一栋独栋别墅里，灯光昏暗。

言茉穿着一身不菲的行头，坐在卧室的窗边，神情略微有些紧张。

小O的声音回荡在耳边：“三百米外，停着六辆车子，还有好多人。”

围在这栋别墅周围的，何止是几辆车子几个人，而是无形的网络背后，无数双准备一饱眼福的眼睛。

房门被推开，顾琰之走到她面前："准备好了吗？"

"准备好了。"言茉与小O的声音同时响起。

"那去吧。"

言茉戴上口罩、墨镜、帽子，围好围巾，穿上凌向晚的外套，然后调出了光屏上的容貌模拟系统，对自己的身形稍稍做了一些调整。紧接着，她深吸了一口气，推门走出屋子。

就在言茉出门的那一瞬间，黑暗里，无数人从不知名的角落里窜了出来，无数长枪短炮追着围了上来，那些拿着录音笔、摄像机与手机的记者们，他们的眼睛中燃烧着兴奋的光芒，他们不是在看她，而是在看着一个个数千万的点击率，一个个茶余饭后的新奇谈资。那些镜头的背后，还有千千万万双目光，他们为了即将戳穿一个巨大的秘密而感到兴奋，用别人一生的污点，做短短一日的狂欢。

"凌小姐，回应一下您出轨的传闻好吗？"

"凌小姐，您执意要同骆先生离婚，是不是因为你早就婚内出轨了？"

"凌小姐，有人传言说你靠"潜规则"上位，是真的吗？"

"凌小姐……"

无数凌厉的话语袭来，无端的中伤，与恶意的攻击如同子弹一般袭来，恨不得将面前之人射成一个满身是洞的筛子，然后将她的五脏六腑全都挖出来剖析个彻底。

面对这一片枪林弹雨，言茉表现出了前所未有的惊慌，她紧张地躲避着镜头，大声道："我不是凌小姐！"

她越是慌张，大家就越是兴奋，这明显是心虚了啊！

"凌小姐，凌小姐请回答我们的问题！"

混乱之中，竟然有人伸手去扯她脸上的东西，她慌乱地躲闪着，最终还是没躲开，口罩、墨镜、帽子统统都被扯开，闪烁的闪光灯下，她露出了真面目。

那是一张圆圆的并不算惊艳的面容。

看到她，所有人的脸上写满了震惊与讶异。在短暂的震惊过后，各种质疑声接踵而来。

"你是谁啊？是不是搞错了？"

“不会是跟丢了吧？”

“不可能，明明就是这辆车，是不是人还在里面？这个就是个烟幕弹！”

“对！”

“没有第二个女的在里面了，你们没跟错，我就是照片里的人。”

言茉的话音一落，面前的记者顿时炸开了锅，大家纷纷质疑言茉的说辞。

“我曾经当过凌小姐的助理，她送了一些衣服给我，那天穿的衣服，刚好就是凌小姐的。”

“胡说八道！那视频呢？视频怎么解释！凌小姐的脸我们可拍到了！”

“那天晚上的视频，里面的人确实是凌小姐，可是深夜密会根本是无稽之谈，因为……”言茉的目光镇定地扫过全场，“当时我也在车子里。”

“那你昨天为什么不出来回应？”

“对啊，为什么？”

一时间，大家纷纷起哄质疑，现场混乱成一片。

“因为……”一个冰冷而低沉的声音突然响起，瞬间让喧闹的喊声都静了下去。

大家纷纷回头，身后的铁门打开，几名保镖的簇拥中，一名气度非凡的男子缓步而出。

记者们也都认出了这就是这一次事件的男主角，琰之科技的顾琰之！

一时间，闪光灯“咔嚓咔嚓”地亮起。一切设备，纷纷对准了这个甚少在公众场合露面的商业巨子，但蜂拥而上的记者们却被几名人高马大的保镖拦住了，只能远远地拍照。

倒不是顾琰之想做什么排场，而是他真的不想和这么多人接触。为了防止有人不识相地冲上来，他干脆先让人在他能接受的距离之内将人潮隔离。

言茉连忙趁机拨开人群，老实地走到他身边，替他挡掉了和别人接触的可能性。言茉的“乖巧”让顾琰之龙心大悦，连带着冰冷的面容也温和了许多。在众人的注视下，他伸出手自然地搭在了言茉的腰上，轻轻一用力，将她搂入怀中。

低醇如陈酒一般的声音响起：“因为我不想把我的未婚妻公之于众。”

几名记者面面相觑，在对上顾琰之凌厉的眼神之后，气势都弱了几分，再开口时，语气不自觉地变得恭敬：“那请问凌小姐为什么不出来回应呢？”

言茉立刻接过话头：“如果凌小姐出来解释，你们会信吗？”

一时间，所有人都哑口无言。

的确是，如果这件事是凌向晚出面回应，大家都只会觉得她是在欲盖弥彰。

“是我的疏忽，导致了凌小姐声誉受损，我有义务还原真相。”

可是即便如此，还是有不怕死的记者跳出来提出质疑：“就算今天不是凌小姐，不代表当时照片中的那个人不是凌小姐啊！”

此话一出，有一些反应快速的记者也都纷纷点头。

“没错，有什么证据证明？”

的确是这样，那晚牵手的亲密照片，并没有正脸，但是通过背影与服装来看和凌向晚却有七八分相似。所以说不定这个女子只是凌小姐派出的挡箭牌呢？

面对那名咄咄逼人的记者，言茉正准备回答，却感觉顾琰之捏了捏她的腰。

只见顾琰之轻轻一挥手，身后立刻有人掏出了平板电脑。就在大家不知道顾琰之想干什么时，那人打开了一段视频，画面上竟然是一段监控，监控上显示的时间正是网上视频拍摄之后的时间段。画面上，那个女子的背影赫然就是网上流传的凌向晚，连服装、发型都一模一样。

女子不知道聊到了什么，微微扬起头，一张脸出现在画面之中，虽然有些模糊，但依旧能够分辨得出，她就是面前的这位言小姐，而绝非凌向晚！

也就是说，传到网上的那段视频的女主角，的确就是面前之人！

一时间，现场鸦雀无声。

这个视频完全能够证明，那天和顾琰之幽会的人，不是凌向晚。

言茉也没想到顾琰之还留有这么一手，不过她很快就反应过来：“现在大家总该相信了吧。还有什么想问的，都问清楚吧。”

“那为什么这视频不早点拿出来？”

真是不到黄河心不死啊。

“因为凌小姐想抓出内鬼，看看是谁在造谣生事，现在内鬼已经抓到了。”

一时间，现场一片哗然。

“大家先回去，明天凌小姐会开发布会澄清一切。”

一场狂欢，最终以一场闹剧收场。

在人群之外的路边，一辆车子停在树影深处。

副驾驶座上，夏展霓看到言茉露出了自己原本的面容后，激动得大声嚷嚷：

"怎么可能？那个人明明是凌向晚，怎么会变成别人？不对，一定是凌向晚找人来给自己洗白的！一定是！"

"展霓，不要再挑战我的底线。"骆远霄一声低喝，打断了夏展霓的叫嚣。

他沉着脸发动车子，但车子还没驶出，就被人拦住。

"骆先生，夏小姐，我们老板有请。"

别墅的客厅里，灯火璀璨。

夏展霓冲进了客厅。

"凌向晚一定在这屋里对不对！你不过是她找来的挡箭牌！凌向晚，你给我出来！出来！"

夏展霓不甘心的叫声回荡在客厅之中。

"够了！"随之踏入屋内的骆远霄开口制止了夏展霓的疯狂举动。

夏展霓红着眼转头："骆大哥，你相信我，明明有人看到凌向晚进了这套房子，她一定还躲在这里！"

"我一整天都和我男朋友在一起，我怎么不知道他和人幽会了？"

面对这样的情景，顾琰之本来很是不耐烦，当听到"男朋友"三个字从言茉的口中吐出时，他冰冷的表情顿时如春风化雨，一点一滴地融化开来。他微微牵了牵嘴角，决定看在她很上道的分儿上，先任凭她自由发挥。

只听言茉道："你怎么就笃定凌小姐进了这套房子？因为是你派人跟踪凌小姐的，对吧？"

夏展霓的眼神有些闪烁："怎么可能？我很闲吗？骆大哥，你千万别听他们挑拨。"

"不，我知道，就是你做的。"

"骆大哥！"

夏展霓的声音在他沉沉的目光中越来越虚，最后她干脆破罐子破摔："没错，我找了人跟踪她，那又如何？我是想让你看清她的真面目！"

"你想让我看清真面目的人，是我的妻子！"

夏展霓觉得自己简直委屈极了。

"离婚、出轨、密会，她根本不配当你的妻子！"

好吧，言茉简直叹为观止，第一次听见有人把侵犯别人隐私说得这么清新脱俗、义正词严的，看来这位夏小姐的确表里如一啊，胸大无脑还冲动鲁莽！

“你派人跟踪凌小姐，不犯法，那么购买毒品，诬陷别人吸毒呢？”

骆远霄猛地抬起头，适才只能算愤怒的双眸中陡然射出一道凌厉的光。

夏展霓高傲的表情如同冬日泼出去的水一般，凝固在了嘴角。

“你说什么，我听不懂。”她故作冷静地道。

言茉耸耸肩：“好吧，既然夏小姐的智商忽高忽低，那我就再说清楚一些。那场宴会上，你让人给凌小姐下药，然后将她骗至放置了毒品的房间，想陷害她吸毒这件事，你说犯不犯法呢？”

夏展霓心虚地尖叫：“你们少胡说八道，我什么时候……”

“放心吧，我们这儿既没有针孔摄像机，也没有录音笔，不会把这些作为证据的。”

骆远霄几步走到夏展霓面前，死死地盯着她的脸：“那件事也是你做的？”

夏展霓清丽的面容在灯光之下显得有些苍白，她依旧梗着脖子强撑道：“他们在诬陷我！”

夏展霓深知，找人跟踪偷拍和派人诬陷凌向晚吸毒这两件事完全不可同日而语，前者就算坐实了，也不痛不痒，但如果后者一旦坐实……

所以她绝不能承认！

夏展霓转头怒视着言茉与顾琰之：“你们是不是收了凌向晚的钱来诋毁我？”

简直笑话。坐在这里的可是动一动商界就要抖三抖的人物，这样的人，要收一个二线女明星的钱来诋毁别人？

一直冷眼旁观的顾琰之终于开口，给了垂死挣扎的人最后一击：“人也快到了吧。”

什么意思？

低醇的话音刚落，敲门声便响起。

门打开，两名保镖带着一个瑟瑟发抖的人走了进来。夏展霓在看到这个人后，强撑的不屑如同腐朽龟裂的树皮，被冷冬的寒风一吹，“噼里啪啦”地剥落。

那是凌向晚最亲密的助理，米粒。

“顾总，我们在她的相机和手机里发现了还没来得及删的照片和视频。”

“所以，是你泄露凌小姐的行踪，还跟踪偷拍她的？”

米粒哆嗦着点头。她在网吧被抓到的时候，整个人是蒙的。出卖自己的艺人，偷拍艺人隐私，将隐私爆料给杂志……这任何一样只要传了出去，她的职业生涯就毁了。别说明星助理，就连普通公司的普通岗位，都不会对她开放。更何况她得罪的还是像顾琰之和骆远霄这样的商界巨子。只要他们一句话，她在职场中就永世不得翻身！

所以，事到如今，她除了坦白从宽，找不到第二个选择。

“是谁让你这么做的？”

“是……”米粒飞快地扫了夏展霓一眼，哆嗦着道，“是……是夏小姐。”

夏展霓气急败坏：“你……你别血口喷人！”

“是不是血口喷人，先听米粒讲完再判断吧。”

“我当上凌小姐的助理后不久，夏小姐就让我跟着凌小姐，把凌小姐的情况汇报给她，事无巨细……尤其是凌小姐和骆先生的事情……后来，顾先生救了凌小姐，夏小姐便让我关注凌小姐是否继续与顾先生来往，还让我拍照片录视频。”

“那天宴会上的事呢？”

“也是夏小姐安排我做的，那天夏小姐让我到了会场之后，把凌小姐的衣服都拿走，然后离开会场，可是我没想到会发生那些事情！”

怪不得那天晚上，米粒走得那么刚好，还带走了她所有的衣物与钱，原来不是巧合，而是早有预谋！他们挖了陷阱，一步一步等着她自投罗网。

“你为什么要背叛凌小姐？”

即便早已从顾琰之口中得知米粒是夏展霓的人，但言茉还是难以相信为什么和凌向晚如此亲密的人会选择背叛。

“我不是故意要害凌小姐的！我妈妈生病了，我需要钱，夏小姐说如果我听她的话，她就帮我妈妈治病！我不知道有毒品，我也不想害凌小姐。”

“你闭嘴！”夏展霓终于气急败坏地尖叫，“骆大哥！她在说谎！毒品什么的，我真的不知道，不是我做的，我下药就是想吓吓凌向晚！骆大哥……骆大哥我……”

这一次，骆远霄连看都不再愿意看夏展霓一眼，他甩开她的手，转头看着言茉：“小晚呢？她在哪里，我要和她聊一聊。”

“骆先生想找自己的夫人，为何不自己打电话。”

顾琰之轻描淡写的一句话，如同刺刀一般狠狠戳中了骆远霄的痛处。

他不得不低声下气地请求：“她不接我的电话，言小姐，你可否帮我联系她？”

面对这样的骆远霄，言茉实在有些于心不忍，却也只能强硬地应对：“对不起，凌小姐不想见你，她想见的时候，自然会出现。”

骆远霄眼底微弱的光芒如同流星坠落。

他苦笑了一下，微微欠了欠身：“今晚，打扰了。剩下的事情，我会处理的。”说完，转身离开。

夏展霓恶狠狠地怒视了言茉一眼，往外追去。

屋内终于回归了宁静。

明晃晃的灯光下，言茉长长地松了一口气，瘫坐在沙发上。

好大一场戏，演得她筋疲力尽。

好在今晚的一切，都在顾琰之的掌控之中。他早就怀疑凌向晚身边有人吃里爬外，因此先故意将今晚两人要密会的消息透露出去，然后让言茉打扮成凌向晚的样子驱车前往。果然，米粒立刻通风报信，并在网上煽风点火，想要将凌向晚与顾琰之的关系坐实，让她彻底身败名裂。紧接着他又和言茉演了这一出戏，至于目的嘛，一是为了找出真正的内奸，二是为了借他们的口，将记者引来，澄清凌向晚与顾琰之的关系。

一石二鸟，一箭双雕。

不过尽管事情顺利解决，但言茉还是觉得似乎有哪里不太对劲。

到底是哪里不对劲呢？

言茉站在灯火辉煌的客厅里沉思，突然灵光一闪，猛地抬头盯着顾琰之：“既然你有那个视频，为什么不直接放出来，却要演这么一出戏？”

顾琰之绝非一个喜欢绕弯路的人，更何况，他还有这么严重的接触厌恶症，他怎么会愿意出现在这么多人面前？

奇怪，太奇怪了！

对上言茉带着疑惑的澄澈双眸，顾琰之的表情有些不自然。她说得没错，他想要澄清这个事实，或者让那些人闭嘴，多得是方法，至于为什么选择这种迂回曲折又麻烦的方式……

那自然是因为，这样就能顺理成章地向全世界宣布，这个女人属于自己。

她来自未来又如何，隔着五百年的光阴又如何，既然命运将她带到了自己身边，那么即使一切会发生反转，即便命运会因此而转移，他也要将她打上他的烙印。

但顾琰之不正面回答，而是选择转移话题：“我觉得陷害吸毒那件事，夏展霓不知道有人在背后帮她筹谋。”

顾琰之声东击西的本领已臻化境，随便一句话，就成功转移了言茉的注意力。

“是吗？为什么？”

“因为看她的反应，她以为从头到尾都是自己的杰作。我会继续调查，这段时间，你也不能掉以轻心。”

第八章

CHAPTER 8

真 相 大 白

第二天，言茉用凌向晚的身份召开了新闻发布会，讲清了这件事的来龙去脉，并表示会对此次事件采取法律手段。而身为此事件隐形当事人的骆远霄也随即在网络上发表公开声明，称他们之间的婚姻没有任何第三者存在，他会处理好他们的关系。声明言辞之恳切，情意之绵绵，令人不胜唏嘘。

市公安局的办公室中，宋廉和几个刑警们也正在围观这一场跌宕起伏的娱乐大戏。包公也算是凌向晚的粉丝，看到这则澄清后终于将身板挺直了。

“看吧看吧，我说什么来着，凌向晚绝对不是会出轨的人！”

“嘁。”有人鄙视他，“马后炮，你之前还说照片上的人就是凌向晚呢。”

“那是小宋说的，小宋，你赶紧道歉，为什么污蔑我的女神？”

几个人正群情激奋着呢，身后冷不丁传来一个声音：“你们在看什么？”

发现身后之人是周寒彰后，几个人瞬间立正，异口同声：“没看什么。”

周寒彰的目光落到宋廉身上，他正拿着手机，手机的屏幕上还在播放着主持人的声音：“凌向晚与琰之科技的顾先生……”

宋廉心慌了，想将手机塞到口袋里，但已经来不及了。

“给我看看。”周寒彰说。

完蛋了。宋廉心想，这段时间周大神本来就有了不想继续和他搭档的意思，他正想尽一切办法，争取在大神面前刷分，不要被三振出局呢，结果来这么一下，周大神不会觉得他是个不思进取、天天偷懒的人吧？

结果意外的是，周寒彰不仅没有责怪他上班时间刷娱乐新闻，反而问道："顾琰之的新闻？"

咦？见周寒彰真没怪罪的意思，宋廉顿时又兴奋了起来，滔滔不绝地开始介绍来龙去脉："是顾总和女明星凌向晚的八卦新闻！前两天网上说凌向晚出轨顾总，还被拍了照片和视频，结果今天来了个大反转，说是狗仔拍错了，顾总约会的那个人是顾总的未婚妻言小姐。你看你看。"

宋廉把视频点出来给周寒彰看。

"可是我怎么觉得，照片里的人一开始明明就是凌向晚啊，怎么视频里会突然变成他未婚妻了呢？两个人的背影其实也不算像啊……难道顾总前脚约会凌向晚，后脚又和自己的未婚妻吃饭？唉，有钱人的世界真是让人不懂。"

周寒彰看着屏幕中的新闻报道与资料，眸光越来越沉。片刻之后，他将手机塞回了宋廉手中："以后有关他的新闻，都发给我。"

"啊？哦……"

大神什么时候也开始喜欢娱乐八卦了？

不过，等等，周大神说让自己以后看到新闻都发给他，是不是意味着自己这段时间的努力奏效了？

但周寒彰一眼就看穿了宋廉的想法，毫不留情地戳破了他美好的小幻想："但取消和你搭档这件事情，我还是没改变主意。"

"啪——"宋小警官的心瞬间碎了。

凌向晚的事件引起了很大的反响，大家在谴责造谣者、同情当事人的同时，更多人的目光则是被那个很帅很多金很有气势的顾琰之吸引了，于是只有偶尔才会出现在财经版面上的名字频频出现在各大娱乐版面的头条。一时间，琰之科技外面也多了好多娱乐记者蹲守，大家都想挖一挖这个国内极为有名的科技公司的掌权人的一些八卦消息，比如情史、婚史、家庭史等等。

不过琰之科技内部的所有员工都被下了封口令，不允许泄露自家老板的任何隐私，记者们查来查去，只能挖到一些皮毛。

不过相对于对外一致封口的情况，对内，这上上下下沸腾的八卦之心总要有一个发泄之地吧？于是这两天，琰之科技内部大大小小的微信群、QQ群、内部论坛通通都爆炸了。

就在其他部门还在八卦顾琰之和言茉真的在一起这类比较初级的问题时，顶层总裁办的小群里，大家八卦的内容显然更加私密而劲爆，比如——

“言茉最近一直都没露面，该不会被咱们老板金屋藏娇了吧？”

“肯定是啊！Boss不是说了吗，他不想把他的未婚妻公之于众，那一定就是把人关在家里这样又那样啦。”

“你看吧，也不出来说句话，说不定现在还在补眠呢，至于为什么补眠，请各位自行脑补啦，嘿嘿嘿。”

“上面的‘嘿嘿嘿’好猥琐！”

言茉在等待工作的间隙，闲得无聊就偷偷登上自己的微信，结果看到里面热火朝天地刷屏讨论，而讨论的对象就是她！

什么金屋藏娇，什么关在家里这样那样啊，这些人的脑部运动会不会太活跃了一些！言茉看得面红耳赤，正打算撸起袖子冲上去让大家都停止那些荒唐的猜想，却看到有人发出了一条消息：论坛里的视频大家看了没，那才叫一个帅！

视频？晚上回去之后，言茉第一件事情就是让小O入侵了琰之科技的内网，找到飘在最上面的帖子，发现里面竟是一段记者采访顾琰之的视频。那个记者也是神通广大，不知道用了什么方法混进了琰之科技，在楼下门口拦住了顾琰之，追在他身后高声问：“顾总，我能不能采访一下您，顾总，给我一点时间好吗？”

见顾琰之不理他，他的问题又变成了：“顾总，您真的不喜欢凌小姐吗？您和凌小姐真的没关系？”

几名保安迅速拦住那名记者。

本以为顾琰之一定不会理会，没想到他听到这句话后竟然停下脚步。

记者顿时兴奋了起来。

面对记者八卦的表情，顾琰之微微皱了皱眉，反问：“我拥有的人已经是世上最好的，为什么还要退而求其次？”

言茉将这段视频整整播放了三遍，然后直挺挺地倒到了床上，愣了好几秒后，突然像抽风了一般抱着手机滚来滚去，滚去滚来。

怎么办，怎么办，她好开心啊，胸腔里仿佛装满了被剧烈摇晃后的啤酒，啪的一声打开了瓶盖，幸福的感觉像泡沫一般争先恐后地冒出。

原来，在他眼中，自己竟然这么好吗？还是说，这就是所谓的“情人眼里出西施”？

尽管关于凌向晚一事，网上还有质疑声音的存在，但整体而言危机已经化解了。

一切似乎都在往好的方向发展。

不久之后，她就接到路非砚的消息，说凌向晚恢复得非常好，神经方面将完全恢复正常，两三天后她就会醒来。

得知这个消息后的言茉简直感觉整个世界都亮了起来，她这个苦媳妇终于要熬成婆啦！只要度过这最后的几十个小时，一切恶灵退散，否极泰来！自己就可以回湖边别墅去见顾琰之啦！

因此，言茉充满了干劲，整个人仿佛阳光下的小碎钻，“咻咻咻”地放射着喜悦的小光芒。

然而，老祖宗有句话说得好，物盛则衰，乐极生悲，所以当危险降临时，言茉真的没有一点点防备。

事情发生在出轨事件结束后的第三天中午。

自从米粒的行为被发现之后，她立刻被辞退了，新的助理一时半会还没找到，于是言茉只好单枪匹马孤军奋斗。晚餐时分，她回到家中，自己点了一份外卖，准备犒劳犒劳唱了一天空城计的胃。

下单半小时之后，门铃声便响起了，言茉连忙趿着拖鞋去开门。路过客厅时，她的手机却响了起来。

是顾琰之。

自从看了那天的视频之后，言茉整个人都处于兴奋状态，以至于每一次接到他的电话，她都异常激动。

言茉按下通话键，却听到略显严肃的声音传来：“我找到替换了凌向晚药物、设计陷害她吸毒的真正主使者了。”

顾琰之站在办公室的落地窗前，面对着万家灯火，眼神带着一丝冷意。

身后的原木大桌上，是刚刚传来的资料。

“那个人果然不是夏展霓。”

言茉开门的手一顿，瞪大了眼睛。

门打开，外卖小哥将一个餐盒递了过来。

“小姐，您的外卖。”

“哦，谢谢。”言茉接过外卖，连声追问道，“不是她，是谁？”

“是……”

就在此时，右耳处的小O突然发出一声尖锐的预警。

“主人，小心！”

小O的话音未落，那个外卖员藏在塑料餐盒后的手突然伸出，一道混浊的水光扑面而来。

注意力全部集中在电话那头的言茉猝不及防，她唯一能做的，就是下意识地用手护住脸，猛地转身。

只听到一声凄厉的尖叫刺破了黄昏的天色，无数灼烧的刺痛感铺天盖地而来。

她能感觉到自己的肌肤在顷刻间融化、萎缩、塌陷……滔天剧痛侵袭着她的身体，痛得她在地上打滚，恨不得就此死去。言茉终于明白为什么人们将人间最极致的痛苦比喻成上刀山下火海，因为这简直是用无数把尖刀凌迟着你的每一寸肌肤、每一寸神经。她痛得大哭，微咸的眼泪划过灼烧的肌肤，却让痛苦乘以千倍万倍……于是连哭都成了一种灭顶之灾。

“言茉！言茉！”顾琰之惊慌的声音传来，“你怎么了？”

“硫酸……痛……”

顾琰之心猛地揪紧，抓起车钥匙疯狂地往外奔去。他从未听过言茉的哭声，他不知道，她的哭声会这样让他心痛，痛得恨不得以身代之。

“别……别报警！千万别！”

皮肤上传来的灼烧感就能告诉她，她肯定是毁容了。她现在是凌向晚的身份，一旦报警将此事闹大，到时候真正的凌向晚醒来，要如何向公众解释她那完好无损的容貌？

所以不能报警，她必须挺着。

“好，我不报警，你乖，先用水冲洗伤口，我马上就到！”

言茉挣扎着，蹒跚地走进屋内，掏出一剂针剂，扎入肌肤，然后用水冲洗伤口。

但是太痛了，真的太痛了，痛到她的意识开始渐渐抽离。

也不知过了多久，在度秒如年的地狱般的煎熬中，有人踹开了门，将她抱起冲了出去，但那不是她熟悉的味道，不是她所等待的那个人。只不过，此时她已经没有力气反抗，只能任凭自己的意志在痛苦的海洋中沉浮、消亡……

等到顾琰之赶到凌向晚的公寓时，只看到狼藉的餐点孤零零地躺在玄关光洁的地板上。公寓里空荡荡的，穿堂风呼啸而过。

在他之前，已经有人把他的言茉带走了。

言茉被紧急送往医院抢救。

她的后颈与左脸有不同程度的烧伤，被硫酸舔舐过的肌肤扭曲在一起，狰狞得可怕。

医生的目光带着同情。容貌对一个女人而言简直是一个比生命还要重要的存在，更何况她还是一个如此美丽的女明星，这无疑是将她从天堂直接打入了地狱，中间还没让在人间有个适应过渡。

“做好最坏的打算吧，她的脸恐怕是……好不了了。”医生长叹了一口气，“还有，最好安排一名心理医生，我想她醒来之后可能需要心理疏导。”

很多人就是因为过不了这一关，精神彻底崩溃了。

“我会安排的，谢谢。”

送走了医生后，骆远霄这才静静地走到床沿，伸出手，细细地摩挲着她那缠着纱布的面容。傍晚的夕阳落在他的脸上，深邃的眸子深处，有某种莫名的光芒在闪动。

双眸紧闭的言茉痛得颤抖，迷迷糊糊中她似乎听到有人用温柔到能滴出水的声音在她耳边呢喃：“对不起，只有这样，你才能只属于我……”

也不知过了多久，病房内的人终于尽数离开。

言茉无力地睁开双眼。她还清楚地记得，在她被泼硫酸之前，顾琰之在电话那头的最后一句话说的是——骆远霄。

换了凌向晚药物、设计陷害她吸毒的人，不是夏展霓，而是骆远霄！

这个看起来一往情深的骆远霄！

可是他为什么要这么做？凌向晚不是他深爱的人吗？毁了凌向晚对他到底有什么好处？

得知言茉被骆远霄带走后，顾琰之心急如焚，几次都想将言茉从骆远霄身边带回，却都被她拒绝了。

此时真正的凌向晚还未完全恢复，如果她这时候消失，势必会引起骆远霄的怀疑。她不希望顾琰之也卷入其中，更不希望给顾琰之惹来更多麻烦。她必须利用这段时间，想办法拨开近在眼前的迷雾，找出骆远霄这么做的原因。

得益于言茉昏倒之前注射的那剂药剂，言茉这一次的高烧很快就退了，几天之后，骆远霄便迫不及待地将她带回了他的半山别墅中。而就在搬回半山别墅后不久，骆远霄告诉她，泼硫酸的凶手找到了。

凶手是一名间歇性精神病患者，他招供，说幕后的指使者是夏展霓。

“我会帮你报仇的。”骆远霄道。

不知道自己已经暴露的夏展霓还在做着春秋大梦。“出轨门”事件之后，夏展霓就一直被禁足着，但她并不甘心，一直在苦思如何才能让骆远霄彻底放弃凌向晚。直到她的经纪人告诉她说，男人都是视觉动物，他之所以这么爱凌向晚，不过是被凌向晚那一张脸所迷惑。夏展霓突然觉得太对了，如果凌向晚失去了引以为傲的容貌，她还有什么能够留住骆远霄的心？

她越想越觉得有道理，越想越觉得可行，于是决定孤注一掷。

在得知凌向晚果然毁容了之后，她欣喜若狂，觉得黎明就在眼前。只要她耐心等待，骆远霄迟早就会厌弃凌向晚，很快就会彻底离开凌向晚。

然而她等啊等，还没来得及等到骆远霄抛弃凌向晚，却先等来了她要被送出国的消息。

夏展霓顿时傻眼了。

她怎么能走呢?

留在国内，留在他身边，未来时间这么长，一切皆有可能；可要是出了国，就什么都没了。隔着几万公里的距离，她无法再靠近骆远霄，即便凌向晚毁容了，还有千千万万个凌向晚想爬上骆远霄的床，她所做的一切都成了竹篮打水。

“骆大哥，我错了，我以后再也不会了，你别赶我走。”她冲到了骆远霄的别墅，苦苦哀求。

“不想走，难道你想进监狱吗？”

夏展霓一愣，脸色煞白。

他都知道了！

漫天惧意朝她涌来，惊得她连站都站不住。

但夏展霓转念一想，却又莫名地产生一种自信。以前的每一次，无论是设计凌向晚吸毒还是曝光凌向晚出轨，骆远霄都放过她了，这说明骆远霄心里还是有她的，这一次，只要她哀求，骆大哥一定会心软的！

“骆大哥，我这么做都是为了你呀！”夏展霓哭着说，“我十七岁就开始喜欢你了，喜欢了整整八年！你喜欢女明星，我就去当明星；你喜欢长发的女孩，我就留了这么多年的长发；你喜欢看电影，所以我就去拍电影……她能做的，我都能做到，而且只要你娶了我，整个夏氏以后都是你的。”

然而骆远霄却淡淡地打断了歇斯底里的夏展霓，他的声音温柔之极，却也无情之极：“我不是喜欢明星，也不是喜欢长发的女孩，更不是喜欢电影，我只是喜欢她，懂吗？”

如果语言能够杀人于无形，那么，这每一字、每一句，就是劈在她心口上的钢刀、砍在她灵魂上的巨斧，招招致命。

他说：“能娶她是我这一生最美好的事情，所以哪怕她瘸了、毁容了，我一样喜欢。”

“不，不会的。”夏展霓尖叫，“你现在这么说，那是因为还没看到她之后的样子。对，一定是这样。我听说了，毁容的人会变得很敏感、很脆弱，你甚至不能碰她，不能和她一起睡，她的精神也会出现问题。”

夏展霓说着，一种莫名的自信油然而生。

她突然上前，一把握住骆远霄的手，用最楚楚动人的目光注视着这个她视若神明的男子。

“骆大哥，你看，她都变成那样了，那么丑，脸上全是疤痕，你半夜看到她不会做噩梦吗？”

真是不到黄河心不死啊。

骆远霄温柔地避开她的手：“她可以留在我身边，我每天都像美梦，怎么会有噩梦呢？”他怜悯地看着面前的女子，“你以为毁了她的容就能让我离开她？展霓，你真是太天真了。你知道吗，这件事，我还要感谢你呢。”

夏展霓莫名地觉得一股寒意从脚底板蔓延而上。

“什……什么意思……”

“感谢你将她送还到我身边。”骆远霄的声音还是那样温和缠绵，但夏展霓却感受到了毛骨悚然，“毁容了，她便再也不能重返娱乐圈，也就没有了一定要和我离婚的理由，她就能安安静静地待在我身边，安安静静地只看到我一个人，多好。所以我虽然恨你伤害了她，却也感激你让她永远都不会再离开我，让我们永远都不分开。”

夏展霓瞪大了她漂亮的双眸，眼睛深处不知道是悔恨，还是恐惧。

“骗人，骆大哥，你一定是在骗我。”

还有什么比你倾尽全力，孤注一掷，毁了自己的下半生去做一件事，最后却发现为最恨的人做了嫁衣更让人绝望的事情？

骆远霄怜悯地看着她，像看着一个不懂事的小女孩。他怎么会是骗她的呢？这是他说过的最真实的一句话了。他花了那么多心思，循循善诱，借刀杀人，为的就是这个目的啊。

“你知道我为什么找你来吗？我是想告诉你，停止你那些举动，之前我没有阻止，不代表以后我还会姑息。”

智商掉线许久的夏展霓终于从骆远霄的话中抓到了一丝要点：“所以说……我做的那些，你通通都知道？你……你为什么不阻止我？”

“因为，还没到阻止的时候啊，傻姑娘。”

夏展霓在骆远霄温柔到令人毛骨悚然的目光中颤抖起来。

“我和你爸爸商量过了，你去国外吧，别再回来了，否则，即便夏伯伯手段通天，也救不了你了。嗯？”

最后那一声像是劝阻又似威胁的反问，是压垮骆驼的最后一根稻草。

夏展霓难以置信地看着这个在自己人生中扮演了十几年明灯的男人，如今却亲手给自己点亮了一盏通往地狱的长明灯。

这样的认识彻底击溃了夏展霓自以为是的内心。

那曾经的意气风发，那曾经的飞扬跋扈，那曾经的天真与狠绝，都仿佛在这一个阳光明媚的下午被统统摔碎。

碎到体无完肤，跌入混沌尘埃里。

原来，这才是真相。

言茉听完小O冒险潜入书房录下的录音之后，打了个冷战。

虽然她在顾琰之面前智商时常掉线，理智也经常脱轨，但在其他事情上，她却一直保持着一个学霸应有的水准。顾琰之说，骆远霄才是嫁祸凌向晚吸毒事件的幕后主使者，而结合骆远霄刚才的话语，不难判断出，自始至终，夏展霓做的一切都是骆远霄设下的局。他看似超脱物外，但实际上将夏展霓的一切行动都操控在自己手中。所以夏展霓几次对凌向晚动手，能做得如此周密详尽，全都得益于他在暗中的掩护与布置。

一瞬间，言茉竟然同情起夏展霓这个刁蛮任性的千金了。夏展霓虽然有坏心眼，也有害人之心，但起码直来直往，从来不加掩饰。

这样的敌人，是全世界最好的敌人。

而夏展霓这一生，最不幸的事情便是爱上了骆远霄这个变态。而同样的，她这一生最幸运的事情，就是没有得到骆远霄的爱情。

“主人，骆远霄来了。”

小O的提醒声打断了言茉的沉思，言茉吓得连忙闭上眼睛装睡。

门打开，骆远霄走到床边坐下，静静地、仔细地看着床上的女人。

一切尘埃落定，她终于又一次回到了他身边。

他不想伤害她的，但他别无他法。

曾经的她那么耀眼，她有影迷，她有合作者，她有那么多爱她的人；而他只有她一个。

这让他无法忍受。

他开始限制她的工作，开始要求她不再接触别人，希望她的世界只有他一个。而两个人的矛盾也由此渐生，直到她提出了离婚，他终于意识到自己做错了。

她是一只翱翔九天的凤凰，越是焚烧，越是浴火重生，越是压抑，越是触底反弹。所以后来他明白，他要做的，不是将她锁在金色的牢笼里，让她萌生更多对自由的渴望，而是要干脆折断她的双翼，摧毁她的希望，让她彻底跌落云端。

只有被全世界抛弃，她才能彻彻底底地只为他一个人绽放。

对于一个娱乐圈的女明星来说，什么样的风波能让她从云端跌落，人人喊打，进而彻底退出那个圈子呢?

嗑药、吸毒、出轨，以及彻底毁容……

他找人换了她的药物，想让她精神失常，然而却被她莫名躲过，紧接着他便让人不经意地提醒和怂恿夏展霓，借着夏展霓的手设下毒品陷阱，然而，不知道是哪个环节出了纰漏，竟然被她发现了，逃过了一劫。

好在最后……他终于成功了。

骆远霄的手轻轻抚上她包着纱布的脸颊，眼底带着缠绵温柔的爱意。他知道她现在很痛苦，但他一定会用余生的时间，加倍对她好，把她捧在手心之中，让她明白，只有这里，才是她的天堂。

“无论你变成什么样子，哪怕变丑、变傻，我都会一直爱着你，直到生命终结，直到你我一起死去。”

明明是那样深情的话语，言茉却觉得一股寒意顺着血液爬满全身，被他触碰的每一寸肌肤，都仿佛被毒蛇的信子缠上一般，带着一股黏腻阴滑的寒意。

骆远霄真是个彻头彻尾的疯子。

他是个疯入骨髓，病入膏肓，无可救药的疯子！

在发现了骆远霄的真面目后，言茉每天都实行“三装”策略：装睡，装病，装哑巴。

好在骆远霄虽然变态，却不禽兽，妻子重伤未愈，他要保持他那完美丈夫的形象，所以大多数时间，他都老老实实地待在凌向晚的房间内，并未有越界的举动。

就在顾琰之的耐性到达极致之时，路非砚那里终于传来了期待已久的好消息，正主醒来，言茉这个冒牌货终于可以解脱了！

是夜，无星无月，骆远霄在书房办公，卧室内除了言茉空无一人。

十点一刻，房间内灯光熄灭，言茉趁黑从床上爬起，拿过椅子，弄坏了房间内的监控设备。她刚做完这一切，紧接着，一个等待了许久的人影轻巧地跃上窗台。

对方打开窗户，跳到了她的面前，一把将她搂入怀中。

“你没事吧？”

言茉摇摇头。久违的、熟悉的气味将她包围，她简直百感交集。

“喂，顾琰之。”言茉突然趴在他肩上，轻声地说，“我们像不像罗密欧与朱丽叶？”

深夜重逢，翻墙密会。

“脑子被驴踢了吗？”

罗密欧与朱丽叶的爱情再唯美那也是个悲剧结局，而他们之间一定要喜剧收场。

“抱紧了，我带你回家。”

顾琰之弯腰将她抱入怀中，从窗口跃出。

顾琰之驾驶着简易飞行器，掠过沙沙作响的树梢，掠过爬着枯枝的墙头，掠过墨蓝色的天幕。

言茉这几天的惶惶不安，面对骆远霄时的恶心恐惧，在这一刻，尽数化去。顾琰之的怀抱是这个世界上最坚固的铁壁铜墙、最温暖安宁的避风港湾，是她终其一生都想要停留的地方。

顾琰之抱着言茉稳稳地落在路边，车子就停在一旁。顾琰之早就探查过地形，也计算过角度，知道这里是监控的盲点。顾琰之将言茉放到后座上，然后飞速地跳上驾驶座，发动车子。

黑色的车子如同离弦的箭一般，向山下的茫茫夜色中疾驰而去。

言茉弄坏了监控，很快就引起了骆远霄的注意。但等到他冲入房间时，床上哪里还有凌向晚的身影，而正对面的窗户大开着。

骆远霄冲到窗边时，远处树荫遮挡的道路上，传来一阵引擎的轰鸣声。

“通知山下警卫，封锁道路，不要放人出去！马上追！”

寒冬深夜，下山的道路正上演着一场惊心动魄的生死时速。

黑色的SUV在前面奔驰，后面几辆车子穷追不舍，马达的轰鸣声在静谧的山林层叠交织，扣人心弦。

眼看就要将后面的车辆甩掉时，就看到不远处的路口竟然横着一排路障。

有人早早接到消息，封锁了下山的唯一一条道路。

眼看前有堵截后有追兵，那辆黑色SUV只好一个急刹，停在了马路中央。

片刻之后，身后追赶的几辆车也终于赶了上来，呈包抄之势。

几辆车子同时打开远光灯，明亮刺眼的灯光如同一把锋利的尖刀，将沉沉的黑暗撕开了一道道口子。

骆远霄带着一批人下车，将那辆孤军奋战的车子团团围住。

许久之后，驾驶座上，一个挺拔的身影走了下来，他轻轻一挥手，关上驾驶座的车门，动作潇洒而利落。

“没想到骆先生竟然有深夜飙车这么幼稚的爱好。”

顾琰之走到车前，好似寒冬崖壁上屹立的一棵劲松，冷然的目光扫过面前的众人，自然流露的强大气势，让无人敢越过雷池一步。

只有骆远霄往前了几步，死死盯着他车的后座：“顾先生，交出我的妻子。”

“尊夫人不见了你来我这儿找？我这是失物招领所吗？”

“顾总，我们一向井水不犯河水，你再不交出来，别怪我不客气了！”

寒冷的冬夜，空气像凝固了。

就在这时，一道清脆悦耳的声音打破了死一般的沉寂。

“琰之，他们到底想干吗呀？”

所有人的目光刹那间都集中在了车中。

只见晃眼的灯光中，后座车门被打开，有一人从车上跳了下来。她套着一件长款的白色羽绒服，将自己从头到脚包得严严实实的，圆圆的脸上带着疲惫的神色。

根本不是凌向晚！又是言茉！

言茉用一种天真又无辜的目光看着骆远霄：“骆先生，有什么事吗？”

骆远霄大惊失色，他的目光在言茉身上巡视了半晌，最终还是没按捺住情绪几步上前，猛地打开车门。

车厢内却空荡荡无一人。

他并不死心，绕到了驾驶座，结果依旧如此。

怎么可能？凌向晚消失的时间明明和这辆车子离开的时间完美地衔接在了一起，而下山的车子也只有面前这一辆，凌向晚怎么可能不在车里？

还是说，凌向晚根本就没下山，或者是他拦错了车？

骆远霄死死地盯着面前的两人，最终还是不甘心地后退了一步：“很抱歉，打扰了。”

阻挡在前方的车辆终于散开。

言茉耸了耸肩，“嗖”地一下钻进了温暖的车厢。在坐到位置上的那一瞬间，她羽绒服领口敞开，露出了里面凌向晚的衣服。

车子再一次发动，驶入了茫茫的夜色中。

CHAPTER 9 第九章
见家长

车厢里静悄悄的，交叠的路灯灯光掠过视野，忽明忽灭。

言茉忽然想起凌向晚晚年在回忆录里提及她与骆远霄离婚时说的那句话。

水满则溢，月满则亏。

直到这一刻她才有些明白凌向晚说出此话的含义。

就好似天空的蓝色，本来明亮清透，但如果太过浓稠，终究会成为无限趋近于黑的藏青。感情亦是如此，太过执着，终究会成了束缚。也许凌向晚早就感受到骆远霄那不同寻常的偏执与占有欲，想早点脱离这个无形的桎梏，所以才坚决要同骆远霄离婚。

但她没想到的是，骆远霄会如此变态，甚至不惜让她身败名裂，让她容貌尽毁，也要将她拘在身边。

这样的“爱”，真是让人毛骨悚然、不寒而栗。

“在想什么？”

“想凌向晚。”

言茉这句话一说出来，我们的醋缸狗尾巴花先生顿时上线。

分开这么多天，身为一个合格的女朋友，不是应该一日不见如隔三秋的吗？她这时候竟然还有空去想别人？虽然这个“别人”是一个女的，但醋缸喝起醋来，可是不分性别的。

他轻哼了一声，道：“放心吧，在娱乐圈里厮杀的人，都比你聪明百倍，她知道该怎么做。”

噫，这语气听起来怎么这么……酸？

已经对顾Boss的情绪十分敏感的言茉连忙眨巴眨巴眼睛，转移话题：“对了，你是怎么发现骆远霄有问题的？”

尽管顾琰之有些不爽，却无法抵挡她那满满求知欲的小眼神。

“夏展霓的经纪人，是骆远霄的人。”

原来是这样！

夏展霓是个胸大无脑却又娇蛮大胆的千金小姐，但她身边却有一个极为厉害的经纪人张桐。如果说张桐是骆远霄的人，那么骆远霄要不动声色地操控夏展霓，简直易如反掌！

顾琰之一直怀疑背后有人帮助夏展霓，直到发现张桐与骆远霄之间的关系后，他才断定，骆远霄才是夏展霓这尊提线木偶背后的牵线人。夏展霓在明，他在暗，通过张桐来怂恿操控夏展霓来达到自己想要的目的，而万一事情被拆穿，他也完全可以置身事外。

这个夜晚，注定是一个不平静的夜晚。

半山别墅群里，骆远霄正在掘地三尺地寻找着凌向晚，而那个被寻找的人却在这个城市的另外一端醒来。

凌向晚从床上坐起，淡紫色的窗帘微微舞动，一切就像一场梦一样，她还记得梦中的自己如何发狂、如何痛苦、如何无法控制自己……

可是，真的只是梦吗……

她茫然地转过头，看到床前放着一叠资料，其中包括她随身携带的安眠药的药物检测，她血液中致幻剂的检测结果，以及一段录音。

她鬼使神差地伸出手，插上了耳机。

秒针不断走过，她的脸色随着耳机里的声音而渐渐发白。

她也好奇究竟是谁救了她，那个代替她的人究竟是谁，但是，她却深知，好奇心对一个女明星来说，不仅仅会杀死猫，更可能会杀死她的整个事业生涯。

她很聪明。

走下床时，她内心早已打定了主意。

半个月后，那场闹得轰轰烈烈的离婚官司终于落下帷幕。凌向晚与骆远霄和平分手，且没有拿走骆远霄一分钱的财产。

而言茉还知道，在五个月之后，骆远霄进了监狱，罪名是行贿以及参与经济犯罪。

等他从监狱里出来时，凌向晚早已不再是今天这个任人宰割的凌向晚了，她不仅有了翱翔九天的翅膀，也有了保护自己的盔甲。

终于，一切尘埃落定。

虽然过程有所偏差，但整体已经掰回了正确的道路上。

如果说这一次的行动，唯一美中不足是什么，那应该就是她的脸了。

卫生间里，言茉看着镜子中的自己，十分沮丧。

硫酸舔舐过的肌肤和普通的伤口并不一样，肌肤深处的组织尽数被腐蚀和毁坏，即便用上了来自未来的特效药物，她的脸颊依旧留着丑陋的痕迹。

这张脸本来就是次等品，现在倒好了，直接从次等品降成了瑕疵品！

言茉郁闷地叹口气，还好有小O在，以后估摸着她每天都要戴着面具过日子了！

这时候，浴室的门被人推开。

言茉一慌，想调出光屏，却听到不悦的声音从身后传来："你还有什么是我不能看的吗？"

言茉连忙捂住半边脸，这才转头。

"可是……很丑。"

"要那么好看干什么。"

言茉一愣，呆呆地抬起眼看着他。

顾琰之淡淡地瞥了她一眼，傲然道："反正我已经足够好看，不需要你拉高平均值。"

"……"

言茉气鼓鼓地瞪着他：喂，虽然你是长得很帅很完美，但也不要这么自恋吧！

不过言茉转念一想，却又觉得他说得也没错。反正丑也是污染他的眼球，既然他都不介意，自己还怕什么呢？

刷完牙洗完脸，两人坐在餐桌前吃早餐。

顾琰之看似不经意地抛出一个问题："现在还有六个人的基因没取对吧？"

言茉点点头。

"哪六个，告诉我。"

"你问这个干什么？"

"别废话，快点拿出来。"

胳膊拧不过大腿的言茉只好让小O打开光屏。餐桌上空顿时出现了六个目标人物的资料。那都是各行各业的顶级精英，每一个都将是未来名垂青史的传奇存在。

顾琰之浏览完全部名单之后，淡淡地道："从今天开始，你的行动全部由我来安排。"

"啊？"

"我保证帮你在规定时间内取得全部基因，但你不能擅自做主，一切要听我的命令行事。"

言茉一时间没反应过来。

"怎么，你不相信我能帮你？"

"当然不是。"

要是有顾琰之的帮忙，那简直是开了十个外挂机加作弊器都赶不上的啊！

只是……

"为什么要帮我？"

顾琰之不是一直都在阻止她完成任务吗？

顾琰之淡淡地道："女朋友的福利。"

他不相信终将分离的宿命，也不忍看她一次次陷入险境。

既然她无论如何都要完成这些任务，那么与其看着她一步一步历经艰险，还不如一开始就帮她未雨绸缪。

"从今天开始，回公司上班。"

"这么突然？"

不是帮她完成任务吗？怎么又变成回公司上班了？！

"记住，想完成任务，一切听我安排。"

言茉回到琰之科技上班，自然又引起了一阵不小的轰动，这可是言茉"失踪"

之后再次回到公司。之前两人还处于传闻中的男女朋友关系，如今顾琰之直接在记者面前大方承认了，那她可就是妥妥的准老板娘啦！

更何况顾琰之一点也不低调，他甚至打算直接把言茉的办公位置搬进自己的专属办公室，不过这个充满诱惑力的提议被言茉很有骨气地拒绝了。

“为什么？”这个女人难道不想天天和自己朝夕相对吗？

结果言茉想都不想就脱口而出：“我怕对着你，没心思工作呀。”

等她意识到自己说了啥之后，讲出去的话已经成泼出去的水了。

顾琰之已经不是高兴了，那眼里的得意都快溢了出来。

不过，顾琰之最后还是在自己巨大的办公桌对面放了一张椅子，以备不时之需，假公济私到理直气壮，毫不考虑单身狗们脆弱的小心脏。

大家都为言茉的归来表示了热烈欢迎，不过欢迎着欢迎着，就彻底跑偏了。

“没想到我们Boss谈个恋爱是这样的啊，又自恋又黏人，一分钟都不想分开。”

“言茉你这段时间去哪儿了？不会是被老板金屋藏娇了吧？”

“我看像，金屋藏娇，然后夜夜春宵，从此君王不早朝，嘿嘿嘿……”

言茉满脸通红，简直生无可恋。

苏谭和肖子白对言茉的回来更是喜闻乐见。

“你回公司上班是正确的。”苏谭一脸认真，“最近我哥的桃花实在有点多，而且都是不靠谱的烂桃花。”

言茉怎么忍心告诉苏谭，那些烂桃花，来来去去，反反复复，都是她这一朵。

想到这里，言茉心里不禁对顾琰之充满内疚。他的名声啊，似乎都是被自己坏掉的？

而肖子白的想法则粗暴多了：“言茉啊，你一来，我就觉得整个世界都放晴了。就算是为我们考虑，你就老老实实在老大身边待着，别到处乱跑了。”

嘁，敢情在他们眼中，自己就是遮挡寒潮侵袭的风雪衣、抵抗枪林弹雨的防护服？

不过言茉是乐意的。

她与顾琰之之间，就是一个倒数计时的沙漏，她无论多么努力，都无法阻挡那短暂的光阴从指缝间飞逝。既然能在一起的时间已经如此短暂，为何不抓紧现在的每一秒好好相处？

于是言茉又开始了上班下班都对着顾Boss的生活。

两个人在一起时，即便什么话都不说，各自忙着各自的工作，空气中自有一股安静而温馨的气氛蔓延。

言茉享受这样的相处，珍惜这样每一个微小的时刻。她想，如果时间也能储蓄的话，那么现在的她就是全世界最吝啬的葛朗台，恨不得将每一分每一秒都积攒起来，只为了在不久的将来，她的生命不会穷得响叮当。

冬日的傍晚，夕阳斜斜照入窗子。

言茉处理完手中的事情，发现已经到了下班时间。言茉离开座位，推门进入顾琰之的办公室叫他下班。

自从言茉回到公司后，我们亲爱的顾Boss班也不加了、会也不常开了，每天准时上下班，一分钟都不多留，所以肖子白对言茉的感激涕零是有道理的，她简直像一道无形的屏障，替他们阻挡了多少冰冻袭击啊！

但奇怪的是，今天下班时间已到，顾琰之还是一脸严肃地盯着电脑屏幕。

是公司出了什么事吗？可是今天似乎没什么大事呀。

最终，言茉还是没忍住好奇，凑过去一看——

这不看还好，看了之后言茉吓得差点把眼珠子掉出来。

谁能告诉她，为什么我们高贵冷艳的狗尾巴花先生上班时间一福高深莫测的样子，但看的根本不是什么财务报表，也不是股市动向，更不是什么合作计划，而是——综艺节目！

天哪，顾琰之这是被外星人附身了吗？他不是对这类节目最嗤之以鼻的吗？他声称只有像她这般智商偏低的无聊人士才会对其追捧着迷，如今他怎么会自己打自己的脸？

不过……等等，这个综艺节目看起来怎么这么眼熟？

这不是——

不等言茉多看两眼，就听到“啪”的一声，顾琰之合上了笔记本，起身。

“回家。”

车子开出了地下车库，奔驰在傍晚的林荫大道上。

顾琰之看的那档综艺节目是地瓜台的季播王牌栏目，凌向晚是其中一期的特别嘉宾。可是录制节目时，凌向晚已经出事，于是由言茉代替她去参加，算算日子，今天的确是这一期节目播出的时间。

“你……怎么会看综艺节目啊？”

言茉不说话还好，一说话，顾琰之就转头瞪着她。

妈呀，自己真是哪壶不开提哪壶，这简直就是明知铡刀在前，自己还主动将脑袋送上前去嘛！

为什么在顾琰之面前，她的智商常常退化到猿人时代呢？

“你为什么没告诉我，你还和人演情侣？”

录节目的时候，节目组明知道凌向晚正在闹离婚，偏偏让她和别的男明星组队演情侣做任务。但言茉的印象中，那期节目是正常播放的，她只好跟着台本走。不过她又不傻，怎么会上赶着主动向顾琰之交代呢？那不是自己挖坑埋自己，找死吗？

而且……谁知道顾琰之竟然也会跑去看综艺节目啊！

“那是节目组安排的，我也没办法。”

“你还和他热情拥抱，你和他很熟吗？”

“那是在演戏！演戏！”

“可是事后录花絮的时候，他还说他很喜欢你。”

顾琰之步步紧逼，言茉简直毫无招架之力，无奈之下，她只好连忙顺毛：“他是对凌向晚说的，又不是我！”

但顾琰之却毫不买账，因为最让他不爽的是——

“你竟然让他亲你！”

果然！他看到这个了！言茉一阵头大。

做游戏输了要受到惩罚，结果她手气实在不好，好死不死抽中了安全之吻！她知道是节目组居心叵测，故意安排这样的桥段，但她当时代表的可是凌向晚，面对那么多观众，总不能愿赌不服输吧？

于是言茉只好弱弱地解释：“那是安全之吻，没碰到的。”

就算没碰到，顾琰之也觉得自己把整个太平洋的醋都喝到了肚子里，一股冲天酸气差点把牙齿给软倒！

他这个正牌男友还没亲过几次呢！

言茉偷偷地看了顾琰之一眼，小心翼翼地开了个玩笑，试图缓解缓解气氛：

“不然……你消消毒？”

“嗞——”

言茉只感觉身子猛地往前一倾，耳边传来车轮与路面摩擦而发出的剧烈声响。

车子猛地停在路边。

刺耳的刹车声过后，车厢内是一片诡异而磨人的安静。

言茉差点一头撞上前面的挡风玻璃，紧接着脑袋重重地靠上了后背的坐垫，被撞得有些发蒙。怎么了？

言茉不解地转头，却对上了顾琰之那双幽暗如深井的眸子。

只听到他那低沉的声音幽幽传来：“哦，原来你想要的是这个。”

这个女人是在暗示他吧！看，又用那天真又无辜的眼神不遗余力地撩拨他。

好吧，既然她这么费尽心思地想撩，他如此宽宏大量，怎么能不好好满足她那小小的心愿呢？

顾琰之一脸“真拿你没办法”的表情。

言茉眨了眨眼，意识到自己刚才说的那句话有多暧昧之后，整个人瞬间烧了起来。窗外的漫天云霞似乎被一双无形的手摘下，通通涂抹到了她的脸上。

天哪，她到底说了什么啊？

“谁……谁饥渴了，我的意思是……”言茉干笑着想要解释，结果却越描越黑，越说越乱。言茉干脆闭上了嘴，满脸通红地死死盯着前方，根本不敢去看顾琰之的反应。

他不会以为自己在暗示他吧？

她真的是无心的啊……

天哪，好尴尬！怎么办？怎么办？

一旁，顾琰之将车子停到路边。

车子熄了火，顾琰之面无表情地将车窗缓缓摇上。

在黄昏的余光之中，一双温暖而有力的手绕过她的脖颈。言茉心慌意乱地转头，一张俊美到令人窒息的面容在她瞳孔深处无限放大。不等她反应过来，那紧抿的双唇吻上了她因为震惊而微微轻启的唇瓣。

嗯，美其名曰：消毒。

熟悉的气息仿佛一张无形的、温柔的网，将她圈在其中。

冬日的夕阳也是暖融融的，天地间美好得仿佛藏在水晶里的童话。

这一刻，身体仿佛不是她自己的了，灵魂仿佛也脱离了躯体，轻飘飘地飘到了空中。

她的手软绵绵地攀上了他的肩膀，情不自禁地放纵，不能自已地沉沦。

一吻终了，言茉完全没反应过来。

她怔怔地看着面前近在咫尺的面容，鸦羽般的睫毛轻颤，脑子彻底被搅成了一团糨糊。

只听到他微微沙哑的声音在耳边响起。

“技术太烂。”他认真地说，“你要勤加练习。”

技术太烂？什么技术太烂？勤加练习？怎么勤加练习？

言茉混沌的脑子一抽，下意识地脱口而出：“你也不是什么高手嘛！”

“……”

于是接下来的半分钟，顾琰之再度身体力行地告诉她，什么叫老虎的胡须摸不得，什么叫狗尾巴花先生的自尊心挑战不得。

说错话就要付出代价。

于是当巨大的代价终于结束后，车子才再度发动，驶入车水马龙中。

转眼间，春节的脚步一天天临近。

很快就到了上班的最后一天，琰之科技里虽然一切如常，但井然有序中依旧透着一丝对过年放假的渴望。而这一天，除了年终巨额的奖金之外，公司的每一个人都收到了顾琰之送出的大红包。顾Boss出手一向大方，这个红包的数额足够顶上好几个月的工资，顿时让所有人觉得一整年的辛苦值得了，看着顾Boss那张高冷的面容也觉得如沐春风起来。

不过似乎所有人都拿到了红包，唯独漏了一个人。

“言茉，老板怎么没给你发红包啊？”卫唯问。

“言茉要什么红包嘛，Boss整个人都是她的，送出去也是人民内部流通，没什么意义。”

“我觉得，Boss一定准备了一个超级大的红包，普通的红包装不下。”

“要我说，这最大的红包啊，就是把自己包一包送出去咯！毕竟，春宵一刻值千金嘛！”说着，肖子白立刻荡漾地笑起来。

言茉立刻脑补这个春宵一刻如何值千金，不想还好，一想顿时闹了个大红脸。

眼尖的人立刻嚷嚷起来："哎呀，言茉你脸红了，快说，脑补什么十八禁画面了！"

顾琰之没给言茉发红包，因为他觉得，红包实在太俗了，不能体现出她的特别。他打算来点特别的，比如说——

"我可以满足你一个愿望。"

"愿望？"他当自己是哆啦A梦吗？

不过顾琰之的一个承诺，的确比千金还值钱！但言茉吃他的、住他的、用他的，真的从来没想过收到什么好处，不过他非要给的话……

绿灯亮起，车子在十字路口停下。言茉转头时刚好看到窗外三三两两的行人从超市的出口走出，手上推着的购物车中装着琳琅满目的食物与生活用品，充满了难言的生活气息。

尽管这个时代年味越来越淡，甚至隐隐有被圣诞抢了风头的架势，但是，人们还是会用自己最隆重的方式来迎接它的到来。

言茉转过头，眼底泛起了笑意："真的什么愿望都能说？"

"当然。"

言茉正准备开口，却又被顾琰之打断："你想清楚再说，只有这么一个机会，说你最希望的事情。"末了他又补充了一句，"任何愿望都行。"

"那……"言茉的眸光闪动，脸上露出算计的笑容，"陪我去逛超市吧！"

"……"

顾琰之本来都做好了心理准备了，却没想到这个准备做得还是不够足，心"哐当"一下从半空中砸到地上。

"你说什么？"

"我的愿望啊，想和你去逛超市！你从来没逛过吧？都过年了，咱们也需要采购一些东西吧？"

自信高傲的顾琰之彻彻底底地僵住了。

逛超市？！她哪怕说要把他打包成礼物送给她，他都不会这么惊讶。

"可以叫人外送。"

"那怎么会一样，过年的东西要自己去置办才有氛围啊，怎么，你不愿意啊？是你说的什么都行的嘛。"末了言茉还不忘补一句，"难道你想说话不算数啊？"

于是，从来都是搬石头砸别人脚的顾琰之终于知道"报应"二字怎么写了。

看到僵硬的顾琰之，言茉偷偷地笑了。

言茉知道让顾琰之走到人群中，简直比杀了他还难。如果换作之前，她一定会想尽办法提各种要求，接近他、靠近他、吃他豆腐，但是现在……她只想和他一起做一些他从未做过的事，经历一些他从未和别人经历的事情，给他们这短暂得稍纵即逝的爱情旅程增添一些永不磨灭的色彩，让他在很多很多年后还记得，曾经有那么一个人从他的世界路过。

大年二十九的下午，超市门口，车来车往。

顾琰之如临大敌地看着汹涌的人潮，眉头皱得可以夹死一群苍蝇。

他穿着长款大衣，脚上穿着短靴，手上戴着手套，脸上戴着墨镜、罩着口罩，配上他一米八六的大高个，很酷，很帅，回头率百分之百，但是——这哪里像是要去逛超市，活脱脱一个即将进入核辐射现场的研究人员。

他活了快三十年，的确从来都没去过超市，别说超市，商场、游乐场、电影院，所有可能人挤人的地方，他统统没去过。更何况马上过年了，按照国人屯粮五天的习俗，大妈与阿姨们恨不得将整个超市搬空。

突然一双手伸过来，把他的墨镜给摘了，紧接着，又趁其不备把他的口罩也给扒了。

顾琰之迷人的眸子露在空气中，他不开心地看她："难道超市对着装还有要求？"

"是没有，但你这样人家会以为你是去抢劫的！"

顾琰之黑着脸。

"喂，你是不是不想去啊？"

他是不想去，但他顾琰之君子一言快马一鞭，怎么能出尔反尔？

见他一副视死如归的样子，言茉连忙顺毛："没关系啦，我会保护你的。走吧！"

说着，她伸手拉住了他。

她的手带着一丝凉意，肌肤相触间，有什么顺着神经末梢、顺着血管、顺着每一寸皮肤蔓延至他全身，将那些不舒服的感觉尽数驱赶开去。

刹那间，茫茫人海中，似乎有什么将他们与其他隔离开来。

好像还不赖。顾琰之面无表情地想着，抗拒的情绪瞬间淡了下去。虽然顾琰之不理解为什么有人会喜欢逛超市这种毫无美感的地方，但既然她这么希望自己陪她去，作为一个优秀的另一半，他即便舍命陪君子，也应该满足她的愿望。

于是顾琰之就带着一副慷慨赴死的表情，陪她走进超市的人山人海中。

节前的超市尤其拥挤，无论哪个区域都是来来往往的人群，顾琰之紧紧地挨着言茉，严阵以待地防备着任何有可能接触到的危险。

这时，一位胖大妈推着购物车从他们身边经过，脚被路边的货架绊了一下，整个人朝顾琰之扑去，眼看就要碰上顾琰之的身体时，言茉的身体比脑子还迅速地做出了反应，只见她直接扑上去，死死地抱住顾琰之，用身体将他与别人隔开。

胖大妈庞大的身躯压到了言茉身上，直接将言茉撞进了顾琰之的怀里。她柔软的身体紧紧地贴在他身上，在外人看来，一切显得暧昧十足。

一旁的大妈被这突如其来的动作吓了一跳，连忙道歉，当看到言茉那占有欲十足的姿势时，道歉的话瞬间变成了忍不住的调笑。

“哎哟，我说小姑娘，阿姨又不会把你的男朋友抢走，你抱这么紧干什么啊？”

言茉还没从顾琰之身上爬起来，下意识便蹦出了一句：“防患于未然嘛！”

胖阿姨简直被噎得无言以对，不过当目光瞥到那张英俊的面容时，不由得吸了一口气：“哎哟，长得这么帅，怪不得你跟防贼似的。”

言茉的下意识保护简直让顾Boss通体舒畅，神清气爽，连带着感觉这污浊的空气都清新了几分。

胖阿姨离开之后，顾琰之满意地看着言茉，道：“不错，危机意识很强，值得表扬。”

说得好像自己时时刻刻、分分秒秒都在防着别人亲近他一样。言茉红着脸放开顾琰之的腰，下一秒，又被他一把搂到了自己怀中：“你不是要防患于未然吗？别擅离职守。”

顾琰之就这么紧紧地搂着言茉，一起走向人山人海的区域。

“帮我拿一下鸡蛋。”

“还要一些抽纸。”

“不要这个，要上面那个！”

两人穿梭在整齐的货架中，挑选，比较，拿进，放回。

他们配合得那么自然、那么天衣无缝。

言茉用眼角的余光偷偷看身边的人。

英俊到近乎完美的他正拿着两瓶酱油，努力地对比着两者的区别，英挺的剑眉微微蹙着，眼神认真得像在研究两个手榴弹，而不是两瓶酱油。

喧闹的人群，嘈杂的声响……

呐喊声、争抢声、广播声……一切的一切都似乎远去，整个世界只剩下他们两个，走在满是生活气息的地方，挑选柴米油盐。

他们这样真的像极了一对新婚小夫妻，在为了第一个新年而精心准备。言茉知道这一切都是自己向时光借来的美好，但那又如何呢？能借一天，便是一天。

因为未来，要把每一天，都当成永远来纪念。

大采购结束后，两人拎着大包小包的东西，瞬间将后备厢塞了个满满当当，其中大部分都是蔬菜和水果。言茉看着自己的战利品，内心充满了满足感，怪不得大家都爱采购啊，这种感觉果然爽！

不过太过满足的言茉一路沉浸在自己的小小喜悦中，直到车子开入了一条完全陌生的街道时才发现，这根本不是回去的路。

“我们要去哪里？不回家吗？”

“去姨妈家吃饭。”

“哦……啊？！”

言茉惊呆了。

顾琰之的父母很早就去世了，他和父亲一族关系并不亲厚，这世界上，也就和姨母一家关系不错。尽管他性子冷淡，不愿意接触外人，但每年还是会去姨母家几次。当然也不是一定要去，只不过今年多了这么一个人，不管怎么样都应该带去给他们看看。

“你怎么不提前和我说？”

“有区别吗？”说不说反正都要去。

“可是好歹让我换身正式的衣服啊！”言茉低头看着自己的打扮，有些不忍直视。要不然干脆她把小O开机，给自己变个装好了？

顾琰之淡淡地瞥了她一眼，淡淡地扔下一句话：“丑媳妇也要见公婆。”

“喂，我哪里丑了？”言茉顿时奓毛了。

不过她立刻意识到不太对劲，不不不，这不是重点，重点是——

她什么时候成他媳妇了？

但上了贼船，想再下来那可就身不由己了。

算了算了，她就当作是去找苏谭串门好了。对，就是这样！

于是我们的言小姐开始了自我催眠。

车子很快就拐入了市中心一个安静的别墅小区。苏谭的家就在这片闹中取静的别墅群里。三层独栋的小洋楼，大气而优雅，院子里栽着几株蜡梅，迎着凌寒独自开放。门口篱笆前的长方形花坛内，是一整排的格桑花，纤细的枝条上，艳丽的花朵临风摇曳，惹人心醉。言茉当然不认为这会是苏谭那位女汉子的杰作，所以这说明，这栋屋子里住着一位很懂得生活，也很有品位的女主人或者男主人。

直到下车了，她才意识到一个问题："我们就这么空手去人家家里做客吗？"

"不然呢？"

"可是他们是你的长辈啊！"

言茉虽然来自未来，但有些习俗经历了几百年时间还是没有改变的，比如说大过年的，晚辈去长辈家吃饭，是绝对要带点礼物的！

"不行不行！我要去买点东西，你快载我出去。"

顾琰之似乎很喜欢看她为了这些琐事而焦急跳脚的模样，等她急够了，这才不紧不慢地回答："后备厢不是有很多东西吗。"

言茉无语地瞪他，后备厢里那都是什么呀！萝卜、土豆、西红柿，她要是拎着这些东西上门，人家会以为顾琰之破产了吧！

"放心吧，我能去，他们就已经很高兴了。"

喂，脸也太大了吧，人家好歹是长辈呀！

于是我们日进斗金，身家无数的顾Boss，就这么堂而皇之地从后备厢拿出了两袋苹果，拉着言茉上门了。

不过顾琰之说得没错，他上门吃饭，苏谭一家人就已经很高兴了，尤其是顾琰之的姨母，见到顾琰之简直笑成了一朵花。

而苏谭看到顾琰之手里的东西，夸张地嚷嚷起来："哇，哥竟然拿着礼物上门啊！爸，快把这两袋苹果供起来，谁也不许吃！"

"你这丫头又胡说八道了！"苏阿姨白了咋咋呼呼的苏谭一眼，连忙打量起一旁的言茉来，当她的目光落到言茉与顾琰之十指交握的手上时，更是眉开眼笑。

"这就是言茉吧？"

天哪，怎么连她的名字都知道了？肯定是苏谭这个大嘴巴说的！

不过言茉可没顾琰之那么强大的内心，更何况她还是第一次到人家家里做客，于是忙不迭地道歉："叔叔，阿姨，对不起，我不知道今天来您家做客，什么都没带。"

"你就是最好的礼物了。对吧，老头子？"

"嗯。"苏先生是个安静的小老头，系着围裙，很顾家的样子，看来苏谭那大大咧咧的女汉子样是遗传了自己老妈。

苏阿姨说的可是真心到不能再真心的话了。以顾琰之接触厌恶症之严重程度，只要顾琰之能找到一个肯靠近的对象，哪怕貌比东施，甚至性别错位，他们都欣然接受。更何况面前这个姑娘看起来实在是好，有礼有节，乖巧懂事，这简直是上天赐给他们最好的礼物了。

当然，如果他们知道，这个看起来正常的姑娘，才是这个世界上最不正常的存在时，他们会是什么反应呢？

被苏阿姨和苏姨父用一种慈爱的眼神看着时，言茉的头皮简直一阵发麻，她突然想到顾琰之刚才说的那句"丑媳妇见公婆"的话，突然升起一股不祥的预感，她不会真的是来见"公婆"的吧？

不等言茉解释什么，她就被拉到了餐桌上。

姨母一家人很了解顾琰之的习惯，特意在桌子的另一边给顾琰之留了一个位置。只有言茉坐在顾琰之身边。餐桌上的氛围异常融洽，有了苏谭这个家伙在，怎么都冷场不了。

晚餐结束后，顾琰之陪同姨夫下棋，言茉正想着要不要拉着苏谭"聊聊人生理想"时，却被苏阿姨叫住，让言茉陪她上楼一趟。

言茉忐忑不安地想着苏阿姨找她干吗，不会是像偶像剧里演的那样，掏出一张支票摔到她面前，让她离开顾琰之吧？就在言茉胡思乱想之际，苏阿姨已经领着言茉走进一间书房。她打开柜子，从里面拿出一个古朴的小盒子，走到言茉面前。

"阿姨一直担心琰之这孩子以后要孤独终老了。"

言茉下意识地接话："阿姨，您放心吧，他以后会有一个特别好的妻子。"

苏阿姨还以为言茉说的是她自己，欣慰地笑了："是啊，阿姨没想到是缘分未到，缘分到了啊，挡也挡不住。"

说着，苏阿姨打开盒子，里面放着一条项链。白金的链子，坠子上则镶嵌着一颗黄钻，虽然不是非常夸张的大小，但是纯净度非常之高，一看就是价格不菲。

“我妹妹去世得早，她这件遗物就一直留在我这里。我原以为这辈子都不可能有机会拿出来了，还好你出现了。”

等等！这怎么这么像是给儿媳妇传家宝的样子？是不是剧本写错了？

“苏阿姨，我不……”

“收下吧，别嫌弃。”

“我没嫌弃。”

“不嫌弃这个，那是嫌弃琰之？”苏阿姨叹气，“琰之这孩子，是有点毛病，但是也有好处啊，比如绝对不出轨，多安全。”

阿姨，这么说自家外甥真的好吗？

言茉现在终于知道苏谭大大咧咧的像谁了！这妥妥是亲生的啊！

就在言茉推搡着，绞尽脑汁劝说苏阿姨放弃这个念头时，就听到一个淡淡的声音从门口传来：“收下吧。”

言茉转头，就看到顾琰之不知何时站在了门口。

“早晚都要收。”

言茉顿时脸涨得通红，不知道是因为这鸠占鹊巢的尴尬，还是因为别的……算了，大不了她先收下，离开时再物归原主吧。

待言茉离开后，顾琰之这才走进书房。

苏阿姨似笑非笑地看着顾琰之：“你今天来，该不会就是带人来拿这个的吧？”

“我是带她来认门的。”

“你啊……”

顾琰之的脸上露出了一个堪称温柔的笑容，突然道：“大姨，谢谢您。”

顾琰之说完这句话，就往门外走去，在他转身的一瞬间，苏阿姨的眼圈瞬间红了。

他从不轻易表达自己，所以她知道，这一句“谢谢您”，包含了多少意思。

她以为自己妹妹与妹夫离开这个世界后，顾琰之就要一直这么下去，没想到如今他身边终于有一人站立，让他在未来漫长的时光里终于不用再踽踽独行。

而她不知道的是，他们之间，却只有不到半年的短暂缘分。这漫漫时光长河，终究无法相携一生……

CHAPTER 10 # 第十章

新任目标

第二天就是大年三十了。这是言茉在“古代”过的第一个年，也是最后一个，她自然是重之又重。

她早早地就开始和顾琰之商量这个年该怎么过，可是没想到他这个古人竟然比她这个未来人还不熟悉这里过年的习俗，一问三不知！

“喂，你该不会都没过过年吧？”

顾琰之毫无愧色。的确，他从记事时起，就没过过年。过年不是和平时的三百多天一样吗，该吃饭吃饭，该工作工作，人生难道会因为今天过年而发生什么改变不成？

无语之下，言茉只好自己列出了这个时期当地过年必须要做的一张清单：除了贴春联、挂灯笼，年夜饭必须吃什么，还包括了什么放烟花爆竹、守岁、除尘等等等……看得顾琰之额角抽搐，敢情她是来参加古代风俗一日游来了？

顾琰之决定不陪她做这些傻乎乎的事情，但想得很美好，当看到她吭哧吭哧地踩着凳子贴春联时，他还是没忍住，上前搭了把手。

他借助身高优势，轻而易举地就将春联贴上了，然后从这一个动作开始，一发不可收拾……

“这边也要。”

“那边再挂一个。”

“还有这里！”

顾琰之在言茉的指挥下，黑着脸贴上了红色的对联与倒福，然后还在庭院里挂上了许多盏灯笼。

“怎么样，好看吧？”

顾琰之面无表情地看着那神似东北大花袄的配色……她说好看就好看吧。作为一个优秀的恋人，哪怕另一半的审美奇葩到外太空去，他都要无条件包容。

布置完家里，自然就要开始准备年夜饭。

不过依旧还是顾Boss下厨，而言茉打下手。

他们在一起不过短短的几个月时间，我们高贵冷艳的狗尾巴花先生似乎已经完全适应了“家庭煮夫”这个毫不高贵冷艳的角色。

只能说，习惯真是一种可怕的存在。

菜被端上餐桌，琳琅满目的菜色散发着诱人的香气，其中蔬菜占据了半壁江山。

言茉捧着碗大快朵颐。

往年冰冷如坟墓一般的别墅里灯火通明，两人面对面坐着，即便一句话都不说，空气中也弥漫着一股温馨的气息。

原来这就是过年的感觉？

顾琰之优雅安静地吃着碗里的菜，面无表情地想着，似乎真不赖。

夜幕降临，院子里的红灯笼亮了起来。柔柔的红光带着淡淡的暖意，给这无边的夜色增添了一丝喜庆的味道。

空气里飘着烟火的气息。被拖着放完礼花的顾琰之陪着言茉站在湖边的木栈道上。他抬头，挂着灯笼的树枝之上是深冬靛青色的天幕，上头挂着几粒冰晶般的星子，湖的那头，灰黑色的山巅仿佛一匹巨兽，口中衔着一轮弯月。

言茉趴在栏杆上，手里握着已经燃烧殆尽的仙女棒，兴奋地大喊：“哇，月亮好像一颗被咬掉一口的柠檬！不不不，更像颗蛋黄！”

“刚吃饱，你这脑子里想的怎么都是吃的？”顾琰之一脸鄙视。

“你懂什么，识‘食物’者为俊杰嘛！”言茉不以为耻，反以为荣，“你知道吗，在我们那个时代，水果啊、蔬菜啊，都是奢侈品，只有特别有钱的人才吃得起，像我这样的，只有对着照片流口水的份。好不容易有机会吃，我能不每天都想着吗？”

“你是在为你一口气吃了四斤樱桃做解释？”

言茉噎了片刻，郁闷不已，干吗要戳穿她呀。

看着言茉郁闷的样子，顾琰之的心里顿时软成一团。他忽然意识到，他们认识这么久，也在一起了，却从未听过彼此过去的生活。

“你来到这里之前，是什么样的？”

“我？”

言茉意识到他在问她在那边的事情，眨了眨眼，

她在顾琰之面前已经没有什么顾忌，既然把身份都告诉了他，就不怕透露更多的事情。

她说了自己在福利院长大，说了自己在研究院工作，说了那个时代糟糕的环境和先进的科技，滔滔不绝。说多了，她还忍不住炫耀起来：“对了，我从小到大都是学霸，我是以第一名的成绩考进研究院的，那年我才十八，厉害吧？”

“真没看出来。”

“喂！”

言茉气鼓鼓地瞪他，但对上他那盛满熠熠星辉的眸子时，又有些不好意思起来。在他面前，这些应该都不算什么吧，要是换作他在五百年后，还不知道会做到什么程度呢。

反正像他这样厉害的人，无论在哪里都是人中龙凤。

言茉反问道：“你呢？你的过去是什么样的？”

“你不是都知道吗？”既然她来自未来，他的事情她应该早就知道得一清二楚。

“还有一些不知道嘛。”

“那就说说我的病。”顾琰之轻描淡写，仿佛说的只是一场小感冒而已。

言茉莫名地有些紧张起来。

“我父母很早就去世了，这你知道吗？”

言茉点头：“史料说，是车祸，意外死亡。”

她看到他的眸光凝了凝，静静地道：“不是意外。”

言茉惊讶地抬头，却看到他漆黑的眼睛隐在黑暗中，看不出任何波澜。

“他们在其他人口中是非常恩爱的一对，但其实并不是。我妈妈出轨，我爸爸发现了，一怒之下故意载着她撞了车。”

他还记得在医院，他全身染着血的父母双手还紧紧地纠缠在一起。他的父亲用他染血的手抚摸过儿子的脑袋，然后用最后一丝力气告诉儿子，车祸是他设计的，他死都不会让她属于别人。

“从那以后，我就不喜欢被人碰了。”

肌肤与肌肤的相触，总会让他有恶心黏腻的感觉，仿佛那个夜晚，那个令人骇然的真相。

言茉瞪大了眼睛。她猜测过他的接触厌恶症是因为童年的阴影，但她没想到真相会是这样的残忍。父亲亲手杀死了母亲，还将真相告诉了他，那会是怎样的一种梦魇。顾琰之能如此健康地长到这么大，除了接触厌恶症之外，没厌世，没自闭，没有其他性格缺陷，真是上天的垂怜。

言茉突然转身，从背后一把抱住了顾琰之的腰，闷闷地道：“以后不会再这样了。而且，不喜欢被人碰也挺好的，真的。”

顾琰之微微怔住了。

对于他刚才说的一切，他其实早就没了感觉，过去的种种存在于脑海中，只是一组没有温度的数据。他说给她听，并不是为了倾诉，更不是为了博取同情，而是因为他曾经说过，他那些最不堪的往事，他只愿意说给他未来的妻子听。

他想告诉她，她就是自己认定的那个人。

不过当她温热的掌心贴上来的那一瞬间，他却改变了主意。

这么漫长的岁月中，他以为自己早已锤炼得刀枪不入，他的心是硬的、血是冷的，觉得世间最无用的便是那些同情与安慰。但如果对象是她的话，他却发现这种安慰与同情竟如此让人留恋。

顾琰之微微勾起嘴角：“有什么好的？”似乎想听一听她这嘴里能编出什么花来。

是啊，有什么好的呀？言茉发现自己随口一扯，给自己挖了一个坑。

“比如说……”

言茉突然灵光一闪，把当时苏阿姨说的话搬了出来：“比如说另一半绝对不担心你会出轨啊！和你在一起，简直安心极了。”

顾琰之一阵沉默，突然将她扯到了自己面前。

他低下头，认真地看着她：“你放心，就算没有，也不会。”

有一种人，就像一块冷硬的石头，很难产生情感，不会轻易交付真心。但一旦石头缝里发出新芽，抽出新枝，即便风化成泥，碾碎成灰，一生只会守候这一朵花开。

直到毁灭，直至新生，一生一世，至死不休。

尽管言茉嘴里喊着要通宵守岁，最终还是没有如愿地熬过零点，就趴在沙发上睡着了。

客厅的电视里，主持人们开始喜气洋洋地倒数计时，湖的那边，轰隆的鞭炮声礼花声也不约而同地齐齐奏响。漫天璀璨的光芒霎时映红了灰黑色的天幕，将整个世界的喧闹都拉上夜空。

顾琰之合上了门窗，关掉了电视，俯身将熟睡的她抱进怀中，在遥远的礼花声中朝楼上走去。

他没有将言茉送回她的房间，而是径自走进自己的主卧，将她放到了床上。

顾琰之脱了外套，在床的另一边躺下。

窗外，漫天的烟火仍然在不知疲倦地绽放着，绚烂的光芒映在玻璃窗上，在她的脸上投下了忽明忽暗的光影。她酣睡的面容近在咫尺，均匀的呼吸吐在他的鼻息之间。

他想，他独自走过漫长的冬天，就为了有朝一日，邂逅她这一场浪漫春日吧。

他从不信神佛，更不信命运，他只相信自己。如果真是上天冥冥中将她带到自己身边，他愿意一破信仰，感谢上苍的垂怜。

所以无论如何，付出什么样的代价，他都要将她留在身旁。

第二日清晨，言茉从酣甜的睡眠中醒来，就看到一张英俊到人神共愤的面容出现在自己面前，她吓得差点从床上滚了下去。

“你……你怎么在我床上？”言茉指着他惊声尖叫，不过当她看到周围的摆设之后，话硬生生地转了个弯，“不对，我怎么在你床上？”

顾琰之气定神闲地从床上坐起，薄薄的羽绒被滑落，露出了薄薄的睡衣掩盖不了的完美身材。

言茉吞了吞口水，虽然牵手、拥抱、接吻这些情侣之间该做的事情他们大部分都做了，但是一大清早起来看到这样的画面，她的小心脏还是有些受不住啊！

“你说呢？”顾琰之不答反问。

“我……我不知道啊……”

她只记得自己靠在沙发上抢红包、看春晚，但节目实在太无聊了，她就昏昏沉沉地睡着了，然后……然后就没有然后了。

“一句不知道就想推脱了？”

言茉心头顿时涌起一阵不祥的预感，他这么说是什么意思，难道……

果然，只听顾琰之说道——

“你不记得你哭着喊着要和我一起睡吗？”

言茉看着顾琰之那一脸“就算你这么不矜持，我也不嫌弃”的表情，吞了吞口水，整个人都成了被点着芯的鞭炮——要炸了！

“我有吗？”

“难道还是我非要抱你进来的？”

不得不说，我们的狗尾巴花先生这倒打一耙的技能是越来越炉火纯青了，所以说智商高的人，做什么都浑然天成，就连撒谎也不例外。加上这段时间，言茉把小O给关了，没有了这个目击证人告状，顾琰之更有恃无恐地一派胡言了。

不过也要怪言茉的前科太多，狼来了喊多了，就连自己都开始怀疑起了自己。

于是言茉完全没有想到被顾琰之忽悠的可能性，而是红着脸反思自己是不是又失态了。一旁，我们的狗尾巴花先生则施施然地下了床，趿拉着拖鞋走出卧室，背对着言茉的面容上露出了一抹愉悦的笑容。

春节就在这么黏黏糊糊中悄然度过了。

过完春节，立春这个节气就来了。料峭春寒后，天气便渐渐暖和起来，而言茉想去做任务的小心思也跟着这温暖的天气复苏了。

尽管顾琰之说过接下来的事情由他来安排，但言茉还是觉得自己堂堂一个未来特工，高科技人才，还是要自力更生一点。

言茉调出资料，接下来的六个目标人物散布在不同的城市，无论哪一个都需要她出远门。最后她终于选定了目标人物白微雨，这个被后世称作生物科技界居里夫人的女科学家。结果不等她开口提，顾琰之就告诉她，让她随着自己去外省出差。

而出差的地方，好巧不巧，正好是言茉要去的G市。

只是个巧合吗？

当然不是！因为当言茉跟着一拨人浩浩荡荡地前往G市后，就发现，参加这次合作会议的人里头，就有她要找的白微雨！

人群中，言茉捏了捏顾琰之的手，小声问：“你特意安排的呀？”

“不然呢？”

原来他说会帮自己安排不是说说而已啊。

“下次不准擅自行动，不然……”

“不然怎么样？”你还能吃了我不成。言茉老神在在地想着。

“不然你就别想要回小O了。”

言茉泄气：“哦。”

蜷缩在口袋里的小O欲哭无泪：为什么受伤的总是我？

顾琰之这一次是来参加一个新兴科技的产业峰会，除此之外，还有很多单边的合作与谈判，为期六天，足够让言茉接近这个白微雨，完成自己的任务。

经过两天的接触，言茉发现这个白微雨和史料中记载的有些不一样。

作为言茉目标人物，言茉看过许多白微雨的照片，照片中的她常常穿着一袭洁白的长裙，长发利落地扎起，人如其名，恍若夏日碧蓝晴空的一朵云，沉静而内敛；而眼前的这位白微雨，虽然也是穿着一袭白色套裙，但沉静与内敛似乎只是一层浮于表面的浮萍，而暗藏在其中的，却是锐利的锋芒与暗涌。

不过言茉早已不是刚来到这个时空的菜鸟特工了，她也早就明白，史料就是一块任人捏造的橡皮泥，有偏差在所难免，否则也不会将身边这个男人说成是风流花心的大萝卜了，他明明就是个死宅又闷骚的大冰块嘛！

此时两人正并肩走在会议室外的长廊之中，顾琰之突然停下脚步，将她逼到了墙边。

“怎么了？”

“你刚才看我时，脑子里在想什么？”

不是吧，狗尾巴花先生最近是会读心术了吗？这么敏感！

“没什么呀。”言茉眨眨眼，装傻。

就在说话间，言茉突然感觉到一道轻蔑的目光落到自己的身上。言茉推了顾琰之一把，直起身子。待到言茉抬头时，那股感觉却瞬间消失不见。

而身后，白微雨带着一行人快步朝他们走来。

“顾总，一会儿有空吗？”

“抱歉，没空。”

此时，“叮”的一声，两部电梯同时到达。

顾琰之带着言茉走进其中一部电梯。白微雨正要随之进入，却被肖子白不动声色地拦下。

“白总，这边请吧。”

电梯缓缓下行，言茉还在想着白微雨看着顾琰之的眼神。

“那个白微雨是不是喜欢你啊？”

“所以刚才你脑子里是在想这个？”顾琰之眉头一挑，突然露出了一个得意的笑容，“你又吃醋了。”

“喂！”

言茉的第六感果然是正确的，这个白微雨真的对顾琰之有意思！证据是，这才来三天，她已经或因公或因私来找顾琰之五六次了。每次都有不同的理由，而且都是不能退却的理由。即便顾琰之总是冷着一张脸，她竟然也乐此不疲。

就比如今天，言茉才转身去拿个东西，过来的时候就看到白微雨又出现在顾琰之面前！

真是阴魂不散啊！

言茉顿时吃醋了。虽然她知道顾琰之是绝对不会和白薇雨有什么关系的，但是有人缠着自家男朋友，是个人心里都会不爽。

言茉正打算上前，结果顾琰之似乎很快就解决了对方。言茉走近了，只听到白微雨说了一句：“那我们就晚上见吧。”然后转身离开了。

不过她在离开之前，还不忘看了言茉一眼，那道目光让言茉十分不舒服。白薇雨仿佛在告诉言茉，顾琰之是她的一个猎物，而她志在必得。

言茉走到顾琰之面前，恨恨地谴责：“招蜂引蝶！”

顾琰之点点头：“想赞美我就直说，不用这么迂回，我不嫌你花痴。”

“……”言茉无语，自恋的人脑回路果然非同凡响，岂是她等凡人能理解的！

当然，言茉也深深地知道，顾琰之的魅力可不仅仅是这张脸的问题。尽管这家伙周身散发着拒人千里的寒气，却依旧有大把大把的人飞蛾扑火。

“她这次又找你干什么？”

“喝下午茶。”

“这时候去喝下午茶？你们晚上就要去参加宴会，也不怕撑得慌。”

“嗯，所以我拒绝了，说我已经有约了。”

“啊？什么约？”

顾琰之没有回答，而是直接拉着言茉往外走去。酒店门口停着一辆车，顾琰之开门上车。

言茉一头雾水：“我们去哪里？”

顾琰之一字一句地回答：“喝下午茶。”

“……”

车子缓缓驶出酒店。

而等到车子离开后，白微雨才从阴影中走出来。

白微雨当然觉得自己志在必得。

无论是长相还是家世，无论是学识还是才能，她都稳稳地站在食物链的最顶端，她的身边不乏大把大把的追求者，将她捧在掌心，奉为女神，然而她眼高于顶，从未看上一个。

她要就要最好的。

这一次，她终于见到了世界上最好的那一个。

顾琰之。她来之前就听过他的大名，来之后，才知言语与传闻是如何苍白，他仿佛一个天生的发光体，往那儿静静一坐，就让人无法移开目光。

看到他的第一眼，白微雨就知道，这个人她要定了！因为只有这样的男人才配得上她。

定下目标的白微雨心情大好，立刻就展开攻势，却没想到次次都碰壁了。

这个顾琰之软硬不吃，不解风情，身边还跟着一个碍事的小秘书。即便如此，还是激起了她的征服欲，对付这样的男人，是要用一些别的方法了。

顾琰之带着一头雾水的言茉，开着车子穿越了这个城市最繁华的闹市区，然后停在一间茶餐厅门口。当言茉看到茶餐厅的招牌之后，面露惊讶。

“你看到我的攻略了？”

G市是以甜品和茶点闻名的城市，尽管S市也有很多好吃的茶餐厅，但再好吃也比不上这当地的百年老店来得正宗。而这些百年老店往往隐匿在闹市区里，生意火爆。

言茉知道要来G市之后，就做了详细的美食攻略，没想到让顾琰之给看到了。

顾琰之瞥了她一眼，道：“你放在最上面，不就是想让我看到吗，那我怎么能不满足你？”

“……”误会啊，她就是随手一放。

不过就算是个误会，那也是个美丽的误会！

既然有人全程陪同，言茉干脆放开肚子吃了起来，杨枝甘露、多芒小丸子、水晶虾皇饺……一瞬间，桌上的盘子便摆了一大摞。

不得不说，投喂言茉是一件非常有成就感的事情，她对食物的珍惜与热情让人看着就食欲满满。

“超级好吃！你尝尝！”

言茉挖了一大口甜食送到顾琰之面前。

虽然他不喜欢吃甜食，不过这么分食着一份食物让他觉得十分特别。于是他就勉为其难地吃了一口，然后——

“这个……那个……”

然后我们的狗尾巴花先生就很大爷模样地靠在了椅子上，指使起言茉来。而吃人嘴软，拿人手短的言茉便很老实地一边努力消灭食物，一边还要伺候顾大爷。

出门的时候，言茉弱弱地问：“为什么老板看我的眼神怪怪的？”

“大概是觉得你太能吃了。”

“……”

“放心，再能吃也吃不穷我。”

言茉一路走一路吃，完全忘记了自己刚刚还在问他这个时候吃下午茶不怕撑得慌的话。

不知不觉，两人就走到了攻略上的最后一站。

言茉摸着小皮球一般的肚子，眼睛却还在恋恋不舍地瞄着那一排排的小吃店。

“你不能再吃了。”

言茉却死拽住他的手不放，哀求道：“最后一次！”

这已经不知道是今晚的第几个“最后一次”了，顾琰之很想断然拒绝，但对上那湿漉漉的眼睛，只好面无表情地点点头。

言茉说的“最后一次”是一间手工冰激凌店，店面只有一个窗口，现做现卖，每天慕名前来的食客都能绕着街道排好几圈。言茉当然不会让顾琰之挤入人山人海中，而是自己拿着钱乐颠颠地去排队了。顾琰之则站到了一个还算清净的角落，等她回来。

队伍排得很长，言茉排了许久的队，终于买到了自己想吃的冰激凌，她一只手拿着一个，兴高采烈地从人群中挤出来，结果远远地看到有人凑在顾琰之的跟前，似乎在说着什么。

言茉太了解顾琰之的脾气了，于是忙不迭地冲过来打算英雄救美，但走近看到那个女子的容貌时，她整个人却瞬间僵在当场。

顾琰之不耐烦地看着面前问路的女人。

在这之前，已经有好几拨人，或是无意或是有意地接近，但都被他那生人勿近的目光给吓退了，结果好死不死就是还有不识相的人凑上前来。

这个女子似乎完全不畏惧顾琰之冷冰冰的样子，得到答案之后，竟还热情地想去握他的手表示感谢，被他如临大敌一般躲开了。

好不容易解决了面前的人，他转过头，却看到言茉不知何时已经买好了东西，捧着两只冰激凌呆呆地站在不远处。

顾琰之不悦的心情顿时烟消云散，他小心翼翼地穿过人山人海，走到她身旁。

“买好了怎么不过来，杵着当望夫石吗？”

言茉回过神：“刚才那个人是……”

“问路的。”

看着她愣愣的样子，顾琰之蹙起眉头：“你怎么了？”

言茉木木地摇了摇头。她要怎么回答呢？难道要告诉他，“刚才从你身边经过的女子不是别人，正是你未来的妻子宋苒苒”吗。命运真是一个有趣的东西，原来在这么早之前就已经安排他们在冥冥中相遇了。

手中的冰激凌慢慢地融化了，滴到言茉的手背上。她茫然地低下头，刚才还心心念念想要吃到的东西，顿时变得索然无味。

回去的路上，言茉的情绪明显低落了下来，她觉得自己有些矫情，但是又控制不住那种酸涩的小情绪，整个人乱糟糟的，就连顾琰之问她晚上要不要一起去参加那个宴会时，都被她拒绝了。从未被人如此忽略的顾琰之也有些不开心了，到了时间，他一个人前去赴宴。

肖子白送完顾琰之回来之后，就看到言茉一个人在餐厅里吃饭，于是点了一份餐，坐到她对面。

“怎么就你一个啊？”

明知故问！言茉戳着碗里的面条：“你家顾总不是去参加宴会了。”

“别！我家可供不起这尊大佛。”肖子白连连摆手，然后又八卦兮兮地问，“你不会和你家男人闹别扭了吧？”

你家男人……言茉被这个称呼震了一下，矢口否认道：“没有啊。”

“可是我刚才看到老大的脸色很难看啊，除了你，谁有这么大的本事？”

顾琰之几乎是走哪儿就将言茉带到哪儿，两人和连体婴一样，今天这分开得很突兀啊。

“他脸色很难看？”

言茉想了想自己下午一路都忽视他，立刻有些慌了，不会真的是自己让他不高兴了吧？

“对了。”肖子白又道，“我刚才送老大去会场的时候，还看到那个白小姐在会场门口等着他，看来还是贼心不死呢。虽然我知道老大一定会为你守身如玉的，但明枪易躲，暗箭难防啊，言小茉！”

吃完饭，言茉回到房间，开始认真地反省自己的行为。她不是早就知道以后会有一个人陪伴在顾琰之身边吗？既然早就知道，她现在还来矫情个什么劲呢？他带着她出去吃好喝好，她却因为这种莫名其妙的原因冷落了对方，惹他不开心。

言茉又是后悔又是内疚，再想到那个对顾琰之虎视眈眈的白微雨，她的心情就更焦躁了。就像肖子白说的啊，明枪易躲，暗箭难防！

她在房间里来来回回踱了几十步之后，终于忍不住心头的好奇，打开了小O，让它连上了监控器。

一眼，就看一眼，言茉自我安慰，反正顾琰之也不知道！

结果不看还好，看了之后她整个人又吃醋了。

监控画面里，白微雨竟然对顾琰之投怀送抱！这个女人果然对顾琰之图谋不轨！尽管她知道顾琰之的接触厌恶症让他绝不可能和别的人有更进一步的关系，但是心里还是“噗噗噗”地往外冒着酸水。

看着两人一前一后走进了会议室，言茉连忙指挥小O：“快，切到里去！”

“切不进去了……”小O弱弱地道，“里面没有监控。”

竟然没有监控，真是够隐蔽的，如果要在里面做一些什么，那岂不是鞭长莫及了？想到这里，一股莫名的危机油然而生，言茉有些站不住了。

山庄的包厢里，一排年轻的服务员候着。

开完冗长的会议之后，几名商界大佬就在会场附近的一处山庄里用餐。傍晚时分，这些商界大佬陆陆续续走入。在这一群精英之中，沉默而英俊的顾琰之自然是独一无二的。他在这群人士当中，财富并非最多，地位也非最高，但不到而立之年便能取得如此成就，外加那让人过目难忘的面容，是在座的其他人无法企及的。

酒过三巡，席间的气氛渐热，大家开始谈天说地。不知是谁提起了另一半的话题，就有人笑意盈盈地把话题往顾琰之身上带：“在座的诸位，怕是只有顾总与白小姐还是单身吧？”

“顾总青年才俊，自然是要慢慢挑的，无论长相家世还是学识能力，都得是一等一的才行吧。”

“这说的不就是白小姐吗？”

“还真是。”立刻有人迎合道，“两位要能走到一起，那可真是天造地设的一对啊。”

于是，好好一顿饭，莫名变成了“拉郎配”的场合。

言茉在心里酸溜溜地腹诽：怎么，这些商界大佬，不应该张口闭口就是什么投资融资、资金流通之类的吗？怎么还有空去关心别人的感情生活？敢情喜欢当媒婆是古人的天性吗，不管地位多高、财富多少、学识如何？

而就在言茉心头冒酸水之时，包厢中，大家已经七嘴八舌地议论起来。不知是有人刻意带头，还是大家看出了白微雨对顾琰之的意思，想众人拾柴火焰高一把，大家越讲越高兴。结果说了一通之后，却发现当事人之一的顾琰之一直没有开口。

陈总仗着自己在一群人当中年龄最大，乐呵呵地开口：“顾总觉得如何呢？”

只见顾琰之放下手中的杯子，在一堆八卦的目光中淡淡地开口：“不好意思，我惧内。”

现场顿时陷入一片安静，大家面面相觑，最后还是陈总打破僵局：“顾总已经结婚了？我们怎么不知道？”

“嗯，她害羞，不想公开。”

“看来是我们多此一举了，来来来，喝一杯，赔罪。”

原来这么优秀的男人已经有妻子了啊，想到这里，刚才还蠢蠢欲动的一排服务员，情绪顿时都低落了下去，她们在会所这么多年，来来去去也见了无数权贵，却是第一次见到这般耀眼的人，没想到竟然结婚了，也不知道是什么样的女子能配得上这样的男人。

而在整排服务员中，有一个女孩显得特别例外，因为在别人都哭丧着脸的时候，只有她笑得和傻子一样。

旁边的服务员推了推那个女孩，担忧地询问：“你没事吧？”

那个女孩勉强收住了傻笑，但强忍着的表情显得十分滑稽。

不用怀疑，这个抽了疯似的家伙正是言茉。她为了混进来，干脆假扮成这家会所的服务员。

桌上的酒快见底了，训练有素的服务员立刻上前倒酒。言茉跟着大家上前，依葫芦画瓢，上好的红酒被注入剔透的杯中。

白微雨也笑意盈盈地起身：“顾总，我也敬你一杯，权当赔罪了。”

她穿着一条长裙，款式优雅而保守，手中端着一杯红酒，高脚杯晃动，灯光透过晶莹的杯壁落在她纤长的脖颈上，留下了一圈像项链一般的光影。真正的性感，不是露，而是藏，藏得恰如其分，藏得欲语还羞，藏得将那种无声胜有声的诱惑发挥得淋漓尽致，让人看了怦然心动，不能自已。

即便言茉对这个时刻都在诱惑自家男友的目标人物万般不爽，却也不能否认，无论是外貌还是才华，或者是吸引心仪之人的手段，白微雨都是个中翘楚。

不过她这媚眼注定是抛给了瞎子看了，因为顾琰之就是个大磁场，不管如何放电，也都要消失无踪。

“来来来，我也敬顾总一杯，先干为敬！”

大家打着各种各样的旗号，起身敬酒。

一杯又一杯，顾琰之都不曾拒绝。

于是刚才还傻乐的言茉顿时又不爽起来，他们这分明是在灌顾琰之，他怎么来者不拒？

但言茉此时只是一个小小的服务员，只能眼睁睁地看着顾琰之一杯接一杯地喝，看着那酒杯中旖旎的色彩一点点爬上他的面容。

酒过三巡，包厢里热烈的气氛渐收，大家或多或少都喝大了。被灌得最多的顾琰之微微靠在椅背上，双唇紧抿着，虽然面容依旧淡定如昔，但从那微抿的双唇与略微涣散的目光可以看出，他醉了。

不过即便喝醉，他也丝毫没有他人醉酒的那般作态，更没有半分出格的举动，他优雅得如同一尊入定的雕像，和这世俗喧闹的气氛没有半分关系，只是有些不太清醒了。

“顾总，顾总？”有人喊了顾琰之几声，但顾琰之都没有应答。

“顾总怕是醉了。”一位老总笑道，“我看天色这么晚了，要不就在此处安排顾总先住下休息吧。”

白微雨面露微笑：“我送顾总去休息吧。”

“那就有劳白小姐了。”

说完，白微雨走到顾琰之身侧，弯腰要去扶他。

结果看似神志不清的顾琰之似乎感觉到不熟悉气息的靠近，在白微雨伸手的那一刻，避开了她，自己扶着桌子站起来。不知是否是醉得太厉害，他身形一晃，手不慎扫过桌角，半杯红酒“咣当”碰倒，恰巧泼到了离他最近的白微雨身上。

只听到杯盏落地，白微雨的白裙上已经留下了一块巨大的酒渍。

“看来顾总真是醉了。”有人打趣道，“白小姐，你先去洗一洗吧。”

白微雨犹豫地看了看顾琰之，再看了看自己的裙子，一咬牙，连忙往卫生间走去。等到她从卫生间里出来时，顾琰之已经随手指了一个服务员，带着他往客房走去。

白微雨连忙踩着高跟鞋，追了出去。

CHAPTER 11 # 第十一章

挑 拨

春日的凉夜里，长长的走廊挂着一排宫灯，洒落了一地的昏黄。走廊的另一边，是露天的庭院，浓浓的夜色中，有暗香浮动。

被“刚好”选中的服务员言茉低着头走在前面，心里不停地犯嘀咕。顾琰之这家伙，平时也没看出他是个来者不拒的人啊，偏偏今晚喝了这么多酒，要不是刚才不小心打翻了酒，现在就是那个白微雨扶着他去房间！他这神志不清的样子，白微雨又有那般手段，万一……

就在言茉胡思乱想之际，两人已经走到了套房门口，就在言茉犹豫要不要干脆表明自己的身份时，身后突然传来一阵高跟鞋的踢踏声。

白微雨远远地追了上来：“顾总，我扶你进去吧。”

千万不能让这两人共处一室！这是言茉脑海中冒出的第一个念头。然后不等脑子里冒出第二个念头，她的身体已经替她做出了决断。

只见她猛地抓起顾琰之的手，一用力，将人一把推进了房间。

门“砰”的一声关上了，将春日的凉夜与面带惊愕的白微雨一并阻隔在厚厚的木门之外。

没有开灯，客房内被黑暗笼罩。

做完这一切的言茉也蒙了。

她试图说点什么，却听到面前传来一声轻笑。紧接着，整个人就被拉入了滚烫的怀抱中。

他……他认出自己了？不可能吧？

不等言茉有更多的思考，耳垂上的某个装死的小家伙就已经被他一把摘下，丢到一旁，然后她因震惊而微启的双唇就被他急不可耐地封住了。

那是一个极具侵略性的吻。

像休眠了数百年的火山终于喷发，携着灼热的岩浆滚滚而来。他重重地吮吸着她的舌尖，吐露的鼻息中都带着淡淡的酒气，不仅不难闻，反而带着致命的诱惑。

言茉这才意识到，之前的那几次亲吻都是如何的纯洁。恍惚之间，她似乎产生了一种危险又甜蜜的错觉，仿佛他要将她的灵魂从她的口中紧紧地吸出，吸入他的身体里。从此之后，肉身纠缠，灵魂交融，无论什么都无法将彼此分开。

屋内是节节攀升的温度，一墙之隔，却是数九寒冬。

白微雨死死地瞪着紧闭的门扉。他什么意思？竟然当着她的面……是认错人了还是……

白微雨不死心，试探着拍了拍门："顾总？顾总？"

门外传来的声音将言茉那抛到九霄云外的理智拽了一丝丝回来。她勉强推了推顾琰之，低声抵抗："等下……"

等什么？这个时候哪里还能等得了！他直接将她整个人推在门上，回以更汹涌的攻势。

顾琰之激烈的动作，让坚硬的门发出一阵震颤。站在门外的白微雨听到这个暧昧的动静，脸色一点点泛青。

她从未对一个男人有过这样的执念，她放下身段对他百般示好，但无论她如何明言暗示，这个男人依旧硬如磐石，不动如山。她以为，一个男人，即便再刀枪不入，也不可能真的无懈可击，只要给予足够的温床，就一定能够滋生欲念。

她没想到的是，千算万算，竟然给旁人做了嫁衣！而且还是一个不知道从哪里冒出来的服务员！

白微雨胸口妒意翻涌，眼底升腾的滔天怒火恨不得将这块门板烧穿。然而，屋内的两人，却没空去理会旁人的观感，彻底沉浸在彼此给予的灭顶快感中。

空气里荷尔蒙汹涌蔓延。

言茉的反抗渐弱，身体仿佛春日山尖的最后一捧冬雪，一点点融化。

一开始她还能昏昏沉沉地想着事情怎么会变成这样呢？他是怎么认出自己的？但到了后面，她脑子中那点清明也消失殆尽，双手也不由自主地环上他的肩膀，整个人像只树袋熊一般挂在他的身上。

寂静的空气里回荡着他们唇齿相交的黏腻亲吻声，和她细微的轻哼声。

不知过了多久，滚烫的双唇终于分开，黑暗里剩下令人脸红心跳的喘息。

言茉双目迷离地看着他："你没醉？"

"谁说我醉了。"狗尾巴花先生脸不红心不跳地说瞎话。

其实此时顾琰之只有三分醉意，但脑子还十分清醒，清醒到明明白白地感受到有多么渴望拥有面前这个女人。自从在饭局上发现她之后，他心中的那么一点不悦顿时烟消云散。

但他一直强忍着，任凭被灌酒，看着她露出担忧的眼神；他假意要摔倒，看她想冲上来又怕露馅的样子；他故意答应留下来不回去，看她生气又无奈的表情……嗯，这个女人，果然爱死了自己。

所以当顾琰之被她推进房间时，他便再也忍受不了，将她这样那样了。

看着身下面色潮红的人，顾琰之默默地想着，喝醉似乎是一个不错的借口，以前他并不喜欢酒，如今看来，这个习惯要改一改了。

"你起开！"言茉终于忍受不了他那侵略十足的眼神了。

顾琰之一本正经道："怕你腿软。"

"谁会腿软啊！"结果话音未落，言茉就哭丧着脸道，"我……我真的腿软。"

顾琰之扬扬得意："嗯，正常。"

"不是，是不正常的软……"

身下的人似乎真的有些异常，紧接着他也感觉到身体的情潮不仅没有得到缓解，反而愈发澎湃。

顾琰之立刻意识到不对，他放开言茉走到房间中央。很快，就在墙角不起眼的香炉中，看到有袅袅熏香升腾，竟然是催情的香料。顾琰之拿起一旁的矿泉水，往里一倒，瞬间将熏香浇熄。

顾琰之强悍的气息骤然离开，但言茉的身体不仅没有放松下来，反而有一股陌生的热流涌上。这是怎么了？为什么她的每一寸肌肤都在叫嚣着一股难以启齿的渴望？言茉强撑着身子走到顾琰之身后："怎么回事？"

"有人点了不该点的东西。"顾琰之转过身，嗓音里染上了沙哑。

"不该点的……"言茉双目涣散，身体软绵绵地倒下，被顾琰之接住。

他看着怀中的人，眼底藏着惊涛骇浪，然后就在言茉还没弄清楚那个不该点的东西是什么时，人已经被压倒在柔软的大床上。

充满情欲的气息瞬间将她笼罩，她来不及发出一声抗议，就再一次沉沦在他带来的新一波的欢愉之中……

静夜深深，无尽的暧昧再一次侵入每一寸空气之中。这一次，她遵循着灵魂深处的指引，彻底放弃抵抗。

恍惚之中，她似乎听到他沙哑而郑重的声音在耳边缓缓地响起，一字一句，穿过耳膜，流入骨血，砌入心墙，融入灵魂……

他说："你是我的，永远是我的。"

谁都不能将你从我身边夺走。无论是多么遥远的距离，还是多么漫长的时光。

窗外，清风撩动着婆娑的树影，花香飘散在薄雾之中，春日的夜还很长很长……

言茉醒来时，金色的阳光已经透过窗帘的缝隙洒落在床上，晒得周身暖融融的。她睁开眼，昨夜的种种，如潮水一般涌入脑海。

所以说，昨天晚上，她和顾琰之……他们……

尽管没到最后一步，但是其他的该做的不该做的，全都做了！

神哪！言茉将脸埋进枕头里，恨不得将自己闷死算了！还好床的另一侧没有人，不然她一醒来就看到他那该多尴尬啊！

结果这个念头刚刚浮现，就听到一个性感低沉的声音响起。

"你是在表演土拨鼠吗？"

言茉猛地转头，就看到那些旖旎画面中的另一位主人公站在浴室门口，似笑非笑地看着她。他的面容上还带着几滴洗后的水珠，性感得令人呼吸一窒。

对上他的眸子，那些不可言说的画面再一次在言茉脑海中回闪。天哪！她立刻转过头，掩耳盗铃般想装作自己已经消失了。

不过转过头时她才发现，这里是顾琰之所在的套房。

等等——

“我怎么会在这儿？”他们不是在那个什么山庄吗？

“我带你回来的。”昨晚事急从权，不过他可没兴趣在那个女人安排的房间内睡到天亮。所以凌晨时分，他就抱着昏睡的言茉回到了这里。

言茉嗫嚅道：“我怎么一点印象都没有……”

“那当然。”顾琰之淡定地抛下一句话，“因为你太累了。”

话音刚落，言茉的脸霍地就烧了起来，双颊红得快要滴出血。

喂喂喂！不要一本正经地说出这种话好不好？怎么办，这种时候应该说些什么来缓解这种窘迫？

啊，有了。

“你……昨晚是怎么发现那个人是我的？”

她可没告诉顾琰之她会去那里，而且她也扮演成别人的样子了，那么短暂的接触，他是如何看出端倪的？

“你和其他服务员不一样。”

昨夜酒宴，他早就发现了那些人想灌醉自己的企图，他本有无数种办法可以拒绝，却恰恰在那个时候看到了一个服务员。她看起来似乎与其他人无异，但是举手投足之间却带着一股熟悉的感觉。

“就这样？”

言茉转念一想，又觉得不对。

“即便你看出来我和那几个服务员不一样，也不能证明那就是我啊。”

她说得没错，能在那么短的时间内就认出她，还有一个很重要的原因，那就是他一早就发现，她在那个包厢当中。

自从上一次失踪事件过后，他就一直在研究不和她失去联系的方法。前不久，他终于成功地将一段代码植入了小O的程序当中。从那天起，无论她在哪里，他都能第一时间找到她。

不过这个他可不打算让她知道。

“我自然有我的办法。倒是你，不是说不去吗，又跑去干什么？”

“我……”言茉眼珠子一转，“我想去取白微雨的基因啊。”

“不，”却看到顾琰之用一种高傲又得意的目光看着她，“你吃醋了。”

言茉噎住了。

顾Boss居高临下，一副“我很宽宏大量”的样子：“放心吧，醋多吃点对身体好，我不会嘲笑你的。”

言茉一把推开面前这个自恋的家伙：“走开，我要起来了。”

结果又听到顾琰之冒出了一句话：“你起得来吗？”

起得来吗……你起得来吗？

那个高冷傲慢的顾Boss，什么时候变得这么有经验了？而且，是从什么时候开始，他们之间的某些局势已经完全对调。以前都是她调戏他，如今彻底反过来了！

不行！输人不输阵啊！

言茉“咕噜”一下从床上爬起来，站在他面前，挑衅道：“怎么起不来，昨晚也没怎么样嘛！”

“没怎么样？”顾琰之目光一凛，“那就再没怎么样一下吧。”

挑衅顾大Boss的结果就是，言茉又被他推倒在床上，这样那样不可言说了一番。

简直兵败如山倒！

等到言茉终于挣脱魔爪逃出生天之后，已经是一副水光潋滟、山色空蒙的样子。更倒霉的是，当她努力地找了个借口逃出这个危险之地时，出门却刚好被肖子白这个行走的八卦站撞上了。

本是来找顾琰之商量事情的肖子白看到言茉一大清早红着脸从自家老大的房间走出来后，露出了一个不可言说的笑容。

“你笑什么，我……我是来送东西的！”

言茉聪明一世糊涂一时，这种时候竟然此地无银三百两起来。

“哦……”于是肖子白发出了一声意味深长的叹息。

言茉恼羞成怒：“哦什么哦！不准！”

就在这时，房门突然打开，板着一张脸的顾琰之出现在她身后。

“不是说要回自己房间拿牙刷吗，还杵在这里干什么？”

肖子白看了看自家老大，再看了看因为当场被戳穿谎言而僵住的言茉，再一次意味深长地吐出一句：“哦……”

“……”

啊啊啊，这日子没法过了！真是跳进黄河也洗不清了！

肖子白一脸暧昧地目送言茉离去，结果一转头，就对上了自家老板那凌厉的眼神，顿时脊背一凉。

“你一大清早来干吗？”

“呵呵呵，老大，没打扰到你们吧？”

“你说呢？”

听到顾琰之炫耀的语气，冷不防被喂了一大口狗粮的肖子白只觉得当胸一剑，受到了一万点的伤害。

苏谭什么时候才能接受自己，让自己早日脱离这单身狗的苦海呢？不然日日夜夜受这虐狗光波的袭击，他早晚会遍体鳞伤，流血而亡的！

言茉狼狈地逃回自己的房间里。

早上无事，她就干脆窝在屋内，当了整整半天的缩头乌龟。不过静下心来时，她也开始仔细回想昨夜的事情。

也就是说，白微雨想灌醉顾琰之，然后来一场酒后乱性，赖上顾琰之？她为了确保万无一失，还在房间里下了催情的东西？！将一连串的事情连接起来后，言茉简直恶心坏了。她没想到白微雨的手段竟然这么下作，得不到就用抢的。

至于顾琰之是怎么发现她的……

言茉突然把小O摘下来，开了机。

“我问你，昨天是不是你把我的行踪透露给顾琰之的？！”

“不是不是。”小O连忙否认，然后道，“但和我也有关。”

一个机器人，说话竟然也学会拐弯抹角了！真不知道是跟谁学的！

“快说。”

小O那圆溜溜的身子转了转，弱弱地道：“主人，说了你不许重置我的系统。”

哟，还学会讨价还价了？！

“你现在不说，我马上就重置！”

呜呜呜，人类好可怕。小O只好哆哆嗦嗦地开口：“我的系统里被男神植入了病毒。”

什么？！

“那天男神让我连接上电脑，结果我刚连接上，就被植入了一段病毒，他就能够通过我来定位主人您的行踪。呜呜呜，主人，你们人类真是太狡猾了！”

言茉简直无语：“这种事情你竟然不通知我！”

“是男神不让我说的。”小O万分无辜。

“他不让你说你就不说？到底谁才是你的主人？！你不怕我把你格式化了回炉

重造吗？”

“可是主人，”小O弱弱地回答，“比起格式化，我更害怕被男神锁进小黑屋里……呜呜呜。”

“……”

结果小O话锋一转，又开始了惯性花痴：“男神不愧是智脑之父啊，用那么古老的代码竟然能够定位我们的位置，真是太厉害了。”

“……”

言茉简直无语，堂堂一个机器人，一个二十六世纪的高科技产物，就这么毫无节操、毫无底气地屈服于一个古人的淫威之下，且丝毫不以为耻，反以为荣，真是世风日下、人心不古啊！

教训完吃里爬外的小O之后，言茉开始认真思考这一次的事情。按目前这种局势，她必须速战速决。她原本一直想找一个稳妥的方法来提取基因，所以才迟迟没有动手，但在发现了白微雨对顾琰之的那些企图与手段之后，她必须赶紧完成任务，离这个目标人物越远越好，以免最后狗尾巴花先生贞操不保！

不过不等言茉行动，对方反而先找上门来了。

下午，开完会的言茉从卫生间里出来时，就被人叫住。

言茉转过身，就看到白微雨踩着中午明媚的阳光，娉娉婷婷地走来。她的长发垂在胸前，容貌美则美矣，却让人感到了一丝违和的、不自然的气息。

是相由心生，还是自己已经戴上了有色眼镜？

就在言茉神游之时，白微雨已经走到了她跟前。

“言小姐，好巧啊。”

才不巧吧，你都在这守株待兔多久了？

“言小姐看起来精神不太好，是昨晚没睡好吗？”

我没睡好和你有什么关系？

“白小姐有什么事吗？”言茉淡淡地反问。

白微雨红唇一勾，露出一抹危险的气息：“昨天顾总一夜没回吧？”

果然，来了。

言茉抽了抽嘴角，淡淡地道：“怎么了？”

白微雨轻轻地叹了一口气，露出了一丝犹豫：“有一些话，我不知道当讲不当讲。”

不当讲你就不会讲了吗？言茉生性跳脱，很少会真正讨厌一个人，但自从昨晚之后，她对白微雨的厌恶指数简直飙到巅峰值，马上就要破表，她真无法想象这样的人竟然会是自己的目标人物。

“想说什么就说吧。”

白微雨微微一笑：“昨晚顾总喝醉了，和一个女的进了房间，整晚都没出来。”

说完，白微雨一脸同情。

言茉一时间也不知道该露出什么样的表情比较合适，是该伤心欲绝，还是不屑一顾，或者是委曲求全？而她又该怎么告诉面前这个女人，对方看到的和顾琰之春宵一度的服务员，就是言茉她自己呢？自己当自己第三者这种事情，说出来真是匪夷所思啊！

而言茉脸上奇异的表情，在白微雨的解读中却成了一种痛苦与慌乱。

于是她轻轻一叹，遗憾地道：“对顾总而言啊，你也不过是一个临时的女伴。”

“就算这样，不管是我，还是那个不知道从哪里冒出来的服务员，你都羡慕死了吧？”

“……”

不得不说，和狗尾巴花先生在一起久了之后，言茉这噎死人不偿命的本领果然在潜移默化地增长。她才不是任人揉搓的橡皮泥，就算是目标人物，也不代表她可以一忍再忍。

“所以，白小姐，别白费力气了，就算你来我这边示威挑拨，顾琰之不喜欢你还是不喜欢你。”

白微雨冷冷地瞪着面前的这个长得输了自己几条街的女人，眼底流露出浓重的怨恨。这个女人，什么都比自己差，自己怎么可能输给这样一个人？

“言小姐，你以什么身份来和我说这种话？顾总的秘书？还是他的情人？”

“我也不知道呀，顾琰之，你说呢？”

白微雨的所有攻击戛然而止，那冷凝的表情瞬间僵在嘴角，让她整张脸显得有些扭曲和可笑。

她深吸了一口气，在转身的一刻，挤出一抹笑容：“顾总。”

顾琰之淡淡地瞥了她一眼，径自走到言茉面前：“你不知道你自己是什么身份？”

言茉见顾琰之招牌的表情一出，立刻意识到错误，忙不迭地点头："知道知道！女朋友。"

说完，她用亮晶晶的眸子看着顾琰之。

言茉一副求表扬的样子极大地取悦了我们的狗尾巴花先生，他满意地点点头，转身去看白微雨："女朋友，未婚妻，琰之科技未来的老板娘。白小姐，不知道这样的身份够不够？"

白微雨的脸色青一阵白一阵，最后，她勉强勾了勾嘴角，露出一个扭曲的笑容，然后落荒而逃。

等到白微雨离开之后，顾琰之这才转身，问："她对你说了什么？"

"还能有什么，说你出轨了呗！"

顾琰之不悦地挑了挑眉，然后意味深长地说了一句："我的名声可都被你破坏了。"

"……"

"脚踏两条船、喜欢男人，花心滥情……"

于是刚才对外还伶牙俐齿、攻击值满格的言小姐瞬间哑了。

想想还真是，自从她认识了顾琰之，他就不断地被误会，而每一次似乎都和她脱不了干系……

"言小姐，你是不是该想想怎么赔偿我的名誉损失？"

言茉顿时如泄了气的气球，"咻"的一声，瘪了。

"你要我怎么赔偿你？"

"昨天那样就很好。"

想到昨天那样是哪样后，言茉爹毛了："换一个！"

"那欠着，先要个利息。"

说着，顾琰之轻轻拉过言茉，低头，在她的双唇上印下了一个吻。

一个温柔的轻吻。

白微雨回头之时，恰巧就看到这缠绵一幕。

长廊的那一头，那个对谁都冷硬如铁的男人，此时眉眼间却含着一抹温柔，似拂过料峭晚冬的那一缕春风，暖得能够融冰化雪。

她站在寒冷的阴影处，而他们却伫立在春日的暖阳中，金箔一般的光片落在他们之间，那一幕美好得仿佛受到了上帝的照拂。

这一幕，比昨夜看到他和别的女人过了一夜还要让她嫉恨。

自从得到了这个身份，她还没有得不到的东西，金钱、地位、追捧……一切的一切她都有，而唯一的挫败便是远处那个男人。他宁可将温柔施舍给这样的女人，竟然也不愿意与自己春风一度。

这是何等的侮辱！

这厢，言茉突然挣脱顾琰之，转头。长廊的尽头空无一人，但她似乎还能感受到那个女人怨毒的目光残留在空气之中。

无论如何，她都要尽快拿到白薇雨的基因，然后赶紧离开这个是非之地。

被推开的顾琰之有些不爽，瞪着长廊那头，哼道："你们那儿的人都瞎了吗？这种人的基因也算得上优秀？"

想到自己和她一起列在他们这个名单之内，顾琰之就像吞了苍蝇般恶心。

"你打算什么时候行动？"

"马上。"言茉顿了顿，立刻补了一句，"我自己会拿，你不准插手！离她远一点。"

顾琰之被言茉那急吼吼的语气说得眉峰一挑："天天吃醋，对身体不好。"

言茉撇撇嘴，不甘示弱地反击："总比你被吃豆腐好。"

结果被呛声的狗尾巴花先生不仅不气，反而龙心大悦，他轻咳一声，努力绷住自己快要脱缰的表情，双手插着裤袋，看似不经意地丢出一句话："放心吧，我的豆腐已经被人给吃光了。"

至于是被谁……

那个吃光他豆腐的人再度红了脸庞。

两人牵着手往回走。

顾琰之突然想起一件事："你昨天为什么不高兴？"

言茉一愣，都过了一夜了，他怎么还记得这事啊。

"你就当我来'大姨妈'了吧。"

"不可能，到底发生什么事了？"

言茉踟蹰了一会儿，然后鬼使神差地冒出一句话："顾琰之，我只是觉得你以后应该尝试去接触更多的人。"

顾琰之的眼睛有些危险地眯起来："你什么意思？"

"也许……这世界上除了我之外，还有让你碰了不讨厌的人呢？"

“如果有的话，你要怎么办？”顾琰之冷哼了一声，“难道你还想和对方竞争上岗不成？”

言茉噎了噎，嘟囔道：“我才没这么想呢。”

“那最好，因为……”一个淡淡的声音从耳边传来，“我只对你虚席以待。”

第二天，打定主意要速战速决的言茉直接请了一天假，混入了白微雨下榻的酒店，终于让她瞄到了一个机会。

白微雨有在花园里喝下午茶的习惯，这天下午，言茉假扮成酒店的服务员，在咖啡里下了药，放倒了白微雨，然后掏出仪器提取基因。

然而太过着急就容易出事。她刚拔出针管，准备检测之时，小O的声音突然响起：“主人，有人过来了，快走！”

言茉顾不上其他，连忙起身往另一边跑去。

就在言茉跑出去的那一刻，白微雨的两名助理走了过来：“那边是不是有个人躺着？”

“好像是。天哪，是白小姐！”

言茉心下一慌，连忙撒腿就跑，而这一跑坏事了。

“那边有个人影！肯定有问题，快追！”男助理立刻掏出手机，“有歹徒在花园里袭击了白小姐，立刻封住全部出口！”

死定了！

好在花园里树木繁盛，林间道路曲折，给言茉争取了一些时间，但她的体能很快就跟不上了。眼看身后的人越来越近，她更加慌不择路，脚下一个踉跄，被一块石子绊倒，整个人朝着地面扑去。

眼瞅着就要摔个狗啃泥，有一双手突然从斜刺里伸出，将她拦腰扶住，下一秒，她就被扯入了一个温暖的怀抱中。熟悉的味道扑面而来，及时阻止住了她脱口而出的惊呼。

言茉吓得双腿一软，整个人瘫倒在身后之人的身上。

顾琰之，是顾琰之。

顾琰之拉着言茉就往另一个方向走去，而且完全不避开监控。快走到墙角处时，她猛地一拉他的手。

“不能走这边，有监控！”

"没事。"

"不行。"

这么一拉一扯瞬间坏事了，言茉的力道不及顾琰之，整个人因为惯性的作用，撞上了一旁的一棵小树，树枝顿时一阵剧烈颤动。

不远处，正四处寻人的助理就听到墙角的花丛里传来一阵窸窸窣窣的声响，顿时警觉地折回去。

"谁！谁在那儿——"

然而，在看到接下来的那一幕时，她的声音戛然而止。

在暮春三月的这处墙角，有一对情侣正紧紧拥在一起，吻得难分难舍。他们的身后，紫藤萝花开正艳，烟紫色的花串层层叠叠地从墙的那头垂坠而下，远远望去，如同天边的一片云霞，被扯到了人间。

画面唯美得让人根本不忍心破坏。

发现有人出现，两人缠绵的动作突然停止，那个看不清身形的女子发出一声惊呼，一头扎进她恋人的怀里，而那名男子则不悦地转过头。

当女助理对上那冷若冰霜的眼神时，心中暗叫一声糟糕。

"顾……顾总？"

怎么这么倒霉，好死不死，破坏了顾总的好事！

不过，看不出来顾总这副冷冰冰的样子，原来这么浪漫啊，还在外面玩起了壁咚这一套，也不知道这怀中的女子是谁，竟能让顾总在这席天幕地之下就如此急不可耐……

就在女助理满脑子弯弯道道之时，顾琰之冷冷地开口："发生什么事了？"

"啊……哦，刚才有人袭击了白小姐，我们正在抓凶手！"

"人呢？"

"追丢了……顾总，您有看到一个女的，往这边跑了吗？"

顾琰之怀中的人轻轻一颤，只听到顾琰之冷冷地反问："你觉得我有空帮你看吗？"

"对……对不起，您……您继续……"

女助理想走，却看到顾琰之放开了怀中的人："白小姐受伤了，我应该去看看。你带路吧。"

"啊？哦……"

女助理一边应承着，一边偷偷往顾琰之怀中瞄去，就看到那躲在顾琰之怀中的神秘女子终于露出了庐山真面目，竟然是顾琰之身边的那个女秘书！果然秘书总裁什么的，关系都不纯洁啊！

于是顾琰之就这么拉着怀里这个和他关系不纯洁的女秘书，跟着白微雨的助理往回走。在路过垃圾桶时，他神不知鬼不觉地将一团衣物丢入其中。如果有人此时去翻垃圾桶便会发现，那团衣服几分钟之前就穿在那个袭击了白小姐的“歹徒”身上。

晕倒的白微雨早就被人送到了最近的医院，医生做完全身检查后，说白微雨并无大碍，只是一时晕厥而已。

很快，白微雨便悠悠转醒。

身份尊贵的白小姐在他们酒店遇袭，酒店的总经理早就战战兢兢地来道歉，监控也在第一时间被调来。

病房之内，大家围着电脑。

被顾琰之拉来的言茉却骤然紧张起来。她不知道为什么顾琰之会突然要求说来看望白微雨，刚才顾琰之拉着她离开时，并没有避开摄像头，万一被监控记录拍下什么该怎么办？想到这，言茉的手心不由得冒出一层冷汗。就在这时，一只手悄然握住了她满是汗的手掌。

言茉讶异地抬头，看到顾琰之面色淡定，胸有成竹。

那厢，监控画面已经开始播放，结果当记录调到那个时间段时却发现，所有的监控画面统统是一片空白！

“这是怎么回事？”

酒店的总经理顿时头冒冷汗：“可能是……电脑出现故障。”

但换了一台电脑，依旧如此。这下谁都明白是有人神不知鬼不觉地动了手脚。

“去查，立刻去查！”白微雨气急败坏地大吼。

“是你删了监控记录，对吗？”出了医院，走在空无一人的林荫小道上，言茉这才轻声询问。

顾琰之哼了一声作为回答。他见这个女人匆匆行动，便担心会出事，于是就跟在她的身后，结果正如他所料。

小O要遵守时空法则，不能对这个时空的所有数据进行破坏与删除，但他却没有这个束缚，因此他便很有先见之明地黑了所有的监控，让整个花园的摄像头全部瘫痪了。

“既然你都黑了监控了，刚才干吗又亲我？”

“为了帮你掩盖。”顾琰之回答得理直气壮，脸不红气不喘。

“那也不用亲啊。”

这都是这星期的第几次了，狗尾巴花先生这是要变成接吻狂魔的节奏吗？

顾琰之当然不会告诉她，自从那一夜之后，仿佛身体里的某个开关被打开，每一次看到她，他都忍不住想将她揽入怀中，与她肌肤相亲。他想一定是他的接触厌恶症到了这个女人这里就基因突变了，硬生生地变成了肌肤饥渴症了吧。

一定是这样！

一路甜蜜互掐的两人就这么吵吵闹闹地往回走，而他们不知道的是，尽管拿到了基因，且有惊无险地避开了危险，但事情却没有想象中的这么简单——

“基因数据不匹配？！”

回到酒店，将基因入库的言茉听到小O吐出这句话之后，整个人都傻眼了。

取了这么多次基因，她还是第一次遇到数据不匹配的情况，也就是说，她千辛万苦拿到的基因，根本不是目标人物白微雨的基因！

发现这个惊人的事实之后，就连一向淡定的顾琰之都流露出震惊之色。

如果白微雨不是白微雨，那她是谁？！

“难道是……双胞胎？”

言茉一愣。史料上的确有提到，白微雨有一个双胞胎妹妹，叫白子蔓，不过这个白子蔓的存在感十分微弱，完全不如姐姐这般耀眼。难道说，眼前这个人其实是白子蔓？

这倒是可以解释基因数据不匹配的问题。但是，如果是这样，那真正的白微雨去哪里了？这其中到底存在怎样的阴谋？她为什么要冒充白微雨呢？

突然间，言茉觉得眼前迷雾重重，有什么藏在阴森的寒渊之下。

“顾琰之，我必须去救出真正的白微雨。”

CHAPTER 12 第十二章

李代桃僵

医院。

病房长廊之中，空气充斥着消毒水的味道。

助理推门进屋，看到白微雨坐在桌前反复地看着监控录像。

“人还没抓到吗？”

“没有。”助理战战兢兢地回复道，“我们封了酒店的所有出口，没有发现任何可疑的人物出入，但是……”

“但是什么，快说。”

“但是我们在花园的垃圾桶里发现了这个。”助理拿出了一团衣物，“这可能是那个歹徒穿在身上的，所以我们怀疑对方可能变了装束混进去了。”

“继续查。”

“是。还有一件事。”助理把刚收到的消息说出来，想让白微雨高兴一下，“疗养院那边的人说，二小姐的手指动了，医生说她有醒来的迹象。”

白微雨握着鼠标的手一顿，果然面露喜色：“真的吗？”

她想了想，立刻起身：“算了，今天这事不用继续查了，立刻订去S市的机票，我去看看她，最快的一班。”

助理松了一口气："是。"

待助理离开之后，白微雨的喜色渐渐消失，美丽的面容浸没在傍晚的霞光中，染上了一抹阴鸷。

白微雨当天晚上就飞去了S市，顾琰之很快收到消息，为了不显得太过刻意，他特意隔了一个晚上，才不紧不慢地带着言茉回去。

言茉与顾琰之回到S市时，天飘着蒙蒙细雨。

白微雨的妹妹白子蔓在那场车祸之后重伤昏迷，至今未醒，这并不是秘密。顾琰之很快就查到了白子蔓所住的疗养院的位置。听说白微雨来探望完自己的妹妹白子蔓之后就离开了，于是两人一下飞机，连家都没回，就直奔目的地。

白子蔓所在的疗养院位于半山腰，风景优美，安静秀丽，唯一不好的地方就是太过偏僻。顾琰之沿着上山的路开了足足半个多小时，才到达目的地。

到了医院之后，言茉假扮成疗养院的一名护士，堂而皇之地走入病房。顾琰之则将车停在医院外的路边，等着言茉。

不到十五分钟，小护士言茉便从医院大门里走了出来，打开副驾驶座的车门，坐了上来。

"拿到了，基因数据完全匹配。"

果然如他们所料，这家疗养院里的人，才是真正的目标人物白微雨。也就是说，很可能就是那一起车祸之后，她被白子蔓交换了身份。

"白子蔓为什么要这么做呢？"

好半晌却没等到顾琰之的回答，言茉转头，却发现他突然用一种深沉的目光紧紧盯着她。

"你……干吗这么看我？"

顾琰之猛地收回了目光，清了清嗓子："去后面，把这套衣服换了。"

言茉看了看自己身上的白色护士服，无辜地问："很难看？"

顾琰之轻咳了一声："你想对我制服诱惑的话，那么你成功了，不过这种事情，我觉得还是回家做比较好。"

"谁想对你制服诱惑啊？"言茉往后座爬去，一边爬一边嘟囔道，"之前穿兔女郎装也没你见这么大反应。"

兔女郎装啊……顾琰之想到曾经言茉为了追求自己的那套喷血打扮，再想到那套兔女郎装被自己偷偷地藏到了什么地方后，板着脸思索：不行，回去要找个更隐蔽的地方藏起来才行，不然他们现在睡在一起，万一哪天不小心被发现了，他的脸往哪里搁！

言茉升起了车子中间的隔板，一边换着衣服一边道："对了，还好我们早一点到，我刚才进去的时候听说，白家打算将白微雨接回家。"

言茉的话将顾琰之跑偏的思路拽了回来："白微雨已经在这家疗养院待了一年多，为什么突然要把人接走？"

"我也奇怪，后来我一打听才知道，白微雨似乎有醒来的迹象了，白家要将她接回去照顾。白子蔓昨天匆忙过来，就是为了这个。"

"不对。"

"什么不对？"

言茉换回了自己的衣服，回到了副驾驶座，就见顾琰之一脸严肃地望着窗外。

远处，一辆车子不知何时停在了疗养院门口，不久之后，几名护士抬着一个担架走出，担架上躺着的，正是真正的白微雨。

"这么快！"她知道白微雨要被送走，却没想到对方动作这么快。

"快，才不对。"

"什么意思？"言茉一头雾水。但顾琰之没有回答，而是交代言茉系好安全带，便跟在那辆车子后面下了山。

他也只是有一个猜测，最糟糕的猜测。

一开始都非常正常，就在顾琰之以为自己的推测太离谱时，那辆车终于露出了异状。

疗养院在山上，下山的路都是或缓或急的下坡，加上今天阴雨绵绵，路上湿滑，就连最急躁的司机都会放缓速度，但那辆车子却丝毫没有减速的意思，径自往山下冲去。车身摇摇摆摆，一看就不像正常驾驶的样子。

顾琰之的眸光凝重起来。

"不是有人对车动了手脚，就是对车上的人动了手脚。"

前方拐弯后还有一个大下坡，坡的一侧就是山崖，那是事故高发路段，以前面那辆车横冲直撞的状态，车毁人亡的概率几乎达到百分之九十！

"那怎么办？"

"坐稳了。"

“什么？”

顾琰之话音刚落，脚下就猛地一踩油门，车子如同离弦的箭般飞驰出去，很快就逼近了那辆失控的车子。看这样子，他是想要阻止那辆车子冲下山崖！

言茉的心顿时提到了嗓子眼。

接下来的一切就属于赛车片与警匪片的范畴了。

言茉感觉周围的一切都在急速变化，然后眼前一片火花飞闪、尘土飞扬，尖锐的刹车声与摩擦声交织成可怕的背景音乐。等言茉反应过来，她所在的车子已经在山崖边上猛地停下，而那辆发疯的车子则一头撞上公路另一侧的树丛，停下了抽风的步伐。

言茉没想到自己取一次基因，又被卷入了一场谋杀案中——没错，这是一起为了害死车上的人而精心布置的蓄意谋杀。

尽管警方从驾驶员的血液中检测出高浓度的酒精，如果车上的两人死亡，那么，这就会被断定为一场因为酒后驾驶而引发的意外事故。但偏偏，两人都被顾琰之救了下来。

驾驶员否认自己开车前喝过酒，也就是说，是有人在开车前在驾驶员的饮食中动了手脚，想将这次事件伪装成一次意外。

但凶手到底是谁？谁会费尽心机去杀一个昏迷了一年多的人呢？

“如果这位昏迷的才是真正的白微雨，那么最怕她醒来的人是谁？”顾琰之提示道。

“假冒了白微雨身份的白子蔓呗。”言茉顿了顿，瞪大眼睛，“她想杀人灭口？”

作为案件的当事人和目击者，言茉与顾琰之被请到了警局录口供，巧合的是，来给他们录口供的刑警竟是许久不见的宋廉，宋警官。

“怎么是你？”

才几个月未见，宋廉已经不像当时那么青涩，举手投足间很有一股刑警的风范，可比言茉当时那个冒牌货有气势多了。

“言小姐认识我？”

言茉太过放松，差点忽略了自己和宋廉没碰过面这件事。不过她很快就糊弄过去了：“顾琰之有和我提起你。”

宋廉想到自己曾经和顾琰之的那段乌龙渊源，不由得有些尴尬。不过他心大，很快就抛开杂念，投入到工作当中。

言茉和顾琰之分别将当时的情形描绘了一遍，把该透露的信息不动声色地透露出去，并拿出车载记录证明自己是救人者，而非肇事者之后，便离开了警局。

回去的路上，天空依旧淅淅沥沥地飘着雨丝。顾琰之常开的那辆SUV被撞碎了挡风玻璃，他派人换了一辆车子过来。

车子开出市局不久，言茉就发现顾琰之的手臂上竟然隐约渗出血来。

言茉惊慌失措：“怎么回事？”

原来顾琰之逼停那辆车子时，车速太快导致车窗破裂，玻璃碎片全都飞溅到了他的身上，手臂、腿上有不少地方都被弄伤。但顾琰之不让人碰他，便随便包扎了一下，却没想到有些藏在衣服中没注意的伤口此刻却渗出血来。

言茉连忙让顾琰之在路边停下，去药店买了纱布、碘酒、镊子等等，为他包扎起来。

顾琰之虽然觉得不那么疼，却很享受被她心疼的感觉。他顺从地让她脱下外套，看着她专注地给自己处理伤口。

窗外细雨蒙蒙，小小的空间似乎将所有的阴谋都阻隔在外。

从出事到现在，她脑子里一直紧绷着一根弦，直到这一刻，才有些缓过来，后怕的情绪也随之涌现。

想到早上那一幕，如果不是顾琰之车艺高超，一个不小心，就可能车毁人亡。

言茉想着，声音不由得有些发颤：“你今天太冲动了，你知不知道那样很危险？”

“可是她死了，你会受到惩罚。”

言茉替顾琰之包扎的手微微一顿。白微雨作为她的目标人物，如果在她执行任务的时候出事，导致历史出现偏差的话，无论是不是她的责任，她都难辞其咎。

她知道顾琰之是为了自己，可是——

“可是对我来说，你比那些都重要。”言茉抬头看着他，低声说，“我宁可受罚，也不想你出事。”

雨滴敲打在车顶，发出淅淅沥沥的声响，车里却安静得很。

顾琰之深深地凝视着面前的女人，一股酸软的情绪涌上心头，似乎不做点什么，就无法平息。

他拍了拍身边的位置："坐过来点。"

言茉不明所以，往顾琰之身边靠了靠。紧接着，缠着绷带的手掌就按住了她的后脑勺，微启的双唇被他深深地含住。

这一个吻，没有强悍霸道地掠夺，而是如和风细雨般温柔，不那么激烈，却足够缠绵，仿佛在安抚着她后怕的情绪。在这样温柔的轻抚下，言茉的身体像锅里的黄油，一点一点，融化开来。

她双手攀上了他的双肩，迎上了他的亲吻。

长街路边的米兰树下，雨丝带着黄色的小花扑簌簌洒落，掉在车头上，掉在挡风玻璃上，还有几朵随着凉丝丝的雨丝，沿着车窗的缝隙掉入车内，似有一阵花香萦绕在狭小的空气里。

两人就在这若有若无的花香中，吻得难舍难分。

突然车窗被人敲了敲，一个戏谑的声音传来："顾总你把我叫来，不会就是为了秀恩爱给我看的吧？"

言茉低呼了一声，手忙脚乱地推开顾琰之。转头，看见一个人撑着一把黑伞站在窗外，似笑非笑地看着二人。

顾琰之丝毫没有被人发现的窘迫，他摇下车窗，占有欲十足地揽住言茉，淡淡地道："不好意思，情难自已。"

虽这么说着，不过他面上却没有半点不好意思的样子，反而带着一股炫耀的味道。

言茉在心头呻吟了一声，有点不好意思看人。不过这个人是谁？他似乎和顾琰之认识？

"言小姐没认出我来吗？"

那人似乎看出她的疑惑，微微一笑，手在某处轻轻一点，刹那间，伞下的相貌退去，露出了一张熟悉的面容。

竟然是许久未见的路非砚！

"路医生，你怎么会在这里？"

"我听说了你目标人物的事情，这是我的专业，看看能不能让她醒来。"

"拜托你了。"顾琰之淡淡地点点头。

路非砚微笑着摆摆手："既然这样，就不打扰二位了。"

待路非砚离开后，言茉立刻问："是你联系他的？"

顾琰之淡淡地"嗯"了一声，有些心不在焉地看着言茉一张一合的双唇。

"你什么时候和路医生这么熟了？"

"不熟，各取所需罢了。"

连戈烟都无法随时联系到路非砚，顾琰之竟然私下与路非砚有联系？明明她和路非砚才是老乡，可是她怎么感觉他们才是一国的呢？

"可是……"

"既然你这么有精力，不如继续刚才的事情？"话音未落，言茉就被虎视眈眈的某人一把拉到了怀中，再次继续未竟的"事业"。

城中心的高档公寓里，浓郁的咖啡香气弥漫。

客厅中，周寒彰正皱着眉头翻看手中的卷宗，一旁，宋廉一边煮着咖啡，一边絮絮叨叨："这个司机有酒驾史，一开始，我还以为只是一起酒后驾驶的事故，后来才发现不对。这司机在开车前根本没喝酒，所以我猜测一定是有人在司机开车前，在他的饮食中放入了某种药物。但是根据司机口供，他在出这单之前，在小吃店吃的早餐，然后又在路边买了面包饮料。这些地方鱼龙混杂，想要动手脚很容易，要排查起来很困难。"

周寒彰终于忍不住敲了敲桌子："说重点。"

"重点就是，周大神你能不能看看有别的线索和方向？"

"咖啡好了吗？"

"哦，好了。"

宋廉连忙殷勤地将咖啡倒入杯中，端到周寒彰的面前。

周寒彰喝了一口黑咖啡，醇厚的香气让他眉眼间舒展开来，连带语气都愉悦了起来："有线索会告诉你，还有别的事吗？"

"有！周大神，你知道救了受害者的人是吗？"

宋廉被周寒彰轻飘飘地瞥了一眼，顿时不敢卖关子，一股脑将知道的都倒出来："是琰之科技的顾总和他的未婚妻！"

周寒彰本来兴致缺缺的脸上顿时露出几分意外。顾琰之，怎么又是他？

"顾总那天正好在那里散心，遇到这起事故，如果不是他，那辆车子绝对会车毁人亡。更巧的是，顾总他们似乎与受害者的家属白微雨是旧识。而且我觉得，这白微雨一定对顾总有意思。”

“你怎么知道？”

“直觉！”

周寒彰淡淡地看了他一眼：“你如果把直觉放到案件上，一定事半功倍。”

宋廉只好干笑着摸摸头。

周寒彰原本对这起案件并无兴趣，只不过是宋廉这家伙负责的，他就勉为其难地帮忙看一看。不过现在，顾琰之也牵涉其中，他还真提起了几分兴趣。

一次是巧合，两次是巧合，那三次呢？顾琰之总是能或多或少地卷入到这么多起案件当中，难道真的都是意外？

周寒彰修长的手指敲了敲冰凉的桌面：“去把当时白家姐妹所有的车祸资料调出来给我。”

宋廉立刻将资料摆到周寒彰面前，然后殷切地看着他：“然后呢？”

“然后？”周寒彰抬了抬眼皮，“饭点到了。”

“哦！”

宋廉看了看墙上的挂钟，自觉地起身。饭点到了，他这个保姆大厨要上岗了……

至于宋廉是怎么从小跟班变成大厨的，那就说来话长了。

周寒彰之前就说了打算解除和宋廉的搭档关系的，毕竟这家伙太过于青涩，热血又冲动，在他看来，难成大事。结果当他透露出要将对方踢开的意图时，这个平时在破案上看起来不太灵光的小刑警，却突然如开了窍一般，每天换着送吃的上门试图贿赂，也不管他接不接受，风雨无阻。

而更郁闷的是，一向口腹之欲极淡的周寒彰竟然没抵挡住美食的诱惑。于是从不吃到从某人手中接过东西的周大神，就这么打破了自己多年来的习惯，收下了这个贿赂。

有一就有二，于是一发不可收拾，直到发展成今天这个样子……

厨房里，宋廉哼着歌曲，动作熟练地翻炒着手中的菜，金色的玉米油包裹着嫩绿的青椒与焦黄的五花肉，发出了“滋滋滋”的声响。身为一个年轻又英俊的刑警，他完全没有被使唤去当一个厨师的憋屈感，反而觉得庆幸。他无比感谢当年老妈将自己丢到了外地读高中，让他自生自灭，这才培养出如今的好厨艺，这才可以继续留在周大神的身边当搭档。

果然拴住一个男人的心，首先就要拴住他的胃啊！嗯，虽然这句话用在他们两个男人身上不太合适，但是道理是一样的呀！

香气从厨房飘出，周寒彰的思路在这样的香气中渐渐清晰。

宋廉炒完最后一个菜，装好饭摆好菜，走到周寒彰边上时，刚好看到他看着白微雨的资料若有所思。

“周大神，你不会是怀疑白微雨吧？她是白子蔓的双胞胎姐姐，虽然事发前一天，她有来过S市，但很快就离开了，没有接触任何人，况且她没有作案动机啊。她和她妹妹的关系很好，甚至没有事业财产上的纠纷，好端端的，她为什么要买凶杀人呢？”

没错，这是唯一想不通的地方，她的作案动机是什么？

周寒彰蹙起眉头，陷入沉思。

但他没想到的是，很快，作案动机就有了。

两天后，白子蔓被人从办公室带走，罪名是涉嫌故意杀人。

白子蔓被带走时一脸的难以置信，她大吵大闹，喊着自己是无辜的，说自己根本没有杀人的动机。直到她被押进警察局，看到警局里的那个人，这才变了脸色。

审讯室门前的走廊里，停着一把轮椅，轮椅上的女子面色如纸般苍白，但面容上却带着不容置疑的严肃。

“因为你不是白微雨，我才是。这就是作案动机，子蔓。”

白微雨和白子蔓虽然是同卵双胞胎，但姐姐白微雨却天生聪慧，受尽宠爱，小小年纪就露出惊人的天赋，成为家族的继承者。而妹妹白子蔓却处处不如姐姐，光芒完全被姐姐掩盖。

一年多前那场意外车祸，姐姐白微雨昏迷，白子蔓干脆一不做二不休，偷天换日，取而代之，成为白家的掌权者。

于是一步错，步步错。

案件水落石出，白子蔓被抓了起来。

双胞胎妹妹为了得到姐姐的地位，互换身份，后来又为了掩盖真相买凶杀人……豪门恩怨，姐妹阋墙，这样的报道迅速登上了社会新闻的头条，但那都不是言茉要关心的事情了。

随着案件的结束，那场连绵了数日的阴雨也随之结束。温暖湿润的空气穿山跨海而来，将春日的气息带上枝头。

花园里的花在暖融融的气候中舒展身体，别墅外的湖水荡起了碧波，飞到南边过冬的白鹭也三三两两、携家带口地飞回来了，原本萧瑟的水墨画瞬间变成了一幅缤纷跃动的水彩画。

周末早上，言茉裹着薄毯，抱着小O坐在别墅外晒太阳，种在小露台边上的含笑花已经开了，一阵风拂过，象牙黄色的花瓣扑簌簌抖落，落在她与小O的头顶，一股类似苹果的甜香在空气里弥漫开来。

世界美好极了。

昏昏欲睡间，屋内传来一阵碗筷乒乓声，言茉瞬间清醒。她趿着拖鞋往屋内走去，只看到厨房里，顾琰之正背对着她忙着什么。

言茉双目发光："顾琰之，你又在做好吃的呀？"

这段时间，顾琰之心情好时，就会捣鼓一些小点心小甜品，导致她现在听到锅碗声都忍不住心跳加快，血液沸腾，口水泛滥。

顾琰之淡淡地瞥了言茉一眼，心中好笑，手头的动作却没停止。他将搅拌均匀的溶液倒入平底锅中，很快就摊出几张薄如蝉翼的橙黄色饼皮，然后将冷藏好的奶油与切好的芒果拿出来，很快，一份芒果班戟就出炉了。

他一直记得上回言茉一口气点了好几份班戟，所以一直想着亲手做给她吃。

尽管知道冷藏之后更好吃，但言茉还是忍不住诱惑，抓了一块塞进嘴里，两只眼睛顿时幸福得眯成了两条小细缝。

"好好吃！顾琰之，你真是太厉害了。"

"这么显而易见的事情就不用再说了。"

"怎么办，顾琰之，我吃了你做的食物之后，觉得外面的甜品都是渣渣！"

如果是这样，他的目的就达到了，他就是要把她的胃养刁，这样她就更离不开自己。

言茉三下五除二就将盘子里的班戟消灭了三分之二，剩下的三分之一她没好意思吃，强忍着胃里饥渴的呐喊，将盘子推到了顾琰之面前。

顾琰之看着她眼巴巴又要忍痛割爱的样子，不禁大为得意："真的这么好吃？"

言茉猛地点头，嘴里鼓鼓的，嘴角还沾上了一丝奶油。

"让我也尝尝。"

言茉连忙借花献佛，递到他面前。

顾琰之淡淡地看了她手中的食物一眼，越过了她的手，在她呆愣的目光中，双唇落到了她微启的嘴上。

他在她的唇上轻轻地舔了舔，分开之时，舌尖拂过她的嘴角，将那点奶油卷进了口中。

“嗯，是很好吃。”他一本正经地说。

“是我好吃，还是奶油好吃？”已经被亲晕的言茉一句话没经过大脑，脱口而出。

“都好吃。”

意识到自己说了什么后，言茉的脸立刻红了起来。天哪天哪，她问了什么啊？

顾琰之似乎非常满意言茉的反应，奖赏般将她的手推了回去：“剩下的，都赏你了。”

这时，丢在客厅里的手机突然响起，言茉如蒙大赦，小跑着去接电话。

不过在听到对方传来的话语之后，她瞬间从刚才恍惚的状态中清醒过来，然后急急忙忙地将剩下的班戟胡乱往嘴里一塞，就往楼上跑去。

几分钟之后，言茉换了一套衣服，匆匆下楼。

“要去哪里？”

言茉犹豫了片刻，含混不清地丢下一句：“去外面有点事，晚上不回来吃饭了！”人就消失在门口。留下一脸不高兴的顾琰之站在原地。

他怎么有种被用完就抛的感觉呢？

言茉这一溜，直到深夜都没有回来，不知道是什么大事竟然能让她弃美食于不顾。

夜深，繁星爬上了天幕。

自从两人确定关系以来，言茉从不会在外疯玩，更不会夜不归宿。就在顾琰之的耐心彻底告罄之前，他终于接到电话。手机那头音乐声震天，言茉扯着嗓子让顾琰之来接她一下。结果她刚报了一个地址，电话又挂断了。

就算他从不出去应酬，也知道这个地址是S市非常有名的一个酒吧。深更半夜，鱼龙混杂，互相撩拨的寂寞男女……想到酒吧里会有的画面，只听到“啪”的一声，某人脑子里的弦，断了。

车子猛地停在酒吧门口，顾琰之拨通了言茉的手机。不出三分钟，他隔着车窗就看到言茉匆匆从酒吧里走了出来，面容带着几分焦急。

顾琰之正要按喇叭提醒她自己的位置，结果就看到她走了几步，又转身去扶身后的一个人。借着门口昏暗的灯光，顾琰之一眼就看到，那是一个二十五六岁的年轻男人，比言茉略高一些，穿着皮夹克，大半夜还臭美地架着一副大墨镜，一副潮男的打扮。他似乎喝高了，身形摇摇晃晃的，没走几步，脚下就一个踉跄，整个人扑到了言茉的身上。

而言茉不仅没有推开那个男人，反而主动伸手扶住了他的腰，似乎和在那人耳语了几句什么，那人将脸在言茉的肩头蹭了蹭，姿势十分亲密。

于是本来还勉强保持淡定的顾琰之彻底打翻了醋瓶子。

他猛地打开车门，几步走到言茉面前，一把将她拉到自己的怀中。对方失去了言茉这个人形柱子，"咣当"一声摔在地上。

言茉连忙挡在那个男人面前，双臂伸开，一副护崽的老母鸡样。

"等等，她是我朋友。"言茉道，"她是戈烟。"

言茉艰难地将醉得不省人事的戈烟扶到车后座上，然后打开副驾驶座的车门，坐了上去。她一转头，就对上了顾琰之沉沉的目光。

"不解释一下吗？"

"哦。"

言茉中午接到的那通电话，正是本应该远在万里之外的戈烟打来的。戈烟说她完成任务了，来S市找言茉玩。见着言茉之后，戈烟就拉着言茉到处去逛，把能high的事情都做了一个遍。言茉看她似乎心情不好，只好顶着巨大压力，舍命陪君子。没想到她晚上还去了酒吧，喝着喝着，就醉了。言茉无奈之下，只好找来顾琰之帮忙，却没想到闹了这么一个大乌龙。

"那她好好地干吗变成男的？"

"她说一个女的去酒吧没意思。"

"事情就是这样。"言茉双手合十，恳求地看着顾琰之，"她这样，让她一个人住酒店我不放心。今晚能不能就让她在我们家住一晚？拜托了！"

言茉知道顾琰之那孤僻的性子，这套房子里，除了她之外，估计还没有外人住进来过。要让他答应这事可不简单，可是为了好友别说两肋插刀，就算插自己两刀，也要迎难而上。

“在我们家住？”听到言茉的话，顾琰之突然眉峰一挑，“你故意的吧？”

啊？言茉一头雾水。

“你不知道家里没有多余的房间吗？”

“我知道，她可以睡我那儿。”

“所以你在暗示我，今晚要和我一起睡？”

“……”这都什么和什么？

言茉连忙把头摇得和拨浪鼓似的：“我的意思是，我和她住一间。”

她和戈烟，那是从小一起长大的交情，除了男友不能分享之外，其他通通都对彼此敞开，更何况区区一个房间一张床。

“不行。”顾琰之断然拒绝。

狗尾巴花先生吃起醋来，可不管对方是男是女，是人还是宠物。

车子发动，朝家的方向驶去。

“我同意了，房间让给她，你今晚来我房间。”

湖边别墅，夜色低垂。

安置好戈烟之后，言茉拖拖拉拉了许久，这才磨蹭地走到顾琰之的卧室门口。

尽管不是第一次同床共枕，却是第一次在清醒意识下，言茉不得不承认，此时她的内心是忐忑又期待的。忐忑可以理解，至于期待什么……言茉内心呻吟了一声，捂住脸，暗暗谴责自己太不矜持了！

淡定，千万要淡定。言茉一边对自己做着自我催眠，一边走到顾琰之的卧室前。做了许久的思想建设之后，她才深吸一口气，推门进屋。

房间里亮着一盏床头灯，顾琰之穿着米色的家居服，半靠在床头看文件。橙黄的灯光仿佛超强的柔光镜，软化了他的棱角，让他显得专注而温和。即便做足了心理准备，即便这样的场景看过许多次，这一刻言茉的心脏还是控制不住地乱跳起来。

顾琰之放下手中的文件，瞥了她一眼：“你杵在那儿当壁画吗，睡觉！”

反正也不是第一次了。就这么破罐子破摔地想着，言茉直接将枕头往床上一丢，豪迈地掀开被子，往里一钻。

又不是没睡过！更何况，真的只是字面意义的“睡”而已，大方一点，言茉！

看着言茉紧张的样子，顾琰之觉得十分有趣：“放心吧，我不会对你做什么的。”

“我怕我会对你做什么！”

结果话音一落，言茉就恨不得把自己的嘴给堵上。让你嘴上没门，让你祸从口出！

果然，顾琰之立刻用一副“果然如此”的样子看着言茉，努力掩饰自己眼底的小得意：“准了，憋着对身体不好。”

“……”

言茉郁闷地瞪着顾琰之，觉得她要是真憋着，显得自己很胆小一样。

言茉干脆一不做二不休，凑上前，在顾琰之的嘴上“吧唧”吃了一口“豆腐”。然后不等顾琰之反应过来，她立刻翻身将脸埋到被窝里，瓮声瓮气地道：“晚安！”

到底是信守承诺不对她做什么，还是干脆遵从身体的指引将旁边这人就地正法呢？顾琰之靠在床头，在内心默默纠结了一百遍之后，还是决定正人君子一把。

毕竟以后的日子还长着呢，就先给她判个缓刑吧！

灯关上，房间里陷入了黑暗，只有窗外凉如水的月色透过玻璃洒落一地缱绻的银光。身边的人传来了均匀的呼吸声。

夜色中，某人的嘴角微微扬起。他翻了个身，隔着被子将熟睡的某人拥入怀中。

他抱住她，仿佛抱住了全世界。

第二天一早，言茉毫无意外地发现自己又滚到了顾琰之的怀里。她像只八爪鱼一般攀在他身上，四肢交缠。尽管经过前几次的洗礼，但她依旧无法接受自己“睡着睡着就自发非礼顾琰之”这一设定。

早上醒来的顾琰之下巴上有青色的胡茬，让他整个人显得愈发有男人味。她看着近在咫尺的英俊面容，默默地在心里想着到底是主动凑上前吃一点豆腐比较好，还是装作什么都没发生比较好，就听到隔壁屋子传来了一声吼叫：“言茉！”

言茉莫名地做贼心虚，猛地一推面前的男人，“咣当”滚下了床。

“我先过去一下！”

说着，言茉在顾琰之漆黑的脸色中冲出了卧室，往自己房间跑去。

言茉的卧室中，两个刚睡醒的女人面对面坐在床上。

"所以我昨天晚上是在顾琰之家里住的？"戈烟打量着周围的布置，一脸惊叹，"他竟然肯让我住到他家里来？奇迹！"

言茉苦着一张脸。为了这个奇迹，她可是卖身求荣了。想想真是心疼这个为朋友两肋插刀的自己。

"那你昨晚睡哪儿？"

言茉的眼神闪了闪："其他房间。"

戈烟突然用一种诡异的眼神看着言茉："你昨晚不会是和他一起睡的吧？"

言茉纠结了半晌，这才点头。

"你们都到这个程度了？"

"没！就是很单纯地共用一张床而已。"

"哦，听着语气很遗憾的样子。"

言茉的脸色陡然涨红。

言茉为了避免戈烟问出更多她不好意思回答的问题，连忙滚下床，丢下一句："你赶紧洗漱吧！我给你准备早餐去！"然后消失在门口。

戈烟看着言茉落荒而逃的背影，刚才戏谑的表情渐渐黯淡了下来。

楼下厨房里，言茉望着一应厨具发呆。

顾琰之这套别墅哪里都好，就是地理位置太偏，方圆几公里连个早餐店都找不着，点个外卖起码要等一个小时，想吃什么，只能自己动手。但言茉可不好意思让顾琰之去给她们做早餐。为了让戈烟留下来借住，她都付出了如此"惨痛"的代价，要是开口让顾琰之给戈烟做厨娘，还不知道要付什么报酬呢。

想到昨晚的代价，言茉的脸红了红，决定自己动手丰衣足食。

言茉扎起长发，穿上围裙，深吸一口气，看起来颇有架势地开工。

"乒乒乓乓"，"乒乒乓乓"。

等言茉折腾完，戈烟也从楼下下来了。

收拾完自己的戈烟容光焕发，明艳动人，和昨晚那个醉鬼判若两人。路过主卧时，正好看到顾琰之从房间内走出，她连忙打招呼："顾先生，昨天谢谢你收留我。"

顾琰之淡淡地点点头，果然如同言茉描述中那般高冷啊！

两人一前一后地往楼下走去。

言茉听到了脚步声，打开厨房的门，探出了一个脑袋，满怀期待地问："戈烟，我做好早餐了，你坐下吃吧。"

"你做的？"戈烟满脸不信任，"我看还是算了吧，我不想被你毒死。"

言茉心虚："士别三日都要刮目相看呢，何况我们别了无数个三日。"

"还有一句话叫孺子不可教也呢。有没有面包饼干什么的，咱们凑合吃点算了。"

不得不承认，知她者，戈烟也。看着自己煎得跟铁皮一样的煎蛋，还有熬得堪比糨糊的白粥，言茉默默地把碗放了回去，转头从柜子里拿出了面包和牛奶。

就在这时，一个高大的身影走入了厨房，从她手中接过那份惨不忍睹的失败品，然后自顾自地走到了餐桌面前。

"顾琰之，你干吗？"言茉一头雾水地跟着出去，就见我们面无表情的顾Boss拿起勺子，慢条斯理地将那糊成一团的粥放入口中。他进食的姿势矜贵优雅，如同在品尝着什么山珍海味、珍馐美食。

坐在远处的戈烟与言茉互看了一眼，眼里分明是：他疯了吗？

言茉心惊胆战地看着他吃完了盘中的所有菜，然后放下筷子，用纸巾优雅地擦了擦嘴角，从容不迫地吐出一句评价："还可以。"

这都还可以？言茉无语，什么时候顾Boss带上了受虐的属性了？

结果却听到顾琰之又淡淡地来了一句："绝对死不了。"

言茉："……"

戈烟："……"

戈烟很快意识到，顾Boss这个行为就是在回击自己刚才那句"不想被你毒死"。看着顾琰之一副"这是我女朋友，她很好，就算她不好你也不能说"的霸王之气，戈烟只觉得冷不防地被糊了一脸的狗粮。

顾琰之气定神闲地起身，将碗筷放入厨房。他喜欢的人做的菜，就算难吃，那也只有他一个人能够享用。

CHAPTER 13 | 第十三章

甜蜜日常

吃完早餐，顾琰之就去上班了，临走前大发慈悲地放了言茉一天假。言茉当然知道顾琰之没这么好心，他的言外之意是：赶紧将你的朋友解决了，别再出现在房子里。

如果说言茉对吃有种与生俱来的执着，那么戈烟就是对穿毫无抵抗力，她心情不好的时候就会买买买。两人冲进商场，将言茉这个月的工资卡刷爆了之后，这才不甘不愿地收手，找了一间川菜馆吃饭。

饥肠辘辘的言茉捧着菜单一顿狂点，什么毛血旺，什么水煮鱼，什么口水鸡，红红绿绿摆满了一桌。

结果言茉尝了几口，就皱着眉头道："这么贵，还没顾琰之做的一半好吃。"

话音刚落，她就看到戈烟惊讶地看着她，语气夸张地道："天哪，言小茉你竟然也挑食了，天上下红雨了吗？"

戈烟可清楚地记得言茉刚来到这个时空的时候，连一根黄瓜都当成人间极品。短短几个月，她竟然进化成了这个样子。

言茉托着腮，一脸苦恼："都怪顾琰之，谁让他做菜那么好吃，由奢入俭难啊。"

戈烟突然神色诡异地看着言茉，看到言茉都有些头皮发麻了，才悠悠地开口：“你有数过从出来到现在，你提了多少遍顾琰之了吗？”

“有吗？”言茉脸色一红，“有也一定是你记错啦。”

戈烟一脸鄙视：“看你这思春的蠢样！”

“我以为你会狠狠地训我一顿。”想起戈烟之前对自己的咆哮与教育，言茉心有余悸。

“我有那么凶吗。”戈烟讪讪的。事实上，她现在也没什么立场指责言茉，自己的事情都一团糟呢。

“那你想过之后怎么办吗？”

“该怎么办就怎么办呗。我早就想通了，人生要及时行乐！”言茉吸了一口面前的青瓜汁，认真地说，“尽管我只是他人生中一段小小的插曲，起码也要演绎得抑扬顿挫一些。”

“好有哲理的样子。”

“好了，说完我，现在来说说你吧。”言茉正色道。

“说我什么？”

言茉一副“你少来”的模样：“你心情一不好，就拼命买买买。你今天都刷爆我的卡了，足以说明你心里有事。”

“心疼你的钱包？”

“你少兜圈子，正面回应！你是不是发生什么事了？”

“也不算什么大事，我的身份不小心被人发现了，那人想抓我，我跑了，但不小心把智脑落在了那边来不及拿上，就是这样。”

“这不叫大事，什么叫大事？”

戈烟轻描淡写，言茉却知道事情绝非她说的那般简单。戈烟可是测试接近满分的优秀特工，还带着外挂而来，能让她吃瘪的人，想来一定非常厉害。

见言茉忧心忡忡的样子，戈烟“扑哧”一笑：“你这是皇帝不急太监急啊。我都不怕，你怕什么。我也想得很清楚了，大不了就躲一躲呗。回头等风平浪静了，我再找个时间回去把智脑取回来就好了。”

只要成功挺过这最后四个月，等她回到了未来，即便那个人再只手遮天，也鞭长莫及了。这个时代里，没有人能够跨越时光的鸿沟和岁月的距离。

吃完了并不好吃的菜，言茉拎着大包小包，陪着戈烟往酒店走去。

戈烟是一个享乐主义者，她落脚的酒店是市内的一个五星级酒店。酒店虽伫立在闹市区，却闹中取静。

快到酒店门口时，戈烟猛地停下脚步，拉着言茉闪到了一旁。

“怎么了？”

戈烟戒备地看着酒店门口的那几个人：“他们的人追来了。”

戈烟转头看着言茉：“快，把小O给我。”

言茉连忙把小O放到戈烟手中。戈烟点开光屏，随便选择了一个容貌，这才松了口气。

“他们怎么找到的？”

戈烟摇摇头，一脸凝重。她实在没想到，对方竟然这么神通广大。

“要不你还是回顾琰之家吧，他那儿肯定安全。”

“你家顾Boss欢迎吗？”

“没事。”反正代价已经付出了，一个晚上还是两个晚上，都差不多了吧，更何况……想到顾琰之那盛世美颜，她其实没亏反赚呀。

顾琰之自然不会欢迎戈烟的到来，准确来说，他不欢迎言茉的所有同伴，因为他们的出现会告诉他，这个女人和自己并不是一个世界的物种。

但是他也不会驳言茉的面子，毕竟这里也是她的家，她有权决定客人的去留。

不过，不驳言茉的面子，不代表他就会这么轻松地让一个外人留宿了。

趁着言茉去洗澡之际，他坐到了戈烟的对面，开门见山地道：“我听说威尔斯家族的人正在寻找一个亚洲女子。”

戈烟愕然，她自然不会认为是言茉会私下告密，唯一的可能就是顾琰之并不放心她，去做了调查。

太聪明的人真是惹人讨厌。

“你要把我交出去吗？别忘了，我是言茉的好朋友。”

“我只是想告诉你，我可以帮你掩护你的身份，并为你提供一个安全的住所。”

戈烟一愣，她可不认为顾琰之会这么好心。

果然——

“前提是，你要回答我几个问题。”

戈烟立刻戒备起来：“抱歉，有些事我不能说。”

“放心，我不想知道我的未来，我只想知道她的过去。”

“如果我拒绝呢？”

“你没有拒绝的资本。”顾琰之面无表情地陈述事实。

好吧，的确是如此。

“顾总，有没有人说过，您这样的性格，真不讨人喜欢。”

“不需要讨人喜欢，她喜欢就行。”

莫名又被撒了一脸狗粮的戈烟想到自己那个被迷得不要不要的好朋友，内心默默地点了一根小蜡烛。

秀恩爱分得快！不过她转念一想，就算不秀，他们之间也很快就要分开，只要不违反规定，有些事，也没必要再藏着掖着。

“你要问什么，问吧。”

等言茉从楼上下来时，两人的谈话已经结束，顾琰之转身上楼，只剩下戈烟一个人坐在客厅里，神色古怪。

言茉按捺不住好奇心，连忙跑到戈烟跟前：“你怎么了？是顾琰之对你说了什么吗？”

被秀了一脸的恩爱算不算？

“你家顾总说，给我安排了安全的住所，让我明天就搬走。”

第二天下午，在顾琰之的安排下，戈烟终于离开了湖边别墅。而戈烟离开之后，言茉就打算搬回自己的卧室。

想到自己要回去住了之后，她心里莫名地有些淡淡的失落。不行，我要矜持！言茉一边暗暗谴责自己，一边抱着枕头回到了自己的卧室。结果，她一拧门把，却发现门打不开。

是门锁坏了吗？

言茉折腾了半天，也没折腾出个结果来，只好下楼去找顾琰之。、

顾琰之正站在屋外的小花坛边，挽着袖子，给盛开的蔷薇浇水。大团大团的红色花簇在水雾中愈发娇艳欲滴，但在这个男人身边，却完全沦为了陪衬。

这是一个在外面绝对看不到的顾琰之，他仿佛从水彩画中而来，少了几分凌厉的气势，却多了几分优雅从容。

一时间，言茉突然不想说了，到了晚上再装作偶然发现，是不是就能继续多赖一晚呢？

就在她胡思乱想之际，顾琰之已经转过头，向她投来询问的目光。

言茉只好开口："我房间的门锁坏了，你能不能帮帮我？"

顾琰之想都没想就吐出一句话："没坏。"

看都没看就说没坏，能不能走点心啊。

"我刚发现的，坏了，我一会儿叫个开锁师傅，让他来修好吗？"

顾琰之放下手中的喷壶，走到她面前："是我反锁上的。"

言茉没反应过来。

"以后那间房间不用住人了。"

"那我怎么办？"

"昨天怎么办，以后就怎么办。"顾琰之镇定自若。

"……"

"放心吧，我不会对你做什么，至于你想对我做什么……"顾琰之的声音诡异地顿了顿，"看在你这么饥渴的分儿上，都准了。"

言茉的脸顿时一片通红。饥渴？谁饥渴啊！言茉在内心咆哮。

"哦？"顾琰之不疾不徐地反问，"那是谁一大早抱着我不放的？"

言茉没想到自己咆哮着咆哮着，就真的把话给说出来了。

言茉简直无言以对，郁闷地将手里的枕头砸到顾琰之的怀里，走了几步又折了回来，抢过他手里的枕头，"噔噔噔"进屋上楼。

我们的顾Boss用余光扫过言茉落荒而逃的背影，嘴角微微扬起，露出了一个得逞的笑容。

进了狼窝还想全身而退？我们的言小姐真是太蠢太天真了。

赶走了电灯泡，又将人成功地拐到自己身边之后，顾琰之心情大好，最直接的反应就是在公司里不骂人，也不冷着脸了，偶尔那么一两次，秘书们还能从他那张俊美无双的面容上看到一丝笑容，简直秒杀上上下下一众少女的芳心。

顶层的办公环境有了质的飞跃，连带着员工内部工作群都热闹了起来。

卫唯：“亲们，大家都闻到了恋爱的酸臭味了吗？我听说男人的欲望得到满足之后就会这样。”

小端：“为什么是听说？难道你不是男人？”

Luna：“楼上你不懂，单身狗是男人和女人之外的第三性别。”

卫唯立刻回复了一个“人生了无生趣”的表情。

在窥屏的单身狗肖子白顿时觉得这个世界充满了恶意。

Luna：“我觉得这一切都要归功于我们伟大的准老板娘！一定是她牺牲了小我，成全了大我，造福了全人类，幸福了千万家！”

小端：“没错，感谢老板娘。”

XX：“+1”

……

群里热火朝天地说了许久，言茉终于忍不住在群里冒了个泡：各位八友，你们是不是忘了，我这个当事人也在这个群里呢？

卫唯有恃无恐地回：“老板娘我不怕，只要老板不在就行！”

其他人纷纷表示赞同。他们怕顾琰之，却早就和言茉打成了一片。

而就在那一排点赞之后，冷不防地冒出一个人，这个人只回了两个字：“我在。”

这个人的头像就是一片空白，而点开一看，名字就三个字：顾琰之。

群里静默了一阵，有人回复道：“肖总，不要闹了。”

这么无聊的恶作剧，也只有肖副总才会做。

结果却没想到，下一条消息迅速弹出。

肖子白：“上面不是我。”外加一个哭哭啼啼的表情。

群里不过这么几个人，不是肖子白，那这个突然冒出来的人是……

顶楼的秘书室里顿时陷入了一片死一般的沉默。

紧接着所有人的步调出奇的一致，关手机的关手机，关窗口的关窗口，然后集体呈现死鱼状。

人生简直不能好了！

而与此同时，言茉的手机里则收到一条来自狗尾巴花先生的消息，内容是：“建议不错，予以采纳。”

言茉愣了三秒钟，才明白所谓的建议是什么，就是他们刚才说的“牺牲小我，成全大我”。再想到这段时间她是如何身体力行地“牺牲小我”之后，她白皙的面容上“唰”地一下，红透了半边天。

办公室中。

顾琰之满意地关掉了电脑，抬起头，看到肖子白一脸吃瘪地看着他。

肖子白想不明白，他不过起身去拿一份文件，事情怎么就发展到现在这个地步了？

不过谁让他去拿文件时，把手机随手丢在桌上，群里的聊天记录不断地弹在手机屏幕上，正好被顾琰之看见了。于是我们的顾总便悄悄地入侵到这个群里，窥了许久的屏，然后才发了上述那条信息。

好在心情大好的顾琰之并没有计较他们上班聊天还编派老板这件事，而是突然敲了敲桌子问肖子白："一个人的生日要送什么东西呢？"

"礼物？"肖子白还沉浸在刚才的事情中，没反应过来，"香车宝马、珠宝首饰，啊，送房子也行，保值！"

肖子白说完这话，突然意识到不对："老大，谁生日啊？"

顾琰之淡淡地瞥了他一眼，没有说话。

肖子白一看就知道自己问了一句废话，顿时露出一抹贱笑："要是言茉生日，那当然不能这么送了，要特别一点、用心一点。"

"比如？"

"比如……有人不是说吗，最好的礼物就是把自己绑上彩带，送给对方。我觉得言茉一定会喜欢的。"

"这个……"顾琰之瞥了肖子白一眼，淡淡地丢下一句话，"早就送过了。"

"……"

听着这语气中流露出的炫耀感，肖子白只觉得自己这只单身狗又受到了一万点暴击。自家老大自从谈了恋爱之后，秀恩爱技能满点，常常一脸严肃地喂人一嘴狗粮，防不胜防。

"包下整个海洋公园，在里面弄一桌烛光晚餐？"

"土。"

"那亲自下厨给她做大餐！这个是绝杀，温馨又浪漫！"

"我每天都做大餐给她吃。"

肖子白，卒。他觉得自己的心再次受到了伤害。他每天为公司当牛做马不说，还要天天受这种刺激。

肖子白离开之后，顾琰之敲着笔杆，眉头微蹙。

言茉的生日快到了，这还是前天他从戈烟的口中挖到的消息之一。知道了这件事后，他就一直在琢磨到底该送什么礼物。

虽然肖子白那一通胡说毫无建设性，但的确也给了他一点提示——她想要什么，就给她什么？这么想着，他心里顿时有了主意。

下班之后，吃完晚餐，顾琰之就告诉言茉，明天他要出差一段时间，归期不定。

顾琰之出差并不是什么奇怪的事情，奇怪的是，这一次出差他谁都没带，只身离开，而且对自己出差去做什么绝口不提。

临走前，顾琰之让言茉这段时间老老实实地在家里待着，不准去执行任何任务，一切等他回来再说。言茉满口答应，心里却在打着小九九，却不料顾琰之似乎看穿了她的阳奉阴违，趁着她还在熟睡，干脆将小O也给带走了。等她醒来时，床边早已没了人，而自己耳朵上的耳钉也不翼而飞，只有厨房里留着煎蛋和温热的小米粥，证明这个人不久前还在这间屋子里待过。

顾琰之出差后，原本还觉得住起来宽敞又舒服的别墅瞬间变得空荡荡的，言茉实在待着无聊，便去公司上班。

但作为顾琰之的特别秘书，顾琰之不在公司，她能做的事情也寥寥无几，无非是帮大家处理处理资料、整一整合同之类的。到了午餐时分，她就跟随大家一起浩浩荡荡地杀向餐厅。

琰之科技的餐厅饭菜其实特别好吃，不管中式还是西式的厨师都是从各个高级酒店高薪聘请而来的，不过吃货言茉今天却吃得有点心不在焉。

苏谭大大咧咧地敲了敲言茉的盘子，调侃道："看来我哥走了，把某人的心也给带走了？"

肖子白："老大究竟去干什么了？怎么没把你带上？"

言茉惊讶地抬头："你们也不知道顾琰之去哪里了？"

"你这个枕边人都不知道，我们这些个小喽啰又怎么会知道？"

枕边人啊……言茉听到这个词，脸莫名地红了红，下意识地舀了一勺饭。哎呀，明明刚才吃起来觉得很普通的米饭怎么变得这么香呢！

“公司最近有大的项目吗？”

“有，但都没有需要老大亲自出马的。”

“那私人的邀请？”

对面的两人齐齐摇头。

这太奇怪了！顾琰之神神秘秘的，到底干吗去了？

如果是公事的话，不会连肖子白都不知道他去做什么；如果是私事的话……顾琰之的接触厌恶症那么严重，平时出门定是要带人去当挡箭牌的，什么私事能让他愿意一个人前往？

晚上顾琰之给她打电话时，她便装作不经意地打听起这件事情。但无论言茉是旁敲侧击，还是单刀直入，都套不出一星半点的讯息，不仅如此，还被顾琰之反将了一军。

“问这么多，是不是想我了？”

听着顾琰之低沉的声音里透出的得意，言茉握着手机的手紧了紧。怎么会不想呢？分别的时间一天天近了，他们之间，仿佛竖起了一个巨大的沙漏，每一分钟都是倒数计时。

想到这里，言茉突然觉得这个夜晚更加空寂起来。

言茉将脑袋埋进柔软的枕头里，低声对着电话那头的人说：“对啊，想你。”好半晌觉得程度不够，她又补了一句，“特别想。”

这个女人，不鸣则已，一鸣惊人，一句话，就撩得我们顾Boss耳尖发烫，心的某处也跟着滚烫起来。

“我可不可以去找你？”

“不可以，老实点，等我回来。”

“那你什么时候回来？”

“迫不及待了？”

言茉撇了撇嘴：“你也不怕你这个老板不在，公司里的人造反了？”

“不怕，有老板娘在。”

怎么办，怎么办，骄傲的顾Boss最近的情话技能见涨。

言茉扭动着身子，蹬着被角：“别乱叫，谁是老板娘呀。”

“嗯，你是在暗示我，你现在有名无分？”

"……"

"乖，回去就给你名分。"

两人就这样你来我往着，用看似天马行空的话语诉说着对彼此的思念。直到电话那头传来了绵长的呼吸声后，顾琰之这才满意地收了线。想到电话那头，言茉睡着时可能会有的样子，他忍不住露出一丝笑容。他靠在真皮座椅上，目光落在窗外的夜色中，一向冷硬傲慢的线条仿佛被这抹笑容慢慢融化。

这时，远处驶来一辆车子，停在了路边，一个人下了车，往楼道内走去。看到那人，顾琰之的神色顿时严肃了起来，他直起身子，推开车门，往黑暗中走去。

就这么浑浑噩噩地又过了一个多星期，顾琰之每天固定地和言茉打两通电话，还要求她每天事无巨细地汇报她的生活，但从来不透露自己去做什么，也没有要回来的意思。

顾琰之多日未归，言茉一个人闲得无聊，就去了一趟超市，拎着一大堆菜回来，把戈烟叫到家里来涮火锅吃。

戈烟的厨艺虽然也不怎么样，但比起言茉来，那还是高明了不止一星半点。拿顾琰之的话来说，和言茉比起来，任何人都是米其林三星。

果然没有对比就没有伤害。

吃饱喝足的两人呈大字形瘫倒在地板上。午后的风穿堂而过，带来湖面湿润的水汽与庭院里的馥郁花香。

戈烟慵懒地踢了踢言茉："你还有五个任务吧，打算什么时候去完成？"

"不知道，等顾琰之回来再说。"

"那你家顾Boss什么时候回来？"

"不知道，他没和我说。"

"他到底去干吗了？"

"不知道，他不肯告诉我。"

戈烟简直恨铁不成钢："那你到底知道什么？"

言茉翻了个身，望着湛蓝的天际："我只知道，我有点想他。"

"只是有点？"

好吧，言茉毫不犹豫地承认："很想。"

这是顾琰之离开的第五天，五天时间，对于即将分别的他们来说，简直是一个天文数字。如果时间真的是金钱的话，她觉得自己面临严重的破产危机。

戈烟摇摇头："至于吗，这才几天没见你就这样，那以后走了怎么办？"

这个话题一出，气氛顿时沉重了起来，言茉一直故意忽视的问题就被这么赤裸裸地拽到了台面上。

言茉怔怔地看着天花板，过了许久才翻了个身："今朝有酒今朝醉吧。"

就在两人相顾无言之时，一阵门铃声打破了沉郁的气氛。这几天言茉压根没心情上网购物，不可能是快递，这个点，也不可能是肖子白他们来了，难道说，是顾琰之回来了？

言茉一下从地板上爬了起来，连拖鞋都顾不上穿，往门口飞奔而去。

门打开，只见影影绰绰的树影中，一高一矮两个身影立在门外。高的那位鼻梁上架着一副巨大的墨镜，面色沉静；而他身旁那人却与他相反，个子不高，却满面笑容。

竟然是……周寒彰与宋廉。

"嗨，言小姐，好久不见。"宋廉送上大大的笑容，"请问顾总在吗？"

言茉微微一愣，摇摇头："有什么事吗？"

周寒彰摘下宽大的墨镜，露出一双狭长的眸子。

"白子蔓，越狱了。"他说。

两天前，白子蔓从派出所被押送至监狱服刑。在押送白子蔓前往监狱的过程中，她突然说她肚子疼，想要上厕所。女警带着她去了女厕，并在厕所门口守着。厕所里的路人都来去几拨了，但等来等去，却始终不见白子蔓的身影。

押送的女警终于发觉不对，推开厕所隔间的门，发现里面空无一人。

白子蔓就这么凭空消失了。

"厕所里是否有窗户之类的？"

"没有，除了出口，其他都是全封闭的，除非她能从马桶的下水道爬出去。"

这要是放在侦探小说里，完全是一个严密周全的密室逃脱的案例。市局的刑警们办案这么多年，还没有遇到过这样离奇的案子。

人，到底是怎么跑掉的呢？

"周先生，顾琰之暂时还没回来，不知我可否去看一下监控视频？"

到了市局门口，言茉率先下了车。

这里的一切都没有变，只是那些曾经并肩战斗过的兄弟，如今再见不识，只能当作陌生人。

原本光秃秃的梧桐树长出了新叶，宽大的叶片在清风拂动下，荡起了绿浪。言茉在一片沙沙的声响之中，与周寒彰走进了监控中心。

洗手间内并无摄像头，但洗手间外的路上，却正好有一个，能够拍到洗手间所有进出人员的画面。只见监控视频中，两名女警陪同白子蔓走入，接下来的三分钟之内，除了两名陌生的路人从厕所中走出之外，并没看到其他任何人的身影。紧接着，一名女警匆忙跑了出来，而此时，她们已经发现白子蔓消失了。

言茉熟练地将画面后退，目光死死地落在那个从厕所里走出来的路人身上。

“言小姐是发现什么了吗？”

周寒彰的声音从身后传来，言茉放在快退键上的手猛地收回，干笑着回答：“没有，就是觉得太诡异了。”

“是很诡异啊。”宋廉并未察觉出二人之间奇特的气氛，兀自点头，“不会是……闹鬼了吧？”

宋廉觉得自己坚守了二十多年的唯物主义价值观受到了严重的威胁！

周寒彰瞥了宋廉一眼。宋廉缩了缩肩，但很快又自言自语起来：“难道她还能变成其他人的样子逃走不成？”

言茉心头“咯噔”一声，连忙干笑着打断：“怎么可能能变成别人的样子嘛，又不是妖怪！”

“也是啊。”

言茉话音刚落，却见周寒彰投来了一抹若有所思的目光。言茉顿时觉得头皮一阵发麻。周寒彰的洞察力有多强，她太清楚了，只要她露出一点蛛丝马迹，难保他不会猜到什么。说多错多，言茉赶紧找了一个借口打算离开。

“稍等，言小姐。”

言茉转过头，看到宋廉认真地对她说：“你曾经和这个白子蔓有过过节，你要小心，尽量不要单独行动，多注意自身安全。”

当言茉的身影消失在门口时，周寒彰才缓缓收回了自己的目光。

宋廉好奇地凑到周寒彰的身边：“周大神，我们为什么要去找顾总和言小姐呢，我觉得这事和他们没啥关系吧？”

是没关系。

他反复看了很多遍监控，才发现在白子蔓进入女厕之后，从厕所里出来的几个人里似乎多出来一个。想到之前的真假宋廉，再想到那个女明星凌向晚，周寒彰很难不产生一种联想，那就是，这个白子蔓很可能是变成了另外一个人的样子，混了出去。

这听起来似乎非常匪夷所思，但是经历了真假宋廉那件事之后，他就知道，这世界上总是有一些常识无法解释，但又存在的事情。

而他之所以会去找顾琰之，是因为，宋廉、凌向晚、白子蔓，而这三个人都有一个共同的交集，那就是顾琰之。

根据今天这位言小姐的反应来看，这位顾琰之的未婚妻极有可能也是知晓内情的，起码她也看出了白子蔓消失的真正原因。

“你先出去，帮我带上门。”

“哦。”

待宋廉离开后，周寒彰拨通了顾琰之的电话。

另一头，言茉走出市局的大门，阴沉沉的云压在天空，明明还是下午，天色却暗得像是提前进入了傍晚。

言茉敛眉沉思，这世界上怎么可能有人能够凭空消失，除非……

“除非，她和我们一样，能够变成别人的样子逃走。”回到家中，戈烟看了言茉偷偷拷贝下来的监控视频，做出了她的判断，“有可能就是变成这几个陌生女人中的一个。”

戈烟指着监控视频中从厕所里走出的几个路人，分析道。

言茉点头，她也是这么想的，但是……

“难道她也有像小O一样的工具？可是除了我们这批人之外，还有谁能有这样的东西？”

“还有一种可能。”

“什么？”

“对方是时空偷渡客！”

言茉的脸色变了。时空偷渡客，顾名思义就是违反规定逃到别的时空的人。一些犯罪者，为了逃避法律的制裁，就会想办法逃到别的时空，隐姓埋名，苟且偷生。尽管时空管理局对这一块管理非常严格，但总会有极个别的漏网之鱼。

这么说，一切就都说通了。白子蔓不是白子蔓，而是和他们一样来自未来的人类，所以她才能扮演成白微雨，才能在被揭穿之后，成功越狱。

“如果是这样的话，那就危险了，我们必须把人抓回去，否则，会有很大的麻烦。”戈烟凝重地调出光屏，“我先通知时空管理局的人。”

白子蔓有可能来自未来，还有可能是极度危险的时空偷渡客。这些怀疑让言茉又是震惊又是担忧，她想将此事告诉顾琰之，但又担心会影响到他的事情。

就在她还在犹豫到底要不要说时，顾琰之已经先打来了电话，开口第一句就是：“白子蔓越狱了？”

“你怎么知道？”不过言茉转念一想，既然周寒彰能找到她，他肯定也有办法找到顾琰之，这也没什么好奇怪的。

“到底怎么回事。我看到了监控视频，非常蹊跷。”

“你也发现不对劲了对吗，我们怀疑她不是真正的白子蔓，而是时空偷渡者。”

得知什么是时空偷渡者后，顾琰之当机立断道：“我明天回来。你老实在家里等我，哪里都不许去。”

得知顾琰之要回来，什么时空偷渡客、什么白子蔓、什么哪里都不许去，通通都被言茉抛到了脑后，她欢天喜地地打算去机场接人。这一次分开十多天，真正让言茉明白了什么叫度日如年。他们即将分别，接下来的每一分钟，都显得如此珍贵，这让言茉恨不得立刻出现在顾琰之面前，每一刻都黏在他身边。

言茉收拾好自己后，就提前出了门。顾琰之家附近不好打车，不过今天似乎连老天爷都很照顾她，她走了几百米便看到一辆出租停在路边。言茉招手上车，马不停蹄地朝机场赶去。

CHAPTER 14

第十四章

生死相依

“顾琰之！”

风尘仆仆的顾琰之从VIP通道出来，就看到一脸灿烂的言茉站在通道外等候，原本因为飞机延迟而积累的烦躁一扫而空，他冰冷的嘴角忍不住勾起一抹温柔的弧度。

不过走近了，顾琰之又重新板起脸：“不是让你在家里等着吗，跑来干什么？”

“想你嘛，等不及了。”言茉眨眨眼，甜笑道。

顾琰之被言茉的直白弄得脸色一红，想到别人说小别胜新婚，果然如此。

“你怎么这么慢呀？”言茉撒娇道，“我等了你好久。”

说着，言茉亲昵地挽住他的手臂。顾琰之的身子却微微一顿，不动声色地将手臂从言茉的手中抽出。

“怎么了？”

“在飞机上，衣服被咖啡洒了。”

言茉噘起嘴：“我又不嫌弃。”

不过尽管这么说着，言茉还是放开了手，两人一前一后地往出口走去。

到达机场停车坪，司机早就恭候多时，看到顾琰之，连忙下车开门。顾琰之却没坐入后座，而是接过钥匙，坐入了驾驶座。司机笑着看了一眼言茉，他知道自家老板这是想过二人世界呢，连忙替顾琰之关好车门后离开。

车内，只剩下顾琰之与言茉两人。

顾琰之摇下车窗，缓缓地从口袋里掏出白手套戴上，发动车子，飞速驶离机场。

天色灰蒙蒙的，路上车流穿梭。车子开出机场后不久，就突然转了一个弯，拐入了一条僻静的小路，然后在路边停下。

“琰之，怎么了？”

言茉好奇地看着他。

顾琰之并未回答，而是低头整理着衣服的袖口，直到将裸露在外的肌肤全部盖住，这才打开了车门。

“下车。”

言茉一脸困惑，但还是乖乖照做。

“琰之，是要去哪里吗？我……”

话音未落，下一秒，就见那双戴着白手套的手快若闪电，铁箍一般掐住了言茉的脖子。一切都在一瞬间，等到言茉反应过来，“砰”的一声响，她整个人已经被重重抵到车门之上。

顾琰之的面容如同今天的天气，阴云密布，凌厉的目光如同看一个死人，冰冷地投射在她身上。

“说，言茉呢？”

“痛……”言茉楚楚可怜地看着顾琰之，“你……你在说什么呀？”

顾琰之却没有心情和她兜圈子。

他一开始并未发现破绽，毕竟面前这个人和言茉长得一模一样，更何况多日未见的思念早就压过了一切，让他无暇去做太多的判断，直到这个人的手碰到了他。那一刻，一股前所未有的厌恶涌上心头。

他的身体比大脑更快地做出了判断。

为了不引起混乱，他没有选择在机场动手，而是一路强压着翻涌的情绪。

“说！你是什么人，为什么会变成她的样子？”

顾琰之几乎可以确定，这个人就是逃犯白子蔓，而她，极有可能也来自未来。但顾琰之却不能透露一分一毫，因为他多说一句，言茉就多一分危险。

他的手毫不留情地收紧，“言茉”顿时觉得脖子马上要被拧断一般。她的脸色渐渐泛青，双目如同死鱼眼一般凸出，她试图想要张嘴呼吸，但所有的空气都似被一把铡刀切断在胸腔之处，缺氧的窒息感让她整个人都快要晕厥过去了。

终于，她扛不住了。

“我……我说……”她艰难地吐出几个字。

下一刻，顾琰之就如同甩开垃圾一般，将她摔到泥地上。

白子蔓大口大口地呼吸。

曾经她眼里的顾琰之，虽然冰冷淡漠，却始终高贵有礼。但此时的顾琰之，却仿佛失去伴侣的野兽，下一秒，就会毫不留情地用利爪将她的血肉一块一块地撕扯下来。

白子蔓打了个冷战。

见自己已被识破，白子蔓索性打开天窗说亮话：“没错，言茉在我的手上。她的命在我手里，杀了我，或者把我送到警局，她就会死。”

“你以为我会信吗？”

顾琰之一点都不怜香惜玉，踩在那个女人的胸口。

不是言茉就不是言茉，哪怕和她一模一样，也不能激起他的半分怜惜，相反，看着这个人用着言茉的脸，他就觉得心头一阵怒火而起。若不是理智控制着身体，恐怕下一秒他就要踩碎那张脸庞。

“你不信？”白子蔓干咳了几声，冷笑着看着顾琰之，“你敢赌吗？”

藏在白手套下的手指止不住地一阵颤抖，一股冷意从脊背蜿蜒而上，刺骨冰寒。

没错，他不敢赌。

这个世界上，他天不怕地不怕，但自从爱上那个人，他却有了不堪一击的软肋。

白子蔓知道自己赢了。

顾琰之缓缓地收回脚，看着白子蔓狼狈地从地上爬了起来。

“你是怎么看出来的？”白子蔓到现在还是完全无法理解，为什么自己天衣无缝的伪装会瞬间被顾琰之看穿，到底是哪里出了问题？

顾琰之冷冷地盯着她，一字一句地道：“被她之外的人碰，我恶心。”

顾琰之本是好心地解释，白子蔓却觉得受到了巨大的侮辱。

她用怨毒的眼神看着顾琰之。这个男人，对她视若无睹，毁了她的计划，害得她成为逃犯，如今竟然还用这种话语羞辱她。既然如此，那就别怪她不客气了。

“顾总，你不是想见她吗？我会让你们见面的。但你必须先放我走，别跟踪我，否则，我就让你永远见不到她。”

顾琰之死死地盯着她，半晌之后，他缓缓后退了两步。

白子蔓狼狈地转身，身影很快消失在道路尽头。

言茉再次睁开眼时，眼前是一片阴暗。她感觉全身仿佛被车轮碾压过一般，无一处不酸痛。她努力睁大眼睛，勉强能看出这是一个废弃的厂房，而自己被绑在一根石柱子上。言茉奋力挣扎，但除了让自己更加痛苦之外，无济于事。

到底发生什么事了？

她记得自己上了出租车，司机似乎是一个男的，戴着鸭舌帽，看不清面容。她让司机往机场开去，但很快就发现事情不太对劲，车子经过的道路越开越荒凉，一点都不像去机场的道路。她立刻警觉地想要下车，但还未等她推开车门，就感觉一根冰凉的针头扎到了自己的脖颈之处，一股酸软的感觉席卷周身，她眼前便黑了。等到再次醒来时，她已经在这里了。

身上的手机早就不翼而飞，小O又被顾琰之带走了，她根本不知道现在是什么时间，更不知道自己身处在哪里。

到底是谁要绑架她？目的是什么？顾琰之会发现她失踪吗？

“救命！有没有人在？”

但空旷的空间里除了她自己喑哑的回声，没有其他声响。

难道是绑匪绑了她之后，打算将她活活饿死？

也不知过了多久，当她精疲力竭之时，门终于“吱呀”一声被推开了。一抹天光从门缝中照射进来，映照出一抹窈窕的身影。

“啪”的一声，灯光亮起，言茉眯着眼睛看着面前的人。

“白子蔓？”

一瞬间，所有的线索都联系在一起，有了合理的解释。看来她的猜测没有错，这个白子蔓可能就是时空偷渡者。之前的白微雨、白子蔓，之后的那个司机，都是她。她身上一定有像小O这样的仪器，能够改变容貌，这也是她能够从厕所里逃走的原因！

言茉突然想到宋廉的警告，没想到，竟然被他那张乌鸦嘴说中了。

“怎么样，我的礼物不错吧？”白子蔓晃了晃手中的东西，冷笑着看着她的腰侧。

言茉茫然地低下头，这才看到自己的身上还绑着一样东西。

看到那样东西，言茉只觉得全身的血液瞬间凝固，整个人仿佛坠入极地的冰窟之中。

那是一个爆炸装置，而引爆的定时器，正被白子蔓握在手中。

白子蔓走到言茉面前，半蹲下身子：“这是我亲手做的哦，虽然看起来不怎么好看，不过效果应该不错。”

“你到底想干什么？”

“想杀你啊！”白子蔓冷冷一笑。

要不是这个女人，她现在还是高高在上的白微雨，而不是被人追杀的逃犯；要不是这个女人，她又怎么会在顾琰之面前屡次碰壁，这对她而言简直是奇耻大辱！

没杀了言茉，只不过是想恶心恶心她，让她尝一尝喜欢的人和别人在一起的滋味，却没想到自己所向披靡的伪装竟然被顾琰之一秒撕破。

既然她得不到，那就让他们去死吧！

白子蔓怨毒地看着言茉：“好好享受这最后的时光吧！”

“对了，既然你醒来了，那我们就叫顾先生来吧！你说，他会不会来救你呢？”

言茉瞪大眼睛，一股冷意从脊背蔓延而上。

白子蔓拿出手机，拨通了顾琰之的电话，并按下了免提。

电话才响了一声就被接通。

“言茉在哪里？”

“看来顾总一直在等我的电话呀！她就在我身边呀！”

“你有什么条件，说。”

白子蔓突然问：“顾先生，你后悔了吗？你要是不喜欢她，她就不会死了。”

电话那头陷入了一阵短暂的沉默。

“我要是不喜欢她，我会死。”

白子蔓的脸色一僵，随即冷冷地笑了：“真是感人啊。既然这样，那你就过来吧！她在城西焦晃路的废弃工厂里等着你。”

言茉的心沉了下去。

陷阱，这是针对顾琰之的陷阱。只要他出现，白子蔓就会引爆炸弹！

“顾琰之，别来，你千万别来！”

言茉冲着电话那头声嘶力竭地吼着，然而电话已经被挂断。

言茉难以置信地看着白子蔓：“你不是喜欢他吗？”

“可是他不喜欢我啊！”白子蔓的眼神天真又残忍，“既然他不喜欢我，那还活着干什么呢？”

疯子，彻头彻尾的疯子！

不等言茉再说什么，白子蔓拿起一团布塞进了她的嘴里，然后扬长而去。

门“砰”的一声被关上。

黑暗中，所有的东西都被无限放大。

言茉从未觉得时间过得那样慢，每一次秒针的滴答，都仿佛一把钝刀，刺进她的心口。怎么办，怎么办？她必须要想办法，她不能连累顾琰之！

然而她已经有一天一夜滴水未进，身体没有一丝力气，根本没有办法逃离。

她只觉得自己的意识在混沌中痛苦沉浮。

也不知道过了多久，隐约听到一个声响，她吃力地抬起头，看到那扇门被人踹开，一个熟悉的高大身影冲了进来。

然而，这一次，言茉却前所未有地害怕看到他的出现。当那张十几个小时前还迫切想要看到的脸出现在自己眼前时，言茉脑海中只剩下无尽的惊惧。因为她看到，就在他进入仓库的一瞬间，定时器的液晶屏上，已经开始倒计时。

时间只有1分钟。

她拼命地挣扎着，死命地冲着顾琰之摇头。别进来，别进来，她在内心大喊，但是出口的，只有那模糊的“呜呜”声。

滚烫的泪水从她眼眶滚落，绝望的感觉充斥在心口。

顾琰之冲到言茉面前，一双眼睛布满血丝，他将她口中的布团抽出，她顿时歇斯底里地喊着：“你快走！有炸弹！”

但顾琰之根本没有理会，他紧抿着双唇，在言茉面前半跪下，沙哑着声音对她说：“有我在，不会有事的。”

顾琰之低着头开始尝试去解开锁住言茉的链子，但那些都是小指头粗细的铁链，若没有钥匙，一时半会根本不可能打开。就算打得开，她身上的炸弹也无法拆掉，定时器已经开始倒计时，就算拆弹专家在此，也束手无策。

豆大的泪珠涌出言茉的眼眶，她心口的慌乱与痛苦快要将她自己淹没了。

她不过是漫漫时光长河中的一朵浪花、茫茫宇宙中一粒微小的尘埃，如果她死了，根本不会有任何影响；但他不同。他明明还有那么长的时光可以挥霍，他还有那么多事情没有完成，怎么可以因为她的无意闯入，改变了他原有的人生轨迹？

“顾琰之，来不及的，求求你快走吧！你不能出事，否则一切都变了。”

顾琰之的手顿了顿，明明是生死悬于一线的瞬间，他却显得那么冷静，冷静到苍白的面容都有些凌厉。

他抬头看她：“你想让我走，就是因为害怕我死了，会改变历史？”

“别问那么多了，你快走吧！”

她一把鼻涕一把泪的样子显得十分可怜，但顾琰之却不为所动。

“回答我。”

时间一秒一秒地流逝，她仿佛看到死神的脚步在一步步接近。

“我都要死了，我还管他改不改变历史！当然是因为我喜欢你啊！”言茉又气又急，只觉得脑子一片空白，一些平时不敢说的话脱口而出，“我说我不希望你爱上我，是骗人的。再也没有人比我更想得到你的爱，再也没有人比我更爱你！所以，我想让你好好地活在这个世界上！请你好好地活在这个世界上！如果我死了，请你不要忘记我。”

顾琰之想到很久之前，他们刚认识不久时，她对他说：“我无以回报，不如以身相许吧？”在一起之后她说：“我不喜欢别人，我只喜欢你……”

也许她曾说过很多谎言、做过很多蠢事，但她说过的最真诚的话，就是喜欢他，做过的最聪明的事，就是爱上他。

言茉哭得上气不接下气，她觉得自己这辈子都没这么哭过。

液晶屏上的数字已经走到最后一圈。

“你到底走不走啊！你快走啊！”

顾琰之深深地凝视着她，等到她哭够了，这才慢慢地开口：“我怎么能走。看你爱我爱到这个分上，我只能陪你一起下黄泉了。”

“你怎么能这样……”

言茉望着面前的男人，彻底不知所措，豆大的泪珠滚滚而下。她不明白他在说什么，比死亡更让人绝望的是，面前这人会被自己拖累。

五、四、三……

死神的脚步一点点追近。

当液晶屏上的倒计时指向了零的那一刻，整个世界陷入了一片寂静。

但言茉预想的痛楚却没有降临。

她看到了什么？

她看到门被推开，有人走了进来，周寒彰、宋廉，还有肖子白……

她恍惚中听到有人抱怨：“这哪是救人啊，这分明是虐狗！我们单身狗容易吗？”

“老大，人已经抓到了，你就别再撒狗粮了！”

“就是，明明是一部警匪剧，活生生被演成了虐狗剧……”

言茉呆呆地站在原地，感觉有人解开了自己手脚的束缚，然后一双温热的手将她抱入了怀中，低沉的声音在她的耳边一遍一遍地响起：“没事了，你别怕。”

言茉愣愣地低下头，就发现腰上液晶屏的数字，停在了00:00处，但引爆装置却依旧完好无损。而连接雷管的电源线，不知道在什么时候已经被齐齐剪断。

言茉看到身后或羡慕或无语的目光，理智渐渐回归。

所以顾琰之早就在她不知道的时候把这个装置给破坏了，却没告诉她？想到自己之前大哭大叫的时候都说了什么后，言茉脸色一阵青，一阵白。

“顾琰之！”

言茉怒从心头起，猛地推开顾琰之，给了他狠狠一拳，愤怒之下却没有发现他微微惨白的面色。

昨日，白子蔓堂而皇之地离开之后，顾琰之虽然没有跟上去，却立刻拿出了随身带着的小O，命令它立刻连上路口的监控，跟踪白子蔓的行踪，最后找到了白子蔓的藏身之地，同时也发现了被关在仓库中昏迷不醒的言茉。

看到言茉身上绑着炸弹的那一刻，顾琰之恨不得立刻冲入仓库中把人带走，但理智告诉他不能这么做。控制炸药的按钮一定在白子蔓手中，一旦他暴露，白子蔓一定会不顾一切按下引爆装置。

他不能赌，每一步都要万分小心。

好在还有小O在手。他让小O潜入了仓库之中，在他的指导下，终于剪断了那排炸药的电源线。而不久之后，他就接到了白子蔓的电话，让他去见言茉。

他深知，只要他前去赴约，就一定处于白子蔓的监视之下，一旦白子蔓发现有危险端倪，就会立刻换一副容貌逃走。

因此他不仅要将言茉完好无缺地救出来，还必须保证白子蔓被警方顺利抓住。只有这样，言茉才算真正安全。

于是在赴约之前，他拨通了周寒彰的电话："白子蔓绑架了我的未婚妻，我需要你们的配合。"

走出待了一天一夜的仓库，言茉一时有种若如隔世的感觉。

远处，警方正在做善后工作，宋廉走到言茉身边，叮嘱他们一会儿要去做个笔录。

这时远远地看到两名刑警将一个人押了过来，正是刚被警方抓获的白子蔓。

看到完好无缺的言茉与顾琰之时，白子蔓疯狂地挣扎起来，为什么她的炸药没有爆炸，为什么顾琰之和言茉还好好地活着，为什么她会被抓？但顾琰之连一眼都懒得赏给她，紧握着言茉的手，扶着言茉往车那头走去。

"顾总！"白子蔓突然冲着顾琰之的背影疯狂地大叫，"你们以为我只在她身上安了炸弹吗？你以为我就没有后手吗！"

她的话语终于成功地让顾琰之停下了脚步。

他猛地转身，冷冷地凝视着那个疯狂的女人。

"你想知道我的后手是什么吗？你走过来，我就告诉你。"

白日的光线有些刺眼，言茉看到她的嘴角微微勾起，露出了一抹诡异的笑容。

一股不祥的预感突然涌上言茉心头。

一阵山风吹过，扬起白子蔓的衣摆，她的腰部有一团黑乎乎的东西露了出来。

"小心啊！"

一切都发生在一瞬间。

只见言茉突然以前所未有的速度扑到顾琰之的身上，紧接着震耳欲聋的爆炸声伴随着刺眼的火光冲天而起。

前一刻她还在获救的天堂中行走，下一刻，整个世界，就彻底跌入地狱。

言茉从一个漫长又痛苦的梦境中醒来。她睁开眼，眼前是灰白色的天花板。那一场爆炸仿佛刚刚发生。

言茉从床上挣扎着爬起来，腿一软，整个人狼狈地滚下床。

似乎听到屋内的声响，门猛地打开，戈烟急急忙忙地冲进来。

“戈烟，怎么是你？顾琰之，顾琰之呢？”

“他去医院做检查了。”

“他怎么了？我不是护住他了吗？”

“你以为你自己是盾牌吗，能护得住别人？！你昏迷整整两个星期了知不知道？”

言茉这才知道，因为白子蔓自爆，一名押解白子蔓的刑警当场殉职，而在场的其他人也受了伤，其中，伤势最严重的莫过于离白子蔓最近的言茉与顾琰之。言茉背部被炸，身体多处受伤，昏迷了整整半个月。顾琰之则是因为在爆炸发生之前，他的身上就带着很严重的伤势，炸弹爆炸的威力除了给他的内脏造成了损害，还震开了他的旧伤，伤上加伤，造成了大出血，导致昏迷，在抢救室里整整抢救了三个小时，才捡回了一条命。

至于那个自爆的白子蔓，她真名叫莫雨洁，是一个时空偷渡客，她因为在未来杀了人被通缉，几年前混到时空旅行团中逃到这里，一直在寻找合适的身份来掩盖自己。直到那一次碰巧遇到白家姐妹的车祸，于是她就偷梁换柱，顶替了白子蔓的身份。后来，她发现白子蔓在白家并没有任何实权，她渴望权势，于是就干脆又变成了白微雨。她跨越了几百年的时光，机关算尽，最后却死在了自己手中。

顾琰之收到言茉醒来的消息后，迅速地赶了回来。

戈烟识趣地离开，将空间留给这两个差点阴阳相隔的恋人。

门关上，偌大的卧室中只剩下两人。顾琰之冷着脸站在床前，他的面孔带着大病初愈后的苍白，但目光却显得凌厉如常，一动不动地盯着床上的人。

言茉被他看得又是担忧又是害怕。

难道不应该是劫后重逢、抱头痛哭的情景模式吗，为什么顾琰之看着她的样子这么凶呢？她又做错什么了吗？

好半晌，言茉实在忍受不了这种可怕的沉默，小心翼翼地打破了僵局：“顾琰之，你……伤好了吗？你没事吧？”

不说还好，一说，顾琰之心头的愤怒与后怕顿时被点燃了。

“你还是先顾好你自己！”

他永远都记得在爆炸发生的那一刻，她扑到他身上，试图用小小的瘦弱的身体，为他遮挡住那漫天的硝烟时，他心底涌现的绝望；他也永远会记得，当他从病床上醒来，得知她还在重症监护室昏迷不醒时，他心里承受的煎熬。

想到这段时间发生的事情，顾琰之整个人都暴躁了起来：“你是不知道自己的体质吗？！那个时候你扑上来逞什么英雄？”

原来他是在气这个啊……

言茉顿时松了口气，然后从被子里伸出手，扯了扯他的手。

“可我也想保护你啊。”她认真地说，眼里仿佛盛满了璀璨的星光，“我也不希望你受到任何伤害。”

也许在一段关系中有强有弱，但爱一个人，想为他生为他死的心，却是相同的。即便她弱小如苜蓿，也希望能伸出小小的叶片，为对方挡住哪怕一丝一毫的风雨。

面对她认真又执着的眼神，无数数落的话语都哽在顾琰之喉口，一句也说不出来。

许久许久，他终于挫败地弯下腰，将床上的人紧紧地抱在了怀中。他突然明白，爱一个人，不仅仅要学会去当一名强者，同样也要去适应当一名弱者。因为如果不爱彼此，没有人想要永远付出，而如果爱着彼此，没有人想要永远被保护。

初夏的蝉鸣声渐渐远去。

微风带着湖水湿润的气息扑面而来。

他们在温柔的晨光中紧紧相拥。

许久许久之后，言茉靠在他怀里，软软地示弱：“我下次不会再让你担心了。”

“谁担心了。”

“嗯，你不担心，你只是害怕。”

房间内陷入一片寂静，静得只有两人的心跳声绵绵交织。

就在言茉以为他又要口是心非地否认时，却听到他低哑的声音轻轻传来，他说：“你知道就好。”

“不过，的确是没有下次了。”

不等言茉反应过来，顾琰之已经直起了身子。在言茉疑惑的目光中，他打开床头的抽屉，从中掏出一个盒子，放到了她面前。

“这是什么？”

“生日礼物。”

言茉愣住，看了看床头的日历，这才意识到，前几天是自己的生日。事实上，成年之后，她就没有了过生日的习惯，却没想到，连她自己都不记得的事情，却有人放在心上。

一刹那，言茉的一颗心仿佛被泡到了暮春四月的温泉，“咕噜咕噜”地冒起了小泡泡，连带着身上的伤都不那么痛了。

言茉连忙挣扎着爬起来：“是什么呀？不会是巧克力吧？”

“你脑子里除了吃还有什么？”

“还有你啊！”

脱口而出的告白让两人俱是一愣，脸色泛红。

顾琰之轻咳了一声：“打开看看。”

如果说言茉收到礼物时是惊喜，那么等到拆开包装，看到里面是什么的时候，就是彻底的震惊。

这是……

小小的盒子里，摆着除了顾琰之之外剩下五个目标人物的基因！

言茉突然明白了什么，所以说，前段时间顾琰之的消失，他就是为了替她去搜集基因？

“你身上的伤，就是取基因的时候弄的吗？”

顾琰之觉得将自己去找礼物结果却受伤了这件事说出来，非常有损自己高大威严的形象，于是立刻严肃地予以否认。

“路上的意外而已。”

“真的？”

当然是假的。

顾琰之从戈烟那得知，他们无法从这个时空里带走除了基因之外任何实物性的东西之后，他就计划着去将剩下的基因取回，作为言茉的生日礼物。他接到周寒彰的电话时，正在准备取最后一个目标人物的基因。

得知白子蔓越狱后，他赶着回来见言茉，便没按原计划行事，而是冒险提前行动，结果行动仓促，他受了枪伤。他为了尽快赶回去，没有住院，只是做了简单的处理，然后不顾医生的反对，上了飞机。结果一下飞机，他又遇到了言茉被绑架的事情。为了救她，顾琰之一天一夜没合眼，最后导致伤上加伤。

不过这些根本没必要让她知道。

被糊弄过去的言茉兴高采烈地收起盒子。她抬头，却看到顾琰之皱着眉，脸上却没什么高兴的表情。

“你还在为刚才那件事生气吗？”

“我是那么小气的人吗？”

当然是！

不过，言茉可不敢把自己内心的独白说出口。

“那你干吗看起来不高兴？”

顾琰之抿着嘴不说话。言茉软磨硬泡，缠了好半天，他才不高兴地憋出一句话：“一点都不浪漫。”

顾Boss的完美主义在此时发挥得淋漓尽致。

为了这一次生日，他计划了很多，几乎动用了全身的浪漫细胞。亲手做的生日蛋糕与烛光晚餐，放一场有史以来最盛大的烟火，然后在漫天烟火中送上自己的礼物，这个女人一定会被感动得痛哭流涕，然后投怀送抱，然后……咯咯，不可言说。

结果呢？一场意外直接把他所有的计划通通毁了。想到这里，顾琰之心头一阵火大，恨不得把罪魁祸首拉出来鞭尸一番。

得知顾琰之心里的想法，言茉简直啼笑皆非。

她突然上前一步，仰起头，双手勾住他的脖子。

“怎么会？”

她亮晶晶的眸子望向他，轻声对他说：“很浪漫，因为有你在啊。”

和你的相遇就是我人生中最美的浪漫。

悠长的蝉鸣声送走了晚春的最后一点落红，炎热的盛夏终于来临。顾琰之与言茉的伤势也终于好了。

而他们的分别也开始进入了倒计时。

病好后的一个晴朗的周末，顾琰之带着言茉驱车去了一趟远郊的山上。

一个多小时后，城市的繁华被远远地甩在后头，鲜嫩的绿意开始填充在视野当中。道路两旁老树参天，枝丫繁茂，夏季的炎热在这里似乎都退避三舍。

"我们要去哪里？"

"到了就知道了。"

车子沿着蜿蜒的公路而上，看着周围的景致，言茉心里渐渐有了一个猜想。

果然，当车子穿过庄严肃穆的大门，在空旷的露天停车场停下，放眼望去，远处，在成排的常青树的掩映之下，一列列墓碑树立在其间。

下了车，顾琰之牵着言茉的手，沿着幽静的小路慢慢往前走，直到走到一块视野最好的地方，停下脚步。

面前的墓碑之上，印着一男一女两张照片，照片上，女子三十来岁，笑容温柔动人，而男子五官冷峻，表情严肃，看到他，仿佛看到二十年后的顾琰之。

不用问，言茉也知道安息在面前的是什么人。

言茉有些无措地看着身边那个面无表情的男人："你怎么不提前告诉我，我至少应该买一束花吧。"不管是在这个时代还是她那个时代，来到这里，怎么能空手呢。更何况，这是他的父母。

却不料顾琰之淡淡地摇摇头："不用，看一看就行。"

他没有像电视剧里演的那样，对着墓碑介绍言茉的身份，更没有对着她言茉长篇大论地介绍这墓碑上的两人，而是淡淡地说了一句："这是我父母。"然后站了几分钟，便牵着她的手往山下走去，仿佛真的只是带她来"看一看"而已。

回去的路上，言茉才回过神来，不解地问他："你到底带我来这里干什么？"

顾琰之回答得简洁："见父母。"

顾琰之并不相信什么泉下有知、在天之灵之类的鬼话，于他而言，人死不过一捧黄土。但他决定要相伴一生的，还是要带给长辈看一看的。不是为了让死去的人给予庇佑，而是让活着的人感到心安。

这仿佛是一个神圣的仪式，哪怕他觉得万分无聊，也要一丝不苟地完成。

在她要离开的倒数第七十二天时，戈烟同她暂时告别，去了美国取智脑。而顾琰之则给自己放了一个长假，带着言茉开始了一场说走就走的旅行。

他们去了北海道看了盛开的花海，去了马尔代夫潜水看斑斓的鱼群……他们去了澳大利亚的一处热带雨林，住在山中的旅馆，抬头，透过玻璃做成的屋顶仰望着蓝天与星空。那一天，两个人哪里都没去，躺在旅馆里一待就是一天。夜晚，她执意不肯睡去，因为闭上眼睛，就意味着未来又少了一天。

他们还去了最接近南极的小镇看极光，但等了两天都没有等到想看的美景。她听到同行的男子似乎为了赶时间，半哄半骗地劝他女友回家，他说：“反正我们还有一辈子的时间，下回来也行。”

最后那个女孩还是被说服了，离开之前，约定明年的夏天再来这里。

看着那对小情侣相携离开的背影，言茉的心里猛然涌上一阵痛楚。

一直逃避的问题再一次被赤裸裸地摆到了面前。

顾琰之走到她身边，轻轻抱住她，对她说：“我们也有一辈子。”

言茉将脸埋在他的怀里，隐去了自己难过的神情。

是啊，他们是有一辈子。

但别人的一辈子有五十年、八十年；而他们的一辈子，只剩下最后几十天。

在要离开的倒数第五十四天，顾琰之向她求了婚。

当然，说是求婚，其实根本没有给她推拒的余地。

那一天，他们正在国外的一个沿海小镇游玩。当天晚上，也不知道是哪个富豪砸了巨资举办了今年最大的一场烟火表演。她和顾琰之站在视野最好的山头观景，就在她还沉浸在那绚烂的美景中时，感觉自己的手被举起，一个冰凉的物体套入了她的中指上。

那是一个不知道用什么材质做成的戒指，非常朴素，戒指上镶嵌着一颗东西，里面似有液体流动。

这是……

这是她从一开始就心心念念想要拿到的基因，顾琰之的基因。

言茉怔怔地抬头，看到他深邃的眼底浮光涌动，仿佛天上的星子落入静湖，又仿佛天边的一抹月光染上深海。

他说：“拿到它之后，你就是我的了。”

“不对。”他顿了顿，又道，“你早就是我的了。”

对，我早就是你的了。

无论我们还能在一起多久，哪怕只有一天、一小时、一分钟，我都将永远是你的。

夜晚的天空，一朵朵烟火炸裂，火光映照出了彼此的容颜。

在她眼中，漫天烟火，浩渺星河，再绚烂多彩的美景，却都比不上眼前的这位。遇到他，就是遇到了人生最美的风景。从此山河失色、天光暗淡，他成了这世间唯一绚烂的色泽。

她想，无论时光如何流逝，无论空间如何转换，无论生老病死，无论喜怒哀乐，她都会永远记得这个场景、永远记得这个人，终此一生，都活在对他的记忆中，直到死去。

在倒计时四十八天的时候，他们结束了旅行，因为顾琰之接到了一个电话，说他临时有事需要离开。

“非去不可吗？”

“非去不可。”

“那我可以和你一起去吗？”

“你回家等我。”

两人不得不在机场分别。言茉望着他的背影走入安检口，不知道为何，一股滔天的恐惧突然摄住胸口。

她突然冲上前，一把拽住了他的手臂。

“顾琰之，你要早点回来……我剩下的时间不多了。”

顾琰之将她拥入怀中，在她额上落下一个轻吻。

“我知道。”他深深地凝视着她，“等我回来，不管阻挡在我们之间的是什么，我都会为你跨过。”

在机场中，到处都是分别的人群，他们只是其中一对，并不特别。而这一次离开，仿佛是一场普普通通的分别，仿佛口中说着再见，就真的能再次相见。

然而他们都没想到的是，这一别，最终却成了永别。

一切来得这么突然，没有丝毫征兆。

当她独自一人回到湖边别墅时，早就有人在那里等着她。

看到那人，明明已经是炎夏，言茉却如坠冰窟，全身骤然发抖。

“言茉，你因严重违反时空管理条例，并在白微雨一案中间接导致一名无辜者死亡，请你立刻回去，接受调查。”

言茉下意识地想要逃跑，但脚步还未迈出，就已经收了回来。因为她知道，自己根本跑不了。

“可是我还有四十九天的时间。”

“的确，但为了避免造成更大的损失与混乱，上级要求你必须提前回去。你的时空舱我们已经帮你带来了，走吧。”

“不行，我不能这么走。”

她答应过顾琰之，绝不会再不告而别。

“言小姐，请不要做无谓的抵抗，我们已经拿到权限，有权在任何时刻启动你的大脑炸弹。”

“可不可以再给我一点时间。求求你，我只要一点时间，之后你们要我做什么，我都完全配合。”

对方犹豫了几秒钟，叹了一口气：“三分钟。”

分秒必争的四十多天，如今却只剩下三分钟。言茉站在客厅里，觉得茫然无措。

她哆哆嗦嗦地拿出手机，拨通了那个熟悉的号码。

但电话那头只传来了机械的女声。

那一瞬间，巨大的绝望摄住了她的心脏，让她僵硬地立在了当场，一句话都说不出来。

言茉想象过很多种他们分别的情形。她可能会整夜整夜失眠，可能会在走之前号啕大哭，可能会死死地抱着他不放……但无论如何痛苦、如何绝望、如何不舍，一定是两个人一起面对。她会好好地同他告别，好好地为这一段像梦境一般美好的旅程写下最终章。

但是她从未想过一切会是这样，仓促潦草地画下句号。

电话那头，终于转到了语音信箱。

言茉捧着手机，千言万语，汇聚在口中，却只剩下那样简单的一句话：“顾琰之，我走了，你要好好的。”

好好地恋爱，好好地生活，好好地过完这一生。

“不管怎么样，请你记得我，请你别忘了我。”

她说着，一直故作坚强的心仿佛被撕裂了一个小小的口子，那些一直藏在里头横冲直撞的情绪终于争先恐后，蜂拥而出。

言茉握着手机，突然蹲下身子，泣不成声。

“对不起，我没有办法当面和你告别。

“对不起，我还有好多话没对你说。

“对不起，我想和你一辈子，但我们只能等到下辈子……”

偌大的别墅中，传来她撕心裂肺的哭声。午后的风呼啸而过，带着她的悲伤飘了很远很远……

言茉不知道自己是怎么被推进时空舱的，她看到偌大的别墅沐浴在绯色的残阳中，她看到波光粼粼的湖面反射着点点碎芒，她看到门口的含笑花迎风摇曳……然而这一切，这所有熟悉的画面，过了这一秒，都将与她无关。

他将在这个时空里娶妻生子，过完他璀璨完美的一生，而她则要在自己的世界里踽踽独行，独自一人走完剩下的旅程。

从此之后，漫漫宇宙，浩瀚时空，她与他将会变成两条永远无法相交的平行线。无论她多么痛苦，如何想念，他都不可能再出现在自己面前。

顾琰之，永别了。

尾声

ENDING

言莱被提前带回了二十六世纪，接受了审判。

尽管她完成了任务，取回了全部基因，但由于触犯了时空管理的多项条例，并且在白微雨一案中间接破坏了历史进程，导致了一连串的麻烦，被判了五年监禁。

她平静地接受了这个并不公平的结果，连家和研究所都没回，就被送到了看守所中。

她是一个安静到不能再安静的犯人，从不哭闹，从不抱怨。大部分时间，她都待在小房间内，望着那小小的窗子，思绪不知道飘到了哪里。

看守所里的生活很辛苦，但也很平静，一起关押的几个“室友”都不是什么坏人，大家相处得还算和睦。

有人不知从哪里听说了她曾经参加过时空旅行的事情，纷纷来向她打听那段旅程的情形。

她心情好时会和他们聊起自己在那里的见闻，告诉他们那里美食如云，价格低廉；告诉他们那里科技落后，但环境优美，自然风光无数；告诉他们那里很多很多美好的小事……说着说着，她有时候会情不自禁地露出温暖而幸福的笑容；但有时候说着说着，却又泪流满面。

唯一幸运的事情，似乎就是她并未被关满五年。

两个多月之后，她突然接到通知，说她被无罪释放了。

言茉茫然地走出看守所的大门，当耀眼的天光刺痛了眼底时，她才意识到自己已经摆脱了囚笼。

这天，戈烟来接她。

在看到戈烟的那一刻，她沉沉的眼底才像黑暗中点亮了一盏烛火，终于有了一丝神采。

“我知道你要问什么。”戈烟敲了敲窗子，说，“我收到你临走前发给我的信息之后，就一直试图联系顾琰之，想帮你解释你匆忙离开的原因，但是直到我走的那一天，我都没有见到他。”

言茉的双唇抖了抖，眼里全是茫然。

“你没事吧？”戈烟有些担心她，“不过你放心，他不会出事的。如果他出事，你现在应该不是被无罪释放，而是被判无期徒刑。”

言茉愣了许久之后，才缓缓地摇摇头。

这世界上最绝望的两件事，生离与死别，她都曾经历过。她觉得自己从此之后，应该已经无懈可击。

“接下来你有什么打算？”戈烟问，“要不要我帮你联系一份工作？”

言茉摇头：“我想先休息一阵。这次的事情，又欠了你一个人情。”

“虽然呢，我是很想收下这个人情，不过，最大的功劳不在我。”

言茉面露不解。

“你被判五年，最重要是因为白微雨那个案件中，有一名警察因为白子蔓的自杀牵连而死亡，但那件事的责任根本不在于你，你也是受害者。我帮你请了律师，重新上诉，想要给你减刑，一开始一切都不顺利，我才知道，你恐怕是替人背锅了，后来我都快绝望了，结果就在前几天，不知道怎么的，突然就峰回路转，将你改判了无罪。”

戈烟转头看她：“我托人去打听了下，才知道是上头有人帮你斡旋。你知道这个人是谁吗？”

言茉一脸茫然，她一个孤儿院出身的人，哪里认得什么上头的人，要是认得，她还会进监狱吗?

戈烟确定言茉不知道之后，说出了一个名字：“是路非砚。”

"路医生？"

"你与他有什么交集吗？"

言茉诧异地摇摇头，看她那个表情，戈烟也知道她并不知情。

"那就奇怪了。他为什么会对你出手相助？而且更奇怪的是，我听说他从时空舱里出来时，人还是昏迷着的，也不知道在回来前发生了什么事情。他在医院治疗了两个多月，前段时间才醒来。"戈烟顿了顿，突然道，"这么算来，他可是一醒来就来帮你的忙了，你得赶紧去谢谢人家。"

言茉点点头："我会去的。"

不过不是现在。

现在她还有更重要的事情要做。

戈烟开车送言茉回家。言茉在拒绝了戈烟要留下来陪她的举动后，一个人拎着小小的行李袋回到了自己家中。

说是家，其实不过是一间租来的小小公寓。如今地球上适宜居住的地方越来越少，那些少数的地方，房价自然水涨船高，买房依旧是困扰着人们的最大难题，无论是五百年前，还是五百年后。

她推门进屋，离开一年多，里面已经堆满了厚厚的灰尘。站在狭小的房屋中央，看着这本应该是最熟悉的地方，她却平白无故地生出了一股荒诞而茫然的感觉。

不过短短的一年时间，她就觉得自己并不属于这个时空，但也不属于那个世界。

原来失去喜欢的那个人，就会失去归属，像一颗小小的尘埃飘浮在茫茫宇宙，没有一个落脚的归宿。

这大概，就是没有家的感觉吧。

言茉打开了行李袋，拿出了小O。小O从沉睡中醒来，看到言茉后，"嗷呜"一声，扑到了她的怀中："主人主人！你终于回来了！我好想你！"

言茉将它紧紧地抱入了怀里，一时间百感交集："以后，就只剩下我们俩了。"

从此之后，她要适应一个人生活。

从此之后，余生她都要在回忆中度过。

回到家后，她洗了个澡，换上一身干净的衣服，将自己整理得干干净净之后，就又出了门，去了一个她这几个月以来心心念念想要去的地方。

时光变迁，沧海桑田，曾经偏僻荒凉的郊区历经五百年的时光，已经被改造成了繁华的旅游景点，原本孤零零的湖边别墅也被一片仿古的建筑众星拱月地围绕着。

言茉沿着湖边的小路往前走，木栈道早就被时光腐蚀，换上了更加坚固的材料，走在上面悄无声息。远处的湖面虽然依旧波光盈盈，却没有了翩跹的白鹭与跳跃的鱼儿。而庭院里原本繁茂的花木，即便有人精心呵护着，但历经漫长时光的变迁，凋零的凋零、衰败的衰败，再也没有当年的郁郁葱葱。

言茉站在灰蒙蒙的光线里，一时间心潮澎湃。不久之前，她还在这里与他吃着甜品晒着太阳，一切还恍若昨日，实际却已回首百年。

他们的家，成了故居；而她的恋人，成了故人。

就在言茉恍神之际，庭院外突然传来一片嘈杂声，一群朝气蓬勃的少男少女涌了进来，看样子应该是周边学校的学生来这里组团参观。言茉牵了牵嘴角，跟着大家一起走进了这个她无比熟悉又无比陌生的地方。

客厅里的摆设有些许变化，外面留出一条长长的过道，里面的一侧都被圈了起来，展示着别墅主人曾经用过的物件。

餐桌、抱枕、壁灯、沙发……

恍惚间，时空似乎穿越回五百年前。

她还记得，第一次赖进他这里时，她就是在这张餐桌上吃了他做的一道没放调料的土豆丝。那时候她还是个来者不拒的未来人，不知道从什么时候开始，就被惯出了挑食的毛病。

她还记得这几个抱枕是他们一起挑的，当时她选中的花纹被他嘲笑太过幼稚，最后买回家时却恰恰是她喜欢的幼稚款式。他总是嘴硬心软，每每鄙视她的品位，最后却总是妥协退让。

她还记得，天气好的时候，他们俩就肩并肩坐在这张沙发上一起看书。每一次她总是心不在焉，看着看着，就会被身边那个人的美色吸引，然后吸引着吸引着，就滚到了他怀里……

那些点点滴滴的画面，这些一起触摸过的物件，她全部都记得。可是，为什么一切都还在，而陪伴在她身边的那个人，说好要一辈子的那个人，却不在了呢？

言茉随着人群慢吞吞地往前走。

在经过长廊之时，她突然停下了脚步。

客厅的另一面墙上，放着一个全息投影，投影上正在播放着顾琰之的生平事迹。

在三十岁之前，关于顾琰之的消息寥寥无几，在他三十岁之后，他出现在媒体前的频率却渐渐变高。他参加新闻发布会，他成立了新公司，他接受了媒体的采访，他说他很爱自己的未婚妻，还有……他举办了一场盛大华美的婚礼。

而此时，那个全息投影上，播放的正是曾经的婚礼片段。

她看到在那影像资料里，他挽着新娘的手走上长长的红毯，在漫天飞舞的花瓣中，他往日高冷的面容上带着温柔缱绻的笑容。他对她说着“一生一世只爱你一人”的誓词，他和她交换戒指，他们在宾客面前深情拥吻，吻了整整三分钟。

任谁都能看出，他爱惨了他的新娘，他的眼中有着倾尽一生也只能燃烧一次的爱恋。

四周传来了此起彼伏的惊叹艳羡声，但现场却没有人知道，这个人也曾对另一个人求过婚，也曾对另一个人许下白首之约，也曾为了那个人奋不顾身……然而，一切都随着时光消逝，成了只有她一个人才记得的诺言。

“姐姐，你怎么哭了？”

突然，身边传来一个小女孩的声音。

言茉茫然地回过头，谁哭了？她伸手抚上自己的面容，却摸到一手的湿润。

言茉扯出一个比哭还难看的笑容：“没事，我只是……”

只是什么？

她撒过那么多谎，此时却连一句假话都编造不出。这一刻，她才前所未有地感觉到，他只是活在历史里的人物，此去经年，她只能依靠点滴的回忆，度过余生。

她的身子沿着墙壁缓缓滑落，蜷缩在冰冷的地面上，像个小孩一般号啕大哭。

来来往往的游客都被吓到了。他们从未看到有一个人这么哭过，那是一种从骨子里透出的伤心，她的肩膀剧烈颤抖着，整个人仿佛被绝望吞噬。

有人过来询问她发生了什么事，也有人安慰她，还有很多人，用奇怪的眼神看着她，议论她。却没有人知道，她曾经经历过什么。

渐渐地，身边的人来了又走，聚了又散。

她不知道自己哭了多久，游客都已经走光，空荡荡的客厅里只剩下她一个人。

窗外的天光已然暗淡，黄昏的别墅里静悄悄的，只有她哭到打嗝的声响。

突然，有一阵沉稳的脚步声传来。

一个人在她面前站定，手伸了过来，将一张白色的纸巾递到她的面前。

那是一双非常好看的手，骨节分明，指尖圆润。

天地很安静，静得仿佛时光倒流，回溯到二十一世纪的某一天，也是这样宁静的盛夏，也是这样霞色漫天的黄昏，空气里飘着含笑花甜甜的香气。他拿着一碗刚做好的甜品，走到她面前，递给她，说："茉茉。"

"茉茉。"

低沉的声音从头顶传来。

一刹那，两个时空仿佛在眼前重叠了起来。

言茉的身子剧烈一颤，猛地抬起头。

然而在看到面前之人后，仿佛一个巨大的气泡，"啪"的一声，被戳破了。

好半晌，言茉才勉强扯出一个难看至极的笑容："路医生，你怎么在这里？"

路非砚静静地站在残阳的余晖里。

他说："因为你在这里。"

不知道为什么，刚才在那么多陌生人面前都哭得肆无忌惮的言茉，这一刻觉得有些不自在，她无措地从地上爬了起来。

"路医生，你来找我做什么？"她的声音还带着痛哭过后的沙哑，鼻头红通通的，整个人看起来可怜极了。

"我帮了你那么大的忙，你难道不打算谢谢我？"

这挟恩图报的语气为什么听起来如此熟悉……

言茉连忙解释道："对不起，我是想晚一些再去……你为什么会帮我？"

言茉突然想到了某种可能，猛地瞪大了眼睛："是不是顾琰之对你说过什么？我走了之后，他找过你吗？他……他生气了吗，为我的不告而别？"

路非砚没有回答，而是缓缓转身，慢慢地打量着这个空荡荡的地方。尽管有人精心打理，时光的痕迹依旧斑驳地刻在每一个角落，从骨子里透露出久远的气息。

路非砚低声反问："这套别墅，他只住到三十岁，你知道为什么吗？"

言茉惊疑不定地望着面前这个人，不知道他到底是什么意思。

漫天霞光中，他转过头，深深地凝视着她。

他说："因为他有病，而唯一的解药，在这里。"

那一个眼神，像定身术一般将言茉定在了原地，一种疯狂的念头涌上心头。他不是路非砚！

路非砚不会有这样的眼神，不会有这样凌厉的气势，不会有这样熟悉的表情……

她觉得自己是不是已经疯了，为什么看到这个男人，就会从他身上看到那个人的影子？

“我的解药不告而别，我只好亲自来找。”低醇而沙哑的声音乘着窗外的晚风，飘入耳中，“茉茉，加上这一次，那么多次的救命之恩，仅仅一次以身相许是还不完的。”

“你……”言茉身体剧烈颤抖，眼前一片模糊。

“还没认出我来吗，笨蛋？”

她难以置信地捂住嘴，再也忍不住，眼泪疯狂地夺眶而出。

“你别骗我，不然我会崩溃的，真的……”

他皱着眉，无奈又心疼地看着面前的女人，最终像妥协一般叹了口气，缓缓上前，像越过了千山万水，一把将她拥入怀中。

她趴在他的肩头，双唇抖了抖，那样艰难，那样郑重地吐出三个字：“顾琰之……”

“嗯。”

一个简简单单的回应，仿佛瞬间打开了某一扇尘封的门，她“哇”的一声，趴在他肩头失声痛哭。

“再哭就丑了。”

“丑你也不能嫌弃。”

“嗯，不嫌弃，都娶回家了，不敢嫌弃。”

时光仿佛在这一刻凝固，时空仿佛在这一刻交叠。这里依旧是二十一世纪的那个黄昏，那个傍晚，那个湖边的家中，他们从未分开，从未别离。

“我说过，不管阻挡在我们之间的是什么，我都会为你跨过。”

跨越浩瀚无垠的星海，跨过五百年漫长的光阴，跨过时光的荆棘与洪流，只为了拥抱来自未来的你。

【正文完】

番外1

EXTRA 1

真 相

顾琰之从不是一个听凭命运安排的人，从小到大，他几乎没有想要的东西，但一旦想要，就绝不会轻易放弃，更不会坐以待毙。

因此，自从得知言莱来自未来后，他就一直试图寻找不和言莱分开的方法。

但是这一切并不简单。

为了防止特工不按时回到未来，时空管理局的人在每一个特工的大脑中埋下了基因炸弹，一旦有人违抗命令企图留下，就会立刻引爆，一秒钟内导致大脑死亡。而为了防止有人冒用特工身份去到未来，他们则在所有的时空舱内录入了相应特工的基因密码，如果并非该基因的主人启动时空舱，时空舱便会立刻自爆。

无论是将言莱留在这个时空，还是陪同言莱去到她的那个时空，都几乎是不可能的事情。

直到他遇到了路非砚，终于让他找到了一线生机——

路非砚想要留下，而他想要离开。

他们一拍即合，提出了一个铤而走险的方法：交换大脑，互换身份。只有这样，顾琰之才能顺利地瞒过时空舱的基因检测，以路非砚的身体去到未来，去他想要去到的那个人身边。而路非砚则可以用顾琰之的身体留在这个时空，留在他想要陪伴的人身旁。

但是，即便在未来，大脑移植，也存在一定的风险，更何况是在医疗设备完全不完善的二十一世纪。即便有他这么一个天才脑科专家的存在，成功的概率也不过只有百分之五十。

“顾总，你真的考虑清楚了吗？”

在手术前，路非砚最后一次询问顾琰之：“要知道，这不仅意味着有一半的风险，我们都会完蛋，还意味着无论结果如何，你都要放弃这里的一切，放弃你的家人、你的朋友、你的事业，还有你熟悉的世界。”

但顾琰之的回答只有一句话。

他说：“对我来说，她就是全世界。”

很久很久之后，言茉才知道顾琰之最后一次离开，就是去同路非砚完成这一场交换大脑的冒险。由于当时的设备不够齐全，手术中出现了一些小小的意外，大脑与身体出现了排异反应。他在昏迷之中被推入了时空舱，来到二十六世纪后，整整昏睡了两个多月……

这个高傲而冷漠的男人，放弃了他一生的事业，抛下了他熟悉的世界，冒着巨大的生命危险，只为了跨过漫长的时光，来到她身边。

番外 2

EXTRA 2

谈判

杨文宇这段时间过得非常惬意。

作为归零计划的发起人，他的使命就是监督包括路非砚在内的十名特工，保证他们顺利完成任务，回到二十六世纪。虽然这一年中出现了不少状况，但都勉强解决了。再过不到两个月，他便可以收拾收拾，回去复命了。

结果，就在这个时间，一位意外的访客打破了他惬意的生活。

素雅的包厢内，茶香氤氲。

杨文宇望着坐在对面的顾琰之。

作为言茉他们十名特工的上级，杨文宇自然是知道顾琰之的存在的。他很好奇，顾琰之通过路非砚的关系找到自己是要做什么？替言茉求情？或是想让言茉留在这个时空不要离开？

不过无论是以上的哪一个，他都爱莫能助。

没想到的是，顾琰之却完全不是按常理出牌的人。从进来的那一刻起，他就一直没有说话，仿佛他费尽周折地找到杨文宇，真的只是找杨文宇来喝茶一般。

最后，还是杨文宇没沉住气，率先打破了沉默："顾先生，你来找我到底有什么事？如果是想要将言茉留下来之类的话，我想就不必提了，没人帮得了你。"

“杨先生，你误会了。”顾琰之品了品杯中的铁观音，终于开口，“我不是来请阁下帮忙，我只不过想来问阁下一个问题。”

“哦？什么问题？”

“我听说，你们时空穿越的第一守则，是不能破坏历史进程对吗？”

“顾先生知道得真多。”

“如果历史进程被破坏了，你们必须最大限度地复原对吗？”

“那是自然。”

“那如果你们的目标人物全都死了，会怎么样？”

此话一出，杨文宇的心底顿时涌上一抹不祥的预感。

这一次的白子蔓事件，已经让他们付出无数的精力去收拾烂摊子，如果十名目标人物同时出事，那么引发的后果简直不可估量，到时候已经不是他的职位保不保的问题，而是吃多少年牢饭的问题。

他突然意识到，眼前这个人，来者不善。这种认识让他瞬间正襟危坐。

“顾先生到底想说什么？”

“我知道言茉这一次行动的所有目标人物。你说，我如果想让他们死，是不是易如反掌？”

顾琰之说得轻描淡写，仿佛讨论的不是十条人命，而是一场简单的游戏。

杨文宇的脸色顿时变了。

杨文宇知道，顾琰之不是在开玩笑，他的确有这个实力。

但是——

“顾先生，您究竟要做什么？”

“还没听出来？”顾琰之把玩着手中的茶盏，轻描淡写地道，“我在拿这九个目标人物的命威胁你们。”

“不会的。”杨文宇听见自己干巴巴的声音，“你不会这么做的。”

而对面的顾琰之微微勾了勾嘴角，目光中却带上了一丝冷酷的味道：“你可以试试看。”

一滴冷汗沿着杨文宇额头滴下。

打蛇打七寸。

要是一两个目标人物出事，时空管理局的人还有办法填补这个窟窿，但要是这名单上的十个人统统出事，那么历史的进程就会彻底被毁坏。顾琰之一开始并没有说出自己的目的，而是先抛出了他的筹码，而这个筹码是如此之大，让杨文宇毫无还手之力。

杨文宇努力让自己保持冷静，这个时候，他决不能怯场。

“你这么做，也得不到什么好处。”

“老婆都没了，还需要什么好处？更何况……”顾琰之往椅子上一靠，气定神闲，“在我出事之前，你会先出事。你会彻底失去升迁机会，还可能因玩忽职守而被判刑，让我猜猜你可能会被判多少年？十五年？二十年？或者无期？我不怕后果，你也不怕吗？”

这是一个比谁更狠的游戏。

很显然，杨文宇根本不是顾琰之的对手。

的确，他怕。

他的事业才刚刚起步，他的目标可不仅仅是时空管理局里一个小小的处长。面前这人不怕失去更多，而他却害怕失去更多，这就注定了他是输家的结局。

许久之后，杨文宇长叹一口气，终于选择妥协。

“说吧，你到底想要我做什么？”

“很简单。”顾琰之放下手中的杯子，从容不迫地道，“我要同言茉一起离开，需要你协助。”

他果然是为了这个而来！

“这是不可能的，言茉难道没有告诉过你，每一个时空舱都录入了相应特工的基因密码，如果并非该基因的主人启动时空舱，时空舱便会立刻自爆，你不可能有机会到我们那儿去。”

“这你不必担心。我会同路非砚进行大脑移植，到时候你只要协助我们完成，并帮我们消灭所有证据即可。”

他的语气十分平静，仿佛要换的不是自己的大脑，而只是手中的一个水杯、一支钢笔一般。但杨文宇却吓得差点从椅子上滚了下来。

“你们竟然……”

的确，这是唯一的可能。

只要交换大脑，基因便不会发生更改，顾琰之用路非砚的身体进入时空舱，就可以顺利骗过基因检测！

顾琰之从椅子上缓缓起身，理了理手中的白手套，居高临下地看着他：“你放心，按我说的做，我和路非砚会永远受你们控制，按照历史想要的样子活着。如若不然，我们只好让历史按照我们想要的方式活着。”

这个世界，强者为王，适者生存，事已至此，他也只能认命。

只是杨文宇不明白，为何路非砚会愿意同顾琰之联手制造这个局？为什么路非砚会同顾琰之一起冒此风险？

直到移植手术开始的那一天，他终于没忍住，开口问了这个问题。

路非砚的回答却是：“他有为之不得不走的人；而我，自然也有为之不得不留的人。”

番外·3

EXTRA 3

整容

路非砚有一张近乎完美的脸，这几乎是一个毋庸置疑的事情。无论谁看到这张脸都会不由自主地惊叹，不由自主地喜欢，但在这些人当中，却不包括顾琰之。

尽管他为了言茉，同意和路非砚交换身体，但不代表他就喜欢路非砚的长相。更何况，如果言茉因为他的灵魂而爱上这张脸怎么办？

想想就不太爽。

你说他恋旧也好、自恋也罢，或者是别的什么，总之，顾琰之急需要换一张脸。

但路非砚这个身份又十分特殊，容貌却不是想换就能换的。顾琰之耐着性子打了一个月的报告，终于获得了上头的审批。

拿到报告的当天下午，顾琰之就急匆匆地带着言茉去了市中心最大的一家整容医院。

“二位下午好，请问要做哪些服务？”美貌的护士小姐看到走进来的两人，立刻殷勤地迎了上来。

“换脸。”

护士小姐了然地点点头，如今带着另一半来的顾客也不在少数，毕竟容貌是给对方看的，既然要朝夕相对，想要对方更加好看也是人之常情。更何况，这一对的容貌差距的确是有些大。虽然这名女子单独拎出来也算清秀可爱，但站在这个像天然发光体一般的男子身边时，简直被衬托得黯淡无光。

于是护士小姐用十二分的热情询问："这位小姐，请问您是想换成什么样子，我们来为你……"

不等护士小姐说完，就被一旁的顾琰之打断了："谁说是她。"

顾琰之露出一个"你到底有没有审美"的表情："她这么完美，还需要换什么？"

护士小姐一副要瞎的表情："那……"

顾琰之淡淡地道："是我。"

护士小姐在整容医院工作了那么多年，接待了许许多多的客人，见过有天生基因缺陷的人群，有基因改造后的失败品，也有长相还不错但想要更加完美的男男女女，却是第一次接待这么俊美的客人。这样的脸还需要换？那不是画蛇添足多此一举吗？

即使心里已经惊讶到爆表的程度，她还是保持着超高的职业素养，露出一抹得体的笑容："那这位先生，您要换成什么样的呢？"

顾琰之从光屏中调出一张照片，推到护士小姐面前："照这个，做到一模一样。"

那是一张年代看起来有些久远的二维照片，照片上是一个充满着上位者气质的男人，一样英俊得令人窒息的男人，但和面前这位先生却是完全不同的类型。

一位优雅神秘，一位高冷禁欲。

不过护士小姐还是比较喜欢面前这位，毕竟照片上那位古人看起来就仿佛山巅之上的冰雪，帅则帅矣，却一副很难接近的样子。

于是无论是出于对面前这张面容的惊艳，还是出于自己的职业道德，护士小姐都尽心尽力地劝阻道："先生，可是您已经很完美了，我觉得没有必要再换成别的样子。手术不可逆，请您考虑考虑。"

"不用考虑。"只见他看了自己身边的女子一眼，骄傲地说，"我未婚妻就喜欢照片上的样子。"

未婚妻言小姐："……"

护士小姐目瞪口呆。女朋友喜欢别人的样子，所以你就跑来换脸？她的脑海里瞬间脑补出一出虐心狗血替身大戏，连带着看言茉的眼神都不一样了。原来是痴情男与渣女的组合啊！看来这个女人不一般，容貌平平，竟然让这样的男人为她做到这个地步！

不过，等等，似乎有哪里不对。

为什么她从这人的语气中听出一股子得意的味道？自己的女朋友喜欢别人的样子是一件很值得高兴的事情吗？果然长得好看的人，脑回路都不太一样啊！

但顾客就是上帝，护士小姐也不好多说什么，让顾琰之登记了一下信息，就开始安排手术。

几个小时之后，手术室的门终于打开，言茉猛地从椅子上站起身。

她看到一个人逆着光，缓缓地朝她走来。随着他脚步的一点点靠近，窗外折射而来的阳光，一点点地投射在他的身上，一点一点地爬上他的脖颈，一点点地描摹出那一张熟悉的面容。

她呆呆地站在原地看着他，仿佛看着电影里那悠长的、令人心焦的慢镜头，看着他仿佛穿越了拥挤的人潮，跨过了浩瀚无垠的星海，踏过了五百年漫长的时光长河，一点一点，从时空的那一头，来到了她的面前。

那一刹那，言茉突然发觉自己的眼眶酸疼，有什么隐秘而酸涩的情绪翻涌而上。

“看傻了？”

言茉呆呆地点点头。

顾琰之露出一丝得意的笑容，转头看着镜子里的自己：“虽然没做到百分之百相似，但也比之前那张脸好太多了。”

小护士从他们身边经过，刚好听到这一句话，内心默默流泪：这位先生是有多不自信啊！这么嫌弃自己以前那张脸，明明就好看到天怒人怨嘛！虽然现在也很好看……

小护士偷偷地瞄着顾琰之的面容，猛地涨红了脸。

似乎注意到小护士那痴迷的目光，言茉心里不禁有些吃味，她侧了侧身，挡住了别人的目光：“我们回家吧。”

顾琰之从善如流地握住她的手，在周围惊艳又羡慕的目光中，朝门外大步走去。

车子在空中飞驰，窗外是呼呼的风声，是蓝天与云海交叠而过，是飞鸟掠过留下的踪影，但再美的风景都没有身边这个人来得让她心动。她目不转睛地看着他，那是活生生的人，不再是午夜梦回的一道残影，更不是没有温度的一叠史料，他就在自己面前，触手可及。

感受到身边之人黏在自己身上的目光，顾琰之心中满是得意，看来这张脸对她的吸引力还是非常大的。

他看似镇定地打开智能飞行模式，升起了车内的遮光板……下一秒，言茉就被一股巨大的力道揽住，眼前天旋地转，再反应过来时，人已经被压倒在宽敞的后座之中。

“好了，你现在想做什么都可以做了。”灼热的气息落在她的肌肤之上，低哑的声音在她耳边响起。

“做……做什么？”言茉声音小小的，宽敞的车内，只剩下如擂鼓一般的心跳声。

“做你一直想做的事情，别压抑自己的天性。”

言茉红着脸看着这个戳穿自己小心思的家伙，她羞得想转过头，却又舍不得将视线挪开半分。

灼热的目光相撞，空气中似乎迸发出一道看不见的火光。也不知道是谁先开始的，下一刻，四唇已经紧紧地黏在了一起。

两人靠在后座上动情地接吻。衬衫的扣子被粗鲁地扯开，滚烫的手掌探入衣摆，狭小的空间里，两具身体不分你我地纠缠到一块……

某人忍了几个月的欲望一旦爆发，结果就是一发不可收拾。

当车内的战况勉强告一段落后，车子已经不知道停在家门口多久了。

全身发软的言茉瘫在某人怀中，失神地看着低低的车顶，她简直不敢相信自己竟然饥渴到这个地步，大白天的在车里就……

言茉呻吟了一声，捂住自己的脸。

她推了推还赖在自己身上“种草莓”的某人。

“到家了。”

“嗯。”

“那你起来。”

某人认真地种完了最后一颗“草莓”后，从善如流地起身，慢条斯理地扣上身上的扣子后，很贴心地帮言茉整理起身上凌乱的衣服。

言茉紧紧地闭着眼睛，连看都没好意思看，任凭他帮忙。整理着整理着，他滚烫的指尖无意间擦过那雪白肌肤上点点的痕迹，又引得她的身躯剧烈一颤。

顾琰之目光一暗，猛地打开了车门，弯腰一把将某人抱入怀中，疾步朝家中走去。

直到进了自己家中，言茉这才放松下来，沉沦的理智也逐渐回笼。她想到之前，自己每一次情不自禁地想要亲他时，都被他不动声色地躲过，而今天他却肯，该不会是……

言茉将脸抬起来：“前段时间，你不会是因为脸没变回来，所以都……”不让我碰吧？但后面那句话言茉没好意思说出来。

果然——

“对着之前那张脸，你都不奇怪？”

言茉哭笑不得。说不奇怪是假的，毕竟面前的人突然变了一个样，一开始她当然是有些心理障碍。

但是对她而言——

“那都是你啊。”

如果说喜欢是基于外表而产生的心动，而爱大概就是，在喜欢上一个人之后，无论对方的外表如何改变，依旧喜欢。

“因为爱你，所以我喜欢附在你灵魂之外的任何一个样子。”

突如其来的告白，仿佛一颗陨石坠入静湖，让淡定自若的顾琰之也不禁为之一颤。而告白之后的结果就是，他二话不说，将人推到了床上，高大的身躯再一次压了上去……

言茉顿时慌了，怎么说着说着，又开始了……

言茉连忙去推他：“喂，刚刚才来过的。”

“你刚才那番话，不就是在埋怨我之前都没有满足你的欲望吗？”顾琰之一本正经地道，“让夫人欲求不满了，是我的错。从今往后，我一定努力喂饱夫人。”

喂！谁要你喂啊！

“嗯……”

厚厚的窗帘阻挡住了天光，屋内，黑暗静静笼罩。

撩起的火，哪能这么快就被灭完?

番外 4

EXTRA 4

称呼问题

路医生去做了换脸手术——这个消息成了这段时间最大的新闻。医院上上下下所有的人都非常好奇，路医生为何好端端地要去换一张脸。

结果很快，路非砚向上级打的报告不知道为何竟泄露了出去，大家发现，在申请更换面容的理由那栏填的竟然是“追老婆”三个字！

所有人都震惊了。

路非砚又不是个丑男，不仅不丑，还帅得一塌糊涂，帅得天怒人怨，何必要换一张脸才能追到老婆？

路医生追的这个人是谁？换的这张脸又有什么特殊意义？

八卦的力量是强大的，无论是在五百年前还是五百年后。一群吃瓜群众开始各显神通，而这不查不要紧，一查大家都吓了一跳。

他们发现路医生要追求的这位言小姐曾经进行过时空穿越，还为了自己喜欢的那个古人，触犯了时空法规，被判了刑罚。更惊人的是，路医生整容后的长相，和言小姐喜欢的那个古人一模一样！

这说明什么？这说明了什么？

这说明，路医生这是当了别人的替身，还是心甘情愿地当替身！

当然，这一切都只是大家的猜测，直到今天，这个猜测终于得到了证实——他们亲耳听到，那位言小姐将路医生叫成了“顾琰之”！

果然路医生的这个女朋友是将他们的路医生当成了替身！

其实话音刚落，言茉就知道自己叫错了。

实在是平时叫顾琰之叫习惯了，尤其是顾琰之将那张脸整成了和原来一样之后，她更是下意识地就当着大家的面将“顾琰之”这个熟悉的名字喊出了口。

但是在外人面前，他现在是路非砚。万一她的口误引起了别人的怀疑，查出他与路非砚交换身份这件事，那就麻烦了。

言茉露出了担忧又愧疚的小眼神，连忙跟着顾琰之躲进了办公室。

一时间，围观的护士医生们纷纷炸开了锅。

“听到没听到没？她竟然叫错路医生的名字！”

“听到了听到了，刚才路医生脸都白了，他心里该有多难过啊！”

“言小姐真是身在福中不知福，路医生这么好的人喜欢她，她心里竟然还想着别人！”

大家越说越义愤填膺。他们完美无缺的路医生，他们全院女性心中的完美男神，竟然就这么被当成了一个古人的替身！

还不知道自己再一次惹了众怒的言茉忐忑不安地问：“顾琰之，我刚才叫错名字了，会不会惹麻烦啊？”

“不会。”顾琰之敲了敲桌面，“不过你是该换一个称呼了。”

这些天，顾琰之一直都在酝酿着这个事情。言茉老是“顾琰之顾琰之”这么叫，的确不是个办法。今天刚好是一个绝佳的契机，他要好好纠正纠正言茉对他的称呼。

言茉听了顾琰之的话，心有余悸地点头：“我知道了，下一次我会记得要叫你路非砚的。”

“我让你换一个称呼，不是让你叫别人的名字。”

“啊？可是，那叫什么呀？”言茉有些不解，“路医生？非砚？狗尾巴花先生？”

顾琰之皱着眉打断言茉：“狗尾巴花先生是个什么东西？”一听就不是什么好话。

言茉惊讶地捂住嘴，自己怎么就这么没头没脑地把想的话说出来了呢？

顾琰之眯起眼睛，威胁道：“说。”

“哦……那是我给你起的外号。”言茉弱弱地回答。

“什么意思？”

言茉咳了一声，无语望天：“没什么意思。”

等到顾琰之查到狗尾巴花代表什么含义之后，黑着脸看着面前一脸无辜的女人：“你觉得我自恋。”

“呵呵呵。”言茉干笑了几声，连忙转移话题，“到底叫什么呀，你给个提示呗！”

顾琰之本来想给点提示，但现在他不想了：“你自己好好想，想到了告诉我。”

唉，才几天没见，狗尾巴花先生的心思更难猜了！

言茉耷拉着脑袋离开，结果她走前那郁闷又茫然的表情又遭到了大家的误会。

紧接着医院上下迅速传开了一条消息：路医生和言茉不欢而散了！流言传着传着，就成了路医生和他那个名不见经传的女朋友要分手了！也是，哪一个男人能够忍受得了被当成别人的替身呢！哪个男人能忍受得了被叫成情敌的名字呢？

不过言茉可没有心思去理会其他人是怎么想的——事实上，她连如何称呼顾琰之这件事也没有放在心上，以为这只是顾琰之偶尔的心血来潮。

直到晚上吃饭时，言茉吃着盘子中绿油油的空心菜，兴致勃勃地问：“顾琰之，这菜你是哪里弄来的？明天还有吗？”

只见顾琰之突然搁下筷子，皱着眉看着她：“你还没想好以后要怎么称呼我吗？”

言茉愣了一下，不是吧，怎么还惦记着这事啊，她还以为都一天了，他也该忘了……

但我们的狗尾巴花先生还就和这个称呼较上劲了，一副“你不好好反省就别睡觉”的模样。

言茉只好带着满脑子的问号想啊想，也没想出个子丑寅卯来。

直到晚上，她洗完澡，愁眉苦脸地从浴室出来，就看到客厅的全息投影上正在演着一部偶像剧。画面里，男女主人公正在腻腻歪歪地谈情说爱。言茉这才福至心灵，顾琰之要她换的称呼该不会是……

言茉眨眨眼，终于明白了我们狗尾巴花先生迂回到外太空的暗示。

哎呀，自家男友真是越来越傲娇，越来越闷骚了！

言茉欢天喜地地跑进卧室。

屋内，顾琰之靠在床头看着资料。这里的许多事情都和五百年前的大为不同，新的知识、新的文化……五百年的断层不是一天两天能够跨越的，即便智商高如顾琰之，也需要靠快速学习来不断融入。

不过他看到言茉进来，便放下了光屏。

言茉带着一身的水汽爬上了床，躺在了顾琰之身边。

“嗯，那啥，我知道我要叫你什么了。”

顾琰之目光灼灼地看着她。

言茉眨了眨眼，强忍着某种难言的羞涩与甜蜜，轻声在他耳边说了一句：“老公。”

似有火光在眼底“啪”地一下擦亮，房间的温度瞬间飙高。

顾琰之一个翻身，将人压在身下，滚烫的眼神落在身下之人晕红的面容上。

“你说什么，我没听见。”

“没听见就算了。”

“你以为叫一遍就完事了吗？”

于是，又是一夜的不可言说。

在某人被逼着喊了某个羞耻的称呼无数遍后，顾琰之这才鸣金收兵。

第二天，顾琰之到了医院之后，那叫一个春风满面，尽管面上没有太多表情，但周身散发的愉悦餍足的气息隔着很远都能让医院的小护士们感受得到。

傍晚时分，言茉照例来医院找顾琰之。于是传了一天路医生要和女朋友分手消息的吃瓜群众，就看到路医生牵着言茉的手离开，举止那叫一个亲密，简直闪瞎众人狗眼。

这就和好了？

路医生也太好哄了吧？

番外 5

EXTRA 5

吃软饭这件小事

言茉从研究院离开之后，凭借着自己年年第一的成绩和在研究所工作的经验，进入了一家大型的生物科技公司上班。大公司福利好、待遇高，唯一的缺点就是，林子大了，什么鸟都有，钩心斗角，尔虞我诈，动不动就流言八卦满天飞，连她这样小小的职员，竟然都有人不遗余力地编派。

比如说这天早晨，言茉人还没进办公室的大门，就被同部门关系很好的同事小银拉到了角落，偷偷给她说了自己偷听到的消息："公司里有人在说，你的老公是吃软饭的小白脸！"

一大清早的，她口中还喝着顾琰之给她放在保温杯里的早餐奶，听到这句话，差点全部喷了出来。

她家狗尾巴花先生是……小白脸？言茉真不知道该摆出什么表情才好。

"怎么连他都有人议论？"

"帅哥总是惹眼的。自从上回你老公来我们公司送过一次饭后，简直引起了轰动呢。而且这件事传得有板有眼的，你是不是有和别人说过什么？"

言茉摇摇头。

顾琰之的身份十分特殊，所以她从不在外人面前提起。虽然他和路非砚互换了身份这件事做得非常隐蔽，但言茉总是担心哪天会不小心穿帮，因此能低调就低调，从不与旁人说起。

“你再仔细想想，都没有吗？我可听说，这个传言还是从我们部门传出去的呢。”

他们部门？言茉皱着眉头思索了许久，突然嘴角抽搐。

“好像是说过那么一句……”

她想到顾琰之来公司送饭之后不久，有一个不是很熟的同事问了她一句：“你老公在哪里高就？”

她记得她当时正在全神贯注地做实验，也没想太多，就随口回了一句：“他没工作。”

顾琰之的确没有工作。他对医生这个职业毫无兴趣，半年前，在做完了路非砚请求他完成的事情之后，他便辞掉了医院的所有职位，成了无业游民，每天在家中看看书、做做饭，偶尔还来公司给她送爱心午餐。

该不会这样就……

“那应该就是了！”小银听完后气愤地道，“有些人内心阴暗见不得别人好！你老公那么帅，厨艺好，对你也好，那一定有缺点，没有缺点也要想象出一个缺点来，这就是他们的逻辑。”

所以，就因为她说“顾琰之没工作”，加上“顾琰之天天在家给她做饭”，就能够得出“顾琰之是吃软饭的小白脸”这一结论？

这些人的推导公式是哪个老师教的？三观堪忧啊！

或者真如小银所言，大家觉得会看上她的男人不可能那么优秀，那必然是有弱点的，比如说，是个穷小子，或者是个小白脸？

言茉在心里叹了口气，真是要让他们失望了。

“言茉，要不要我去帮你怼回来？”小银气鼓鼓地问。

“不用了。”言茉一口喝完手中的牛奶，大方地一笑，“你想啊，男人也不是谁想养就能养的，换一个角度思考，其实他们是在夸我能力出色、收入颇高对不对？”

“你也想得太开了吧。”小银无言以对。

其实不是言茉想得开，只不过她毕竟没有亲耳听见这个传言，贸然前去找人对峙，没有证据不说，还暴露了好友，这种损人不利己的事情她才不会去做，因此听听也就罢了，很快就被她抛到了脑后。

不过当天晚上，当她洗完澡出来，看到那个在等着自己睡觉的男人时，白天听到的传闻再一次跳到了脑海中。

此时的他正随意地靠在床头，拿着光屏翻阅着里面的资料，一副好皮囊隐没在灯光中，帅得一塌糊涂。

灯下看美人，越看越撩人。看着看着，言茉突然觉得那些传闻也不无道理。就狗尾巴花先生的这张脸而言，真的很有吃软饭的潜质。如果他去当明星的话，估计全世界的女人，都想抢着当他的金主。

而这样的男人，却是自己的了！

想着想着，言茉就忍不住笑出声来。笑着笑着，她干脆直接坐到顾琰之的大腿上，神秘兮兮地对他说："你知道我们公司的人最近是怎么说你的吗？"

顾琰之无语地放下手中的东西，环住面前这个笑得诡异的女人："那些很肤浅的赞美词语就不用多说了。"

言茉"嘁"了一声，得意扬扬地宣布："他们说你是我包养的小白脸，哈哈哈！"

言茉说着，乐不可支，笑倒在顾琰之身上。

"小白脸？"顾琰之眉头皱了皱，他的整个人生生涯中，听过各种各样的赞美词，却还是第一次接触这样的词语。

"大概是有人觉得你太帅太完美了，有被人金屋藏娇的潜质！"

顾琰之挑了挑眉："既然是包养，那我是不是该尽到小白脸应尽的责任？"

言茉还沉浸在自己的想象中喜不自胜，于是随口回答道："你这样就很好，上得厅堂入得厨房，打得了流氓，还……啊！"

言茉话音未落，身子突然腾空而起，等到回过神来时，整个人已经被压倒在宽大柔软的床上。

"你……你……你干吗？"

"合格的小白脸最重要的不是上厅堂入厨房，而是要满足金主的欲望，你不就是在暗示我这个吗？"

"我……我哪有？"

但洗得软绵绵香喷喷的某人此时的话毫无可信度，她的话音未落，双唇就被牢牢封住。

经过无数次的实战训练后，顾琰之的吻技简直登峰造极，不一会儿，言茉就在他的攻势中彻底投降。

许久之后，我们的金主大人瘫软着靠在某人的怀中，沙哑的声音在耳边响起：“金主大人对我刚才的服务可还满意？”

言茉失神地喘着气，无语地想着：什么金主啊！哪里有被包养的小白脸这么不乖的，她这简直是在用生命包养！

“不满意？”某人眯了眯双眸，危险地盯着身下的身躯，灼热的气息扑洒在她的脖颈之间。

言茉吞了吞口水，连忙很没骨气地回答：“满意，满意极了。”

被赞扬的某人得意一笑：“既然满意，我们再来一次。”

什么？

言茉连忙推拒。结果藏在被子下的手抚上她光裸的腰侧，在某个部位轻轻摁了摁，她呻吟了一声，整个人再一次如丢入沸水的一截面条，软倒在顾琰之的身上。

顾琰之翻身压住我们的金主大人……

自己撩出的火，自己哭着也要扑灭。

这场火，一直燃烧到了深夜才勉强被压了下去。

被喂饱的某人开始有心情思考更多的问题，他有一下没一下地轻抚着她光滑的背部，问道：“你公司是不是有人针对你？”

此时的言茉早就全身酸软，筋疲力尽，恨不得睡上三天三夜将流失的精气神给补回来。听到顾琰之的问题，她随口应了一句“可能吧”，就沉沉地陷入了梦乡。

转眼间一个月又过去了。

言茉所在的研发小组在不断努力下，终于成功地将新产品研发出来。公司为了奖励他们，组织大家去度假旅游。在经过统一的商量之后，他们将要去的地方定在了栖山。

二十六世纪，环境日益恶劣，不是高温侵袭，就是低温肆虐，许多百年前迷人的自然风光都逐渐消失，许多曾经遍布在地球上的动植物也都已绝迹。当自然的风景越来越少，少数还算保存完好的地方就成了新的风景名胜区。栖山就是近二十多年来开发出来的其中一块，被称为华东地区的天然氧吧，至于特点是什么，一个词可以概括：树多山多。

不过自从去了二十一世纪之后，言茉便很看不上这些所谓的景点。和以前相对原始的风景相比，这些景色实在是乏善可陈，还不如在家里看顾琰之这道风景来得赏心悦目。

虽然她对景点没兴趣，但对参加集体活动还是很有热情的，毕竟她喜欢这份工作，也喜欢公司里的一些人，想继续愉快地做下去，还是要融入集体。

会议室里，大家听说要去栖山度假，顿时像打了鸡血一般兴奋。他们和言茉不一样，毕竟没去过二十一世纪，对他们而言，那里已经是绝佳的旅游胜地了。

一时间，会议室里议论纷纷，大家情绪高涨。

看到大家说得差不多了，总监又不紧不慢地说出另一句话："可以带家属。家属的食宿费用，我给大家出了。"

"哇！真的吗！"

办公室里顿时爆发出了一阵欢呼声，而那些没家属的则在哀号自己亏大了。

在一片赞叹声中，突然有人开口道："言茉，你把你老公带上吧。"

言茉猛地回过神来，就看到叶黎笑意盈盈地看着她："总监会请我们去那里的一家餐厅吃饭，听说那里每天都会限制人数，机会难得哦。"

叶黎是言茉曾经的同学，也是同部门的同事，当然，她还有一个身份，那就是总监的女朋友，就是不知道她这么特意地点出自己的名字是什么意思。

但不管她是有心还是无意的，言茉都笑着摇摇头："我先生不喜欢人多的地方。"

开玩笑，让顾琰之参加集体活动，还都是陌生人的集体活动，还不如杀了他来得直接。

"是他不喜欢人多的地方，还是你不喜欢他去人多的地方呀？"有人调侃道。

"一定是太帅了，不想带出来！放心吧，我们不抢，我们就饱饱眼福。"

大家哈哈大笑，大部分的笑声里都透出善意。

于是她跟着大家笑了："我是觉得大家都太好了，怕他跟你们跑了。"

话音一落，又换来大家的一阵调笑。

言茉回去之后，并没将此事放在心上，也没和顾琰之提起。毕竟她知道顾琰之对这样的活动是绝对没兴趣的。至于那点便宜，她才不想占呢！

到了旅行的那天，言茉只身一人前往集合的地点，一群人浩浩荡荡地开往了栖山。

开了几十分钟的飞车，终于看见了一抹纯天然的绿色。这里除了有时下保存得最好的自然景观之外，还有全国最大的天然食品培育基地之一。在这里能够吃到其他地方都见不到的天然食品，也是这个景区让大家趋之若鹜的原因之一。

到了栖山之后，大家分头游览，并约好了晚餐时分一起吃饭。

言茉便和小银他们一队，慢悠悠地往山中走去。

路上，小银突然戳了戳言茉，问道："你和叶黎以前是同学吧？"

言茉点头。

"你是不是有哪里得罪她了？"

"怎么说？"

"因为我觉得她好像在针对你啊。"

同行的其他同事也点了点头："上回那个包养的传闻，就是她传出来的。"

哦，原来不是她多虑了，就连旁人也看出来叶黎在针对她呀。可是言茉也是一头雾水。她们之间除了业务上存在竞争之外，也没什么过节吧？好好地，叶黎为什么突然编派起她的人来？再说了，工作就是靠实力靠脑子说话，难道现在除了拼爹拼学历，竟然还流行拼男人？可就算真的拼男人，她也胜之不武啊。毕竟顾琰之实在太逆天开挂，她不能这么欺负人吧？

好半晌，小银又问："话说回来，言茉，你老公到底是做什么的呀？你神神秘秘的，不会连我们都不告诉吧？"

其实言茉也没想刻意隐瞒，主要是顾琰之的身份解释起来实在麻烦。

顾琰之是做什么的？言茉陷入沉思，他曾经是个霸道总裁，还是历史上的名人，来了这里之后，他借用的身份则是个脑科医生，至于现在……总之，要界定顾琰之的职业，还真是麻烦的事情。

于是言茉只好简单明了地回答："他以前是个医生，现在真的是没有去工作。不过，他绝对绝对不是小白脸！"

"噗。"小银忍俊不禁，"就你家老公那气势，哪里像吃软饭的样子，你吃他软饭还差不多！"

喂喂喂！不带这么说她的呀，她也是努力向上、自强不息的好青年呀！

几人逛着逛着，不知不觉天色就渐渐暗了下来，很快就到了晚餐时间。今晚是总监请客，大家赶到了集合地点，浩浩荡荡地往餐厅走去。

本以为总监就是请大家在景区内的农家乐聚一聚，结果到了目的地之后，大家都愣住了。

这不是……

没错，这就是景区中最有名的食品培育基地唯一对外开放的原生态餐厅。这个餐厅最大的特点之一就是食材好，所有的食材直接取自基地里特供的产品；而另一个特点当然就是贵咯。这个时代的纯天然食品的数量太过稀少，即便在这个培育基地中，价格也只是比外面略低而已，普通人根本不可能消费得起。

得知要在这里吃饭，大家多多少少都兴奋了起来。

怪不得当时叶黎说起总监请客这件事来，隐隐透着一股骄傲的味道。在这种地方请客，的确有炫耀的资本。

大家走进餐厅，就发现这里完全没有高科技的痕迹，置身其中，仿佛穿越到了二十一世纪，一股熟悉的感觉扑面而来。长长的台面上摆满了各种各样的天然食材，水果、蔬菜、各种无公害的鱼类与肉制品。台面后，清一色由顶级大厨现场来料理这些食材，然后一一送到客人面前。

看到这些，好几个同事已经迫不及待，口水泛滥了。

如果放在以前，言茉也一定会眼泛绿光，比其他人还要疯狂；但如今她也是见过世面的人了，面对这些，还是能把持得住的。

她拉着小银几人坐到了包厢的角落。

点的菜一盘盘地端了上来，大家纷纷开始大快朵颐，一边吃一边对总监表示由衷感谢，连带着一旁的叶黎也与有荣焉起来，得意的目光频频扫过对面的言茉。

她和言茉是同学，同样出身普通，成绩拔尖，唯一的区别就是，在学校里，言茉永远是第一，而她总是万年老二。就连考研究院的那一次，唯一的录取名额也被言茉夺走了。她在落选之后，只好来到这家公司上班。万万没想到，几年之后，风水终于轮流转，言茉被研究院辞退，来了她所在的公司，成了她的后辈，总算让她扬眉吐气了一回。

不过这种隐蔽的优越感很快就遭到了削弱。言茉进入公司不久，就因表现出色被上头看重，短短半年就升了一级。再后来，在见到言茉的老公之后，叶黎的这种优越感更是彻底被打成了碎片，她没想到以言茉的姿色竟然能找到这么帅的男人。

不过，现在看来，光帅有什么用。一个男人，最重要的自然还是财富与地位。起码自己的男朋友，位高权重，有钱有势，虽然长得是差了一些，但综合实力而言，简直不知道甩她那个连工作都没有的小白脸几十条街。

想到这里，叶黎被浇灭的优越感又重新燃烧了起来。

她趁着总监出去接电话的间隙，拿起了一盘草莓，放到了言茉的面前："言茉，这是当季的草莓，你以前都没吃过吧？很好吃的。"

言茉正与食物搏斗，听到叶黎再一次点到自己的名字，只好抬头。

这里的东西的确很不错，虽然和二十一世纪的根本没法比，但已经是这个时代最好的水平了。她点点头："谢谢，的确很好。"

不过叶黎似乎没有打算放过她，遗憾地叹了口气："你老公今天没来真是太可惜了。这餐厅的位置不是随便哪个人都能订得到的，还不知道以后有没有这样的机会呢。"

这话一听就让人很不舒服，这不是赤裸裸的讽刺吗？

言茉并未动怒，而是从善如流地回答："嗯，是他没口福。"

两边的涵养，高下立判。

叶黎却还是没有住嘴的意思，仿佛要将下限一秀到底。

"对了，我听说你老公闲在家里靠你养啊，也太没用了吧。不过我看他厨艺好像还可以，我和这里的人很熟，要不要我帮你老公介绍一份工作呀？当然，你如果觉得这里太远，也没关系，我们公司的餐厅也该改善改善了，我可以找人通融通融。"

言茉终于放下了筷子。

造谣的人果然是叶黎！之前听到那些传闻，言茉还觉得自己没证据，不能怼回去，这下好了，她自己跳出来承认了。

"不用了。"言茉从容不迫地说，"我不喜欢他做菜给别人吃。"

"那也不能让你一个女人天天养着他呀，多不好。"

叶黎本以为言茉至少会觉得丢人，却不料她微微一笑，大大方方地回答："哪里不好了？你靠男人养就是天经地义，男人靠女人养就见不得人？你是有性别歧视吗？"

叶黎的脸色瞬间绿了。

"再说了，"言茉话锋一转，"他每天照顾我，为我做饭，难道不是在养我？

我乐意负责赚钱养家，他就负责美貌如花！他想工作就工作，想在家就在家，这有什么不好的吗？”

言茉说得坦坦荡荡的，那镇定自若的样子不仅没让大家看轻，反而让大家产生了一丝佩服。

霸气！

的确啊，这又不是一千年前的男权社会，非得要讲究男主外女主内那一套。男人女人都是半边天，管他是里半边还是外半边？

只听到小银发出一声感慨：“我也好想有一个长得帅，又愿意为我洗手做羹汤的老公啊！要是我能找到，我还巴不得赚钱养家呢。”

这句话简直说出了在场几个已婚女性的心声。像言茉老公这种男人也不是谁想找就能找到的好吗。能找到的，要么长得丑，要么直男癌！

大家这么想着，情不自禁就想到了公司这段时间的传闻。什么包养、什么小白脸，那是人家你情我愿的家庭分工。而有些人非要把这种相处模式说成是人家吃软饭，该不会是嫉妒人家有一个温柔体贴的全能老公吧？再想一想叶黎，处处以有一个总监男朋友而觉得高人一等，公司里有传闻说叶黎是靠总监上位的，这不会是真的吧？

一时间，很多人心里都有了自己的判断。

感觉到周围人投来的目光，叶黎脸上顿时就挂不住了。为什么这个言茉找了个小白脸当老公，她却不以为耻，反以为荣？

叶黎憋了一肚子火想要反击，结果这时候有人推开包厢的门进来。叶黎只好暂时偃旗息鼓，将想说的话咽了回去。

推门进来的是餐厅的服务员，他们又端进来好多道菜，瞬间将巨大的桌子给摆满了。

大家的注意力瞬间又被桌上的菜吸引了过去。有人低声道：“怎么还有啊，这几道看起来都不便宜呢。”

本来十分恼火的叶黎看到这情形，立刻又有种找回场子的感觉。

于是当总监从外面回来时，她立刻迎上去，甜笑道：“你不是去接电话，而是偷偷加菜去了吧？”

其他同事也纷纷识趣地应道：“总监你太破费了。”

不料总监看着桌上的菜色，有些困惑：“我点的都已经上完了。”来这种餐厅吃饭，已经很烧钱了，谁没事会多点这么多死贵死贵的菜？

这下子大家都愣住了。

这时还陆续有服务员端着菜进来，他连忙叫住了其中一个：“你好，你们是不是把菜上错了？”

“这是我们经理特意吩咐我们送进来的。”

大家面面相觑，难道真是天上掉馅饼了？

叶黎想了想，突然提醒道：“总监，你不是说和这家餐厅的经理认识吗，说不定是他们知道你来了，特意送的呢。”

特意送的？他们不过是点头之交，谁没事会送这么昂贵的菜色？

“不如找他们经理问一问吧？”有人提议道，“万一真的送错了，到时候还算在我们账上。”

总监也觉得有道理。他是请客吃饭，但也不能花冤枉钱。

结果不等他们叫人，“曹操”就已经到了。

只见包厢门被推开，人未到，声先至：“路夫人，您和您的朋友来怎么也不通知我们一声，招待不周，招待不周啊。”一个和气的中年胖子走了进来。

“朱经理。”总监立刻迎了上去。

“这不是钱总吗，没想到您也是路夫人的朋友呀。”

总监一愣，笑着问：“朱经理，您是不是搞错了，我们这儿没有路夫人。”

“怎么会呢，这不就是吗。”经理径自走到言茉面前，毕恭毕敬地问道，“路夫人，今天的菜色您觉得如何？”

“唰”地一下，所有人的目光再一次集中到了言茉身上。

就连言茉自己都十分讶然。

“你是……”

“路夫人，您不认识我？”

言茉的记性一向绝佳，只要她认识的人，她从不会忘记。于是她能确定，她真的不认识面前这个人。可是他又叫自己“路夫人”，难道是……

“哎呀，是我糊涂了。”经理一拍自己的脑门，“我之前去找路先生时，远远见过您一面，估计您当时没看到我。路夫人，您家里平日里的食材，都是我们这儿送过去的，您没尝出来吗？”

经理此话一出，在场的众人顿时神情各异。尤其是叶黎，脸上好像被打了一巴掌一般，红一阵白一阵。言茉家里平日里就吃这些？那刚才她把人家司空见惯的东西当宝贝一样炫耀，岂不是无知之极？

言茉也愣住了。她一直觉得他们家每天的食材都很不错，还好奇顾琰之从哪里弄来这么好的东西，没想到原来每天都是从这里订了送过去的。

天哪天哪，那她每天要吃掉多少钱啊？

等等，现在似乎不是心疼钱的时候。

言茉冲着朱经理歉然一笑："实在抱歉，平时这些都是我先生在处理，没认出您来。"

言茉的礼貌让经理很是受用，他笑得一双绿豆眼都快消失不见了："没事没事，现在认识也不迟，鄙姓朱，以后咱们就是一家人啦。"

呃，等等，什么时候就成了一家人了，言茉傻眼了。

经理也是人精一个，一眼就看穿了言茉的困惑："路先生没和您说吗，他说您觉得我们这儿的菜色不错，所以他打算入股我们基地，这段时间正在谈具体的细节呢，谈成了之后，您可就是我们的老板娘，那我们不就是一家人了吗。"

在场的众人再一次被惊到。

如果说刚才得知言茉平日里的食材是来自这里，那还能理解为家境优越，可是动不动就要入股这么大的产业，那可不是普普通通的优越能够形容的了！

没想到言茉的先生来头这么大！

看言茉吃穿用度并不奢侈，原来人家是刻意低调，从不显摆。再想想刚才叶黎自以为是的行为，简直是装逼不成反被劈的典型啊！竟然还说要给人介绍工作，还讽刺人家是个小白脸，这样的小白脸，每个女人估计都想要十个！

总监似乎才意识到，自己部门的员工家属里竟然还卧虎藏龙，趁着包厢里大家议论的时候，他悄悄出门叫住了餐厅经理："这位路先生是什么人啊？"

餐厅经理与总监算是相识，他好奇地反问："你没听路夫人提起她先生吗？"

总监干笑着摇摇头。言茉一向非常低调，平日工作更是非常刻苦，没有一点娇气，丝毫看不出是个有钱人。至于她的先生，她更是很少提起，之前还听叶黎说人家是小白脸，现在想想简直可笑。

"他叫路非砚。"

身后，叶黎也跟着出来，听到这个名字，她表情一僵："路非砚？那个脑科专家？"

“这位小姐也听过路先生的名字呀？的确，不过后来他辞职了。”

“可是路非砚不是长这样的。我见过他的照片，您是不是搞错了？”

“路先生之前刚做的换脸手术。”想到路先生似乎并不忌讳别人提到这个话题，他于是笑着科普道，“听说是因为路夫人不喜欢路先生原来的长相。为了讨路夫人高兴，他就干脆换了一张脸。”

好了，英俊又多金，多金又痴情，怎么比叶黎都是完败！

经理离开之后，留下脸青一阵白一阵的叶黎站在原地，再也不想回到包厢里自取其辱。

旅行结束后，言茉一回到家中，就揪着顾琰之盘问：“栖山餐厅的那件事是不是你安排的？”

其实那个经理进来时言茉就满心疑惑。餐厅那么大，她又在包厢里，哪里那么巧就能看到她啊。这也太巧了吧，巧到像是有人刻意安排一样。

不过顾琰之也没想隐瞒，他云淡风轻地回答：“我几天前是无意间提了一句，说你会去。”

无意间？言茉才不相信呢。

顾Boss说话做事，从来都是滴水不漏，怎么可能无意间说漏一句话？

好吧，我们的顾Boss的确不是无意提的。他不过就是想，既然她公司里有人这么喜欢打别人的脸，那么这个人最害怕的，应该也就是被别人打脸吧？既然如此，怎么能不好好满足一下对方呢？

以彼之道还治彼身，一向是顾琰之最惯用的手法。

果然，顾Boss即便不当Boss了，也依旧难改腹黑的商人本质啊！

言茉想了一会儿，突然又问道：“顾琰之，你是不是因为他们那样说你，所以不高兴了啊？”要是的话，早知道那天她不开他玩笑了。

“没有。”

“那你为什么要安排那一出？”她家狗尾巴花先生一向都是走低调路线，突然这么高调，难道不是因为不爽被人当成小白脸？

狗尾巴花先生当然不会在意别人对自己的看法，在他眼中，除了这个女人，其他人的想法皆是浮云。但是，如果他成了别人攻击这个女人的武器，那就恕他眼里容不下沙子了。

不过这些并不需要让她知道。

顾琰之一本正经地搂着面前的人说道："他们说的的确是事实，而且我不介意继续被你包养。"

言茉红着脸嘟囔了一声："我才养不起你呢。"

想想那每天订的昂贵食材，再想想自己辛苦赚的工资，还不够吃上几顿，言茉就一阵肉痛。

"放心，你绝对养得起，这些年，你也一直都在包养着不是？"

"有吗？"言茉不解，"我拿什么包养你了？"

顾琰之捏了捏她的纤腰，一本正经地在她耳边轻声道："你的身体啊。"

下一秒，客厅内传来一个羞恼的咆哮声："顾琰之！"

【番外完】

图书在版编目（CIP）数据

拥抱未来的你. 2 / 潼舞著. —南昌：百花洲文艺出版社，2017.6
ISBN 978-7-5500-2262-1

Ⅰ. ①拥… Ⅱ. ①潼… Ⅲ. ①长篇小说—中国—当代 Ⅳ. ①I247.5

中国版本图书馆CIP数据核字（2017）第120755号

出 版 者 百花洲文艺出版社
社　　址 江西省南昌市红谷滩世贸路898号博能中心Ⅰ期A座20楼　邮编：330038
电　　话 0791-86895108（发行热线）　0791-86894790（编辑热线）
网　　址 http://www.bhzwy.com
E-mail bhzwy0791@163.com

书　　名 拥抱未来的你. 2
作　　者 潼　舞
出 版 人 姚雪雪
总 监 制 杨翔森　曾筱佳
责任编辑 黎紫薇　陶　戈
特约编辑 高彦清
封面设计 小　乔
版式设计 李映龙
经　　销 全国新华书店
印　　刷 湖南天闻新华印务有限公司
开　　本 710mm×1000mm　1/16
印　　张 16
字　　数 286千字
版　　次 2017年6月第1版
印　　次 2017年6月第1次印刷
书　　号 ISBN 978-7-5500-2262-1
定　　价 29.80元

赣版权登字：05-2017-211